不如找个人　好好相爱

当你遇到一个人之后才开始发现，自己心里有一个空缺的地方，开始期待有人来填补，或者，发现自己原来非常非常孤独。那么，这就是你逃不过的感情。

不如找个人好好相爱

吴淡如 著

九州出版社
JIUZHOUPRESS

图书在版编目（CIP）数据

不如找个人好好相爱 / 吴淡如著. — 北京 : 九州出版社, 2016.4

ISBN 978-7-5108-4377-8

Ⅰ. ①不… Ⅱ. ①吴… Ⅲ. ①言情小说－中国－当代 Ⅳ. ①I247.5

中国版本图书馆CIP数据核字(2016)第099765号

不如找个人好好相爱

作　　者	吴淡如　著
出版发行	九州出版社
地　　址	北京市西城区阜外大街甲35号（100037）
发行电话	(010)68992190/3/5/6
网　　址	www.jiuzhoupress.com
电子信箱	jiuzhou@jiuzhoupress.com
印　　刷	北京鹏润伟业印刷有限公司
开　　本	889毫米×1194毫米　32开
印　　张	9.5
字　　数	254千字
版　　次	2016年6月第1版
印　　次	2016年6月第1次印刷
书　　号	ISBN 978-7-5108-4377-8
定　　价	36.00元

目　录
contents

不如找个人　好好相爱

不如找个人　好好相爱

谢谢你，出现在我的世界

李云僧被派到位于新兴商业区的证券分公司当负责人，刚上任那天，收到好多花篮。

其中有他过去的同事送的，有上司送的，花团锦簇。从门口一直摆到走道，塞满了新装潢好的办公室，一派喜气。

他一走进来，员工们列队欢迎，人人脸上堆满笑容，他也一派诚恳地和大家握手致意。

他鼓励自己，尽量让自己的脸上充满改革的朝气，看起来像一个有魄力、值得被信任的主管，然而，不可避免地，他的心一直往下沉，也越来越觉得脸部的笑肌不听使唤，一直想罢工。

只要四下无人，几秒钟内，他的表情就会变得呆滞。

一个笑容甜美的女同事把花送到他面前："经理，这盆应该是你的好朋友送来的吧。请问要放在哪里？"

他看了看送花者的署名——惠敏，是他的妻子。

多亏她还很细心地订了一盆盆景，大概是想给他一点惊喜吧。这盆盆景里种着俗称“发财树”的绿色植物，上面还绑着小小的红丝带，土壤上铺着红褐色的发泡石，盆子中央放了一个金元宝，元宝上还有“财源广进”四个字。

李云僧苦笑了一下。嗯，这的确是惠敏的风格。

惠敏是个务实的女人，向来不喜欢花：“花真麻烦，没开几天，谢了就得丢掉，还要花钱买垃圾袋，真让人讨厌！”

李云僧三天前才把调任新公司的消息告诉惠敏。其实，一个多月前他就已经知道了，一直放在心里没讲是因为他打从心底认为这不是一个值得宣布的好消息。事实上，他相当排斥这个职位，一听到这个安排时，他的心就凉了一截，迟迟说不出话来。“这不是我想要的位子。”他想这么咆哮。只是不管对任何人，他都没有把真实情绪表露出来。

“我来弄就好，把它放在角落好了。”发财树就算很久不浇水，也一样长得绿意盎然，并不麻烦他照顾。

就像惠敏，从来不麻烦他照顾，是一股让他很安心的力量。虽然她在事业上帮不上他什么忙，但总是把家里料理妥当，安分地守在属于她的角落里。

她应该是个九十分的贤妻。

扣掉的那十分，算是不解风情吧。她不是鲜花，是盆景，只有一种很固定的姿态。

这么热闹的场子，恐怕只有他知道自己不开心。

这不是他想要的位子。

本来，他是最有希望升为副总的青年才俊，同事们也这么认为，毕竟他都等了这么多年。去年，他孔融让梨，主动向董事长推荐比他资深的蔡协理，说他更适合那个职位，反正自己还年轻。没想到，几个月前，一纸人事命令下来，他被外放了，被赶出了权力核心。

职位上虽然加上了“资深”二字，薪水也象征性地调高了，不过，明眼人都知道，他被打败了。一旦被外调，想再回到权力核心，恐怕遥遥无期。

打败他的，是他最好的朋友——大学毕业就一起进入这家证券公司的张百刚。

他从来都没有把张百刚当成对手，工作上一有难以解决的问题，张百刚总是第一时间来找他商量，张百刚做过的所有决策都有他的参与。两年前张百刚手下一个期货交易员违反规定代客操作，亏了钱客户不认账，捅出了娄子，也多亏他的帮忙，才能一次又一次地通过考验。唯一比他强的，恐怕只是长得比他好看这一点。从念高中的时候开始，嘴角总是往上扬的张百刚就很有女人缘。

在很多人的口中，张百刚都是个花花公子形象，三十六岁，还不肯走入家庭，实在是因为女朋友太多，摆不平。

与张百刚同事十年，每一两年总会出现一次某个女人满面愁容地来公司等张百刚下班，说有事要告诉他，李云僧此时都得掩护张百刚开溜，代替他去应付那些女人。虽然在感情上始终没看他专心过，但在工作上他却定性十足，和李云僧一样，一直待在同一家公司，接受公司栽培，最大的变动顶多就是职位上的轮调而已。

他们的长官总是知人善任。每次有专业上的棘手事件需要处理，都是李云僧临危受命；需要公关应酬或谈判，出面的都是张百刚。如果对方派出的是女性主管，张百刚一出面，多半能相谈甚欢，棘手难事都会迎刃而解。公司若要招待大客户，张百刚也常奉命出马安排娱乐活动，让宾主尽欢。

张百刚就是有女人缘，大老板陈董的老婆喜欢他，家宴时常常指定张百刚出席，只是，尽管他和董娘那么熟，也未曾走漏过一点口风，泄露老板的花边新闻，因此深得老董信任。多年来老董有过几个阶段性情妇，在打发情妇走时，张百刚也常替老板善后。就算情妇和老董已无往来，但也还是会和张百刚维持着相当好的交情。

张百刚的头发和眉毛又粗又浓、身材修长、单眼皮，脸上还有几分孩子气，而让人印象最深的是他的阳光笑容，笑起来一口白牙，十分灿烂，就像在说：“相信我，我是好人！”

那种天生魅力，是别人学都学不来的。

最厉害的是，女人喜欢他，男人也对他没什么戒心。他从来不在工作上逞强，也不会为了证明自己的能力而贬低或折损别人，对属下也很宽容，从来没动怒过。虽然他的团队在工作中表现并不出色，但下属们对这位长官从来没有怨言。

李云僧想到张百刚，就会想起《伊索寓言》里的一则故事——《驴子和狗》。它们一同在农家长大，驴子每天都要驮重物，累得半死，而狗只要在家里等着主人回家，舔主人一下，就有肉可以吃。有一天驴子越想心里越不平衡，心想：“舔两下有什么了不起？我也会。”于是也待在门口等主人收工回家，然后扑上前去舔主人，主人以为驴子发疯了想害他，便把驴子打个半死——李云僧认为那头驴子很像自己，而张百刚就是那条狗。李云僧认为自己真的缺乏那种讨人喜欢的本事，只能默默做苦工。

夜夜笙歌的张百刚，不久前收敛了许多，因为他的新女友是大老板唯一的弟弟的女儿。大老板没有女儿，认了英文名字叫苏菲亚的侄女当干女儿，从小就疼爱有加。据说从他奉命去接机开始，这位一直住在美国的千金小姐，就对他一见钟情。

才交往五个月，他们已经火速订了婚，即将踏上红毯。

就是因为多了这层姻亲关系，张百刚变成了老董的“自己人”，这次升任副总职位的毫无悬念是张百刚；战功彪炳、履历比张百刚丰富的李云僧则被派到分公司当主管。

“云僧，我一向视你为左右手。你知道的，这是最重要的一家分公司，对我们公司的业绩最有贡献，它的战略地位也最重要，就靠你了！”

职务发布前一个小时，老董将李云僧叫进了办公室。一看到李云僧进来，老董立即把他肥胖的身子从办公椅上抬起来，满脸笑意地走上前握住李云僧的手。这种突如其来的客气让李云僧受宠若惊，心里却感觉十分不妙：这必然是种先礼后兵的做法。

听到这句话时，他感觉好像有强酸侵蚀着内心，他费力地维持表情镇定。

大老板应该是怕他留在总公司心里不是滋味，美其名曰这是最重要的分公司，其实是在使用调虎离山之计。

一个小时后，他听到许多人向张百刚道恭喜。张百刚的表情就像刚听到自己获得奥斯卡女主角奖的女明星一样，十分惊愕，仿佛完全不相信这种好运气真的会降临到自己头上一样。

“少演戏了。”李云僧的心里有个声音这么说，他不相信张百刚在这一刻才知道。

即使是很好的朋友，即使修养十足，即使明白信任“自己人”是人之常情，但是碰到这种有关个人前途的大变化，李云僧心里还是很不舒服。

他的能力比张百刚强，可是，张百刚的运气比他好。

“唉，工作能力也许比不上性吸引力吧。”李云僧暗自说道。一直挣扎到前往分公司上班前夕，他才走到张百刚面前，淡淡地说了声“恭喜”。

张百刚听到他的道贺，表情似乎也很尴尬：“唉，云僧，我的担心多过高兴，只怕以后有重要事情还是要麻烦你……”

“你客气了，我相信你的能力。”李云僧都觉得自己说话的声调僵硬而虚伪。

“晚上一起吃个饭，有空吗？”

“嗯……不了，我太太要我回家吃饭。”他含笑拒绝。

心里的气恼很难在一时半刻消除。虽然他知道，张百刚也不想把他挤掉，这一切，都是老董的主意。

为了这次的职务调动，他不高兴了许久，每天早上跨进办公室前，总觉得自己举步维艰。不过，他还是努力保持原来的姿态，不让任何人嗅出一点酸味来。直到一个星期前，他才对惠敏说，自己加了薪，被派到第一线作战，负责一家业绩最好的分行。

心里还真是泄气。他不知道自己未来的路将怎么走，三十六岁，难道人生还没攀上高峰就要走下坡路了？

看着那些旧同事和张百刚送来的花篮，他觉得每朵花都是一条吐出来的舌头，全都在嘲笑他。

可是，又能怎么办呢？

他像被钉在玻璃盒里的蝴蝶标本，觉得自己已经无法展翅高飞。

是的，他已经过了可以拍桌子说“老子不干了”的年纪。惠敏两年前因为压力过大、免疫力失调辞了职；家里还有两个念昂贵私立学校的孩子；每月也必须付给双方父母孝亲费，而他是家里唯一的经济支柱。

这家分公司只有两层楼，一楼和地下室。一楼的面积不大，只能放下一大面电视墙，供客户们观看行情变化，还有两台自动提款机，所以只能坐得下一位负责接待的总机小姐。

李云僧的新办公室位于地下室。新装潢好的房间仍有股刺鼻的甲醛味，让他不由自主地打了好几个喷嚏，实在很不舒服。

而总公司办公室位于高楼上，放眼望去是蓝天白云，走近落地窗，芸芸众生就在他的脚下，让他有一种唯我独尊的幻想。这里的环境，还是董事长亲自指示重新装潢过的，可是不管再怎么美化，还是天差地远。

不过，人就是这样，当他在总公司上班的时候，并不觉得身处高高在上的楼层办公有什么好的。有不少人听说他们的办公室位于这座城市租金最贵且位置最高的楼层上，都说要来参观，参观时也都震慑于办公室气派的装潢，但李云僧总会说：“有什么好？越高地震时摇得越厉害，高处不胜寒。”

每天到总公司上班，并不觉得自己有什么幸运的地方，离开了才发现，原来自己以前的日子过得其实还算不错。

他叹了口长气。

“协理，业务部同人要来向您做自我介绍。”秘书来报。

果然是业务部，行动积极，主动来加深印象。

眼前已经站了一排穿着制服的男女，清一色的黑色套装。

他所在的这家公司，挑业务部同人时，多年来都将相貌和笑容当作第一考虑因素。因为老董从创业开始就坚信，只有俊男美女才能赢得客户的心。

他们一一和他握手并介绍自己。李云僧有点心烦意乱，他们说的名字，十个有八个听过就立刻忘了。

他只记住了她的名字。

“我叫郭素素，来公司八年，请多指教。”在一排身材修长的业务员中，她的个子最娇小，应该没有达到老董要求的一六五，大概只有一六〇吧。

一六五是老董定下的不成文规矩。如果不到标准，必然得美艳过人或伶俐过人。

李云僧记得她，不是因为她有着一个像武侠小说女主角的名字，也不是因为她美艳过人。她有一双凤眼，睫毛很长，鼻子很挺，脸颊略显消瘦，身形也有点单薄，最让人难以忘记的是她那专注的眼神，好像盯着猎物的猫一样。和他握手时，她用很真诚的眼神凝视他，说：“您的领带，很有品位。”

“是吗？”他自己都很怀疑，自己哪来的时间管品位，“谢谢你……素素。”

李云僧所有的领带，都是惠敏买的。他不是一个在乎穿着的男人，只要看起来跟每个上班族没什么不同，得体大方、过得去就行了。每天，惠敏会帮他配好衬衫、西装和领带，放在床头柜上。

惠敏的品位变化不大，以素淡为原则。有时，如果他不低头看，根本就忘了自己身上戴的领带是哪一条。

他对她轻轻一笑。会赞美人的女人，让人印象深刻，这应该也是做好业务的要诀吧。

他上任以来记住的第一个名字，就是郭素素。他记得她有着深得像潭水一样的眼神，即使面带微笑，表情仍然是忧郁的，好像有许多心事藏在平静的波涛底下。

新官上任，不能只是应酬。没多久就开市了，公司立即进入备战状态，电话声此起彼伏，客户们两眼盯着电视墙瞧。有人交头接耳，有人呆若木鸡。李云僧打开桌前的三台电脑，其中一部有该公司同事实时的委托成交状况。他看了一眼郭素素的成绩，一早她似乎就接到了大单。

各种看不完的财经新闻和个股消息，不断涌进他的眼帘。多年以来，每天都是这么开始、这么结束，跳个不停的股价和接不完的电话使上班时间飞快流逝，不知不觉在这家公司已经度过了十多个年头。

不久，他昔日的好友张百刚就打来了电话：“云僧，你不在同一栋大楼里，我真不习惯。”

“呵呵，”他尴尬地笑了两声，“我也不太习惯。”心想，你这家伙，难怪把妹无往不利，就是会做公关。

李云僧更想说的话是：“都是因为你，我才会被下放边疆。”

“过两天我去找你喝杯咖啡吧，”张百刚说，“最近我手上有些新案子要推，你知道的，以我的能力嘛，恐怕无法应付得太好，将来还要跟你讨救兵。”

唉，真拿他没辙，嘴甜，对男女都一样。李云僧无法讨厌他。虽然，他因为裙带关系升官了，而自己被排挤到边疆来。

“好啊。”他应和着，声音有点虚。

“听说你那边的业务员美女如云。”张百刚说。

“有吗？我还来不及注意。”

“至少比总公司这些中年女强人好，个个都不像女人。”

“你也真是的。江山易改，本性难移。”

“对，我到死都是个真男人，而你到死都是个坐怀不乱的柳下惠。”张百刚在电话那头爽朗地笑着。

李云僧脑海里浮现出即将成为张百刚妻子的老董侄女的长相，洋名字叫苏菲亚的千金小姐。五官和老董有些神似，相貌并不出色，在美国长大的她，身材壮硕，丰乳肥臀。张百刚以前交往的女友们，都有着模特儿身材或明星脸蛋，苏菲亚确实差了一大截。张百刚愿意娶她，跟她的丰厚身家不能说没有关系。

否则，张百刚不会那么轻易地走进婚姻。十年前，他曾帮张百刚摆平过一件事：和张百刚相好的一个女人说自己怀孕了，那个女人在特种行业工作，张百刚死也不娶人家，要李云僧陪他去谈判。

“可是，她怀的可能……可能真的……是你的孩子……”李云僧有点迟疑。

“我不可能娶她，也不可能留下这个麻烦，”张百刚坚决地说，“我娶她的话，这辈子就白混了。”

张百刚面对感情是感性的，和什么样的女人都可以谈恋爱，但对于婚姻的关卡则守得很紧。

这一点，张百刚比他会盘算多了。

但张百刚外表看起来一点也不精明。

张百刚的人缘确实比他好很多，谁跟他相处，都如沐春风。天生美男子的他并不怕丑化、矮化自己，从老董到打扫厕所的中年妇人，都喜欢跟他讲话。

而李云僧眼中只看得见业绩、财报和如何拟定相应对策，在大家的印象中，他是个工作认真的人。但公司的新员工，往往因为他时时表现出若有所思的模样，很少有人敢主动跟他打招呼。

主管办公室斜对角处，有一个开放式的员工休息区。证券业工作繁忙，中午也没时间休息，紧张时往往忘了吃饭，有不少人因此得了胃溃疡。这家公司最好的福利就是：收盘后，公司供应员工午餐，员工休息区的点心和饮料也是无限量供应。所以，下午收盘后，有不少员工在休息区喝咖啡、吃午餐。

既然被派上了前线，他也开始思考如何带兵。

这时他又想起张百刚。他知道张百刚的能耐，虽然张百刚在专业上常摆乌龙，但在人际关系上却是他的导师。他心想，如果这个位子是张百刚坐着，不消一天，就可以把每个同事的名字记住；过一个星期，恐怕连人家的儿子什么东西不吃、人家爸妈的名字都会掌握得一清二楚。

李云僧知道，自己不爱笑，看起来很严肃，为了和同事拉近距离，营业时间过后，他都会拿着餐盒到休息区用餐。

不过，刚开始的几天，同事们只会跟他打招呼，并没有人主动和他同桌吃饭。桌子不大，如果不是很熟，坐得那么近，没有什么共同话题可聊，大眼瞪小眼的，还真尴尬。

只要他坐在休息区里，其他同事说话也会特意变得斯文起来。李云僧想了好久，也没想清楚该如何改善这个状况。要他故作开朗地端着餐盒硬挤进别人的桌子，说："嘿，我可以坐在这儿吗？"又有点太过勉强。

他只能一边吃着饭，一边假装自己很享受。

他边吃饭边发呆的时候，一个声音轻轻地钻进他的耳缝："你吃饭的样子，和你的名字一样，很文雅。"

"啊？"他一抬头，又是那双闪着长睫毛的真诚眼睛。啊，她叫……郭素素……对了，就是她。

原来她已坐在他面前，看他好一会儿了，他都没有回过神来。

近距离接触后，才发现她人如其名。

她长得清秀朴素、白白净净，五官不是特别抢眼，但分布得恰到好处，小小的圆脸上挂着两个讨人喜欢的酒窝，笑起来柔柔软软的。

“你的名字……是本名吗？”他想不到其他问题可以问了。

“是啊。”郭素素回答，“那你的名字也是本来的名字，没改过吧？”

这几年，改名蔚为风尚，只要自己运气不好，就怀疑是名字不佳，改名的人很多。

“对啊。”李云僧说。

“从你的名字来看，你父亲应该很有学问吧？”郭素素问。

“没错，一出生就叫我看破红尘，当和尚去。”

“看不出来你还蛮幽默的。”她掩着嘴笑，“请问你的名字有什么特殊含义吗？”

“我父亲大概是希望我活得行云流水，像个四处行脚的和尚。”他说，“可惜，我一辈子都做着满是铜臭味的工作。”

“一辈子很长，要当和尚，还有机会。”她哧哧地笑。

“谢谢你的安慰。”

她又笑了。

郭素素确实有种亲和力——她的眼睛里闪动着慧黠的光芒，反应很快，不管你和她说什么，都不用担心自己会在毫无防备的情况下被人伤害。李云僧在这一刹那心生感激，她传递过来的些许温暖，让漂泊在无边大海中的他抓到了一小块浮木。

“菜色还满意吗？”

“吃久了，都一样，反正就是把胃填满。”她含笑说道，并没有抱怨的意味，“做这行，胃口好不好，跟菜色好不好未必有关，行情好，胃口就好了。”

“嗯，说得也是。做这一行，业绩不好，就食不知味。”

“李协理——我们都久仰你大名。很早就听说你是总公司董事长最倚重的青年才俊，昨天听你主持会议，果然名不虚传，你很有魄力。”她说。

这几句话说得李云僧轻飘飘的，多少安慰了他不得志的沮丧。

“谢谢你的赞美。不愧是最佳业务，说话很中听。”

“我是真心赞美你，而你似乎在讽刺我喔。”她嘟起嘴，有一点撒娇的模样。

这个时候的她看起来十分柔媚，像个娇憨的少女。

他有些不知所措，不敢直视她的眼睛。

“没没……我是……真心赞美。我看过你的业绩，很……很不错啊。你真的是公司……重要员工……”他忽然变得结巴了起来。

“你脸红了。”她眨了眨眼睛，转眼已收拾好餐盒，“我还有电话着急回复，你慢用吧。”

离开前，她还回头给了他一个调皮的微笑。

他的心情顿时开朗起来，随后主动跟两位男同事聊了几句才离开。

女人会不会撒娇，似乎是一种天性，他想。

有些人浑然天成，说些话、做些小表情就风韵无限；有些人刻意模仿，却画虎不成反类犬，还不如维持本色来得好。

他的妻子惠敏从来不撒娇。

两个人从学生时代就认识了。惠敏当时长发披肩，看起来很清纯。不过，由于是军人子弟，说一是一、个性刚毅，连开玩笑，她都会当真。

跟她在一起后，他也渐渐收起了爱开玩笑的习惯。

惠敏年轻时面部线条柔和，一脸清纯，随着年纪的增长，面部线条也渐渐变得锐利刚硬起来，和国字脸的岳父越来越像。做什么事情都必须按照她的规矩来，家里向来有条不紊，大家都说她是贤妻。不过，有时候他也会觉得要配合她的种种做法，十分辛苦。

他没有察觉到，自己已经开始拿自己的妻子跟其他女人作比较了。

如果这世界上有立志从一而终的男人，李云僧会被票选为其中一个。他宁愿把复杂的心思全部用在工作上，感情方面简单就好，要求也不多。

确实有一种男人，并不祈求浪漫爱情与甜蜜婚姻，他一出生就打算负责任，养一个安安稳稳的家，娶个妻子，生两三个孩子，对祖宗有交代。他们是堂堂正正的好男人，连脑海里出现什么不良的想法，都会尽量在三分钟内将之消除。他们是芸芸众生中的中流砥柱，是支撑社会的安定力量。

李云僧一直被认为是这种人。但他一直觉得父亲把他的名字取错了，不认识他的人，都误以为他是个漂泊潇洒的浪子。

郭素素不是故意对他放电或撒娇的，那是她对客户说话的方式，也是她谋生的技能之一。她就是可以给任何心情紧张的陌生人亲切感，在几秒钟内，吸引他们的注意。

有些人说好话让人觉得虚伪，有些人说好话让人心服口服。差距只在于，说话者相不相信自己说的。如果他自己也相信说出口的话，那就是诚恳了。

郭素素有一种天生的诚恳。在这一行待了十年了，从生嫩的菜鸟、不被信任的新人到现在成为新人员口中公认的好姐姐，她也吃了不少苦头。经历过这一行每隔数年就轮回一次的股灾，各种惊涛骇浪，也都走过来了。

没有优秀家世或学历支撑，想在社会上拼斗，都要有点认命。出身单亲家庭的她知道，当时能考上这家颇有知名度的金融机构，已经很光耀门楣了，只能尽力做下去。

李云僧上任后不久，就碰到一年一度的公司大联谊。为了表示全公司员工都是一家人，老董多年前就下令，每年总公司和各分公司人员，至少要以娱乐名义聚会一次。而且，为了增进同人的家庭幸福，也邀请员工眷属一起参加。

今年，公司大联谊在近郊的一座森林游乐区举办。

一个星期前，李云僧问过妻子和两个念小学高年级的儿子，要不要一起出门玩玩。

答案都是否定的。惠敏并不喜欢大自然，她相信草堆里的虫子会是她的最佳过敏源，而且她也不喜欢户外活动，对有洁癖的她来说，跪着把家中地板擦得一尘不染，显然比到野外呼吸新鲜空气有趣。

野外有泥土，也有花粉，会让她的过敏症发作。而快要进入青春期的孩子，一点也不喜欢被大人带出去玩这个主意。被一个无聊的大人带出去，又被迫跟一群无聊的大人在一起，没人会有兴趣。小六的儿子说他要到学校打篮球，小四的儿子说他早已经和同学说好，要去同学家打电玩。

噢，电玩。“现在的小孩，宁可认电玩做父亲。”他曾这样对妻子感叹。不过惠敏觉得一点儿也不好笑——她是这么正经回答的：“话不能这么说，现在的父亲也很忙，没办法一直陪孩子，跟孩子一定有代沟，对孩子来说，爸爸比不上电玩有吸引力。至少我有控制他玩电玩的时间，要把功课做完才可以玩，考到九十分才能玩一个小时……”

李云僧其实很想打断她，他只是发个小小的牢骚，她不需要这么认真讨论与响应。对于任何跟教育和家庭有些许关系的话题，总能引发惠敏的长篇大论。她像一个严格的教务主任一样，总喜欢搬出一套教育经。

这一讲可能就是半小时以上。自从辞职后，家里就是惠敏的天地。她对于家事，总是恪尽其职，这些年来，免疫系统的问题更严重了些，但她的要求高，自己负荷不过来，也不愿意请用人来分忧解劳。

“我不习惯让别人来做。”惠敏说，“没办法像自己做得这么仔细。”

但若做了太多事，她的脸色也不太好看。

在她身体最不好的那段时间，李云僧曾经请过一个外佣来帮忙。

有个陌生人住在家里总是怪怪的，不能只穿着内裤出房间。

外佣在惠敏的指导下，看起来是完成了很多细琐的工作，但也让家庭关系更紧绷，他和惠敏的床边相处，常变成她抱怨用人的时间。对他来说，耐心倾听这些抱怨实在很疲倦。

其实，李云僧对这种活动缺失兴趣，也不知道怎么跟员工眷属相处。如果不是身为主管，他宁可在家看报纸或球赛转播，轻轻松松打发一整个上午。

老董要求全公司主管都要参加，还要各分公司同人组成队伍参加各种团队竞赛。

李云僧勉为其难地带领同事们参加“坡地袋鼠跳”的活动。小小的游戏当然难不倒学生时代曾是足球健将的他，只是不觉得有趣，强颜欢笑比工作还辛苦。

远远看着张百刚一脸得意、全力投入的样子，他还真是心生佩服。“这家伙就是很得人心。”他想。明眼人都看得出来：老董侄女的眼神没有一时半刻离开过张百刚。

上班一条龙，上班之外的活动，李云僧就像条动作缓慢的虫。大家忙着生火烤肉，他独自一人坐在一块大石头上发呆，思绪东飘西飘。

“嘿，李大哥！”

有人在他背后大叫一声，他差点跌了下来。

“啊，李大哥，对不起，吓到你了。”叫他的是总公司的临时雇员，他瞄了一下她胸前的牌子：“廖紫娟”。

一个长发及胸，脸色十分丰润，双颊带着自然粉红的女孩子，大概只有二十出头吧。

不消特别注意，谁都可以一眼看出，她有着曼妙的身体曲线和一双修长的美腿。粉红色线衫勾勒出她上半身陡峭而危险的身形。

“协理，不上班的时候，我叫你李大哥好吗？”她用稚嫩的声音说道。

“没问题。”

“你在想什么呀？吃一口烤肉，好不好……我喂你……”

不等他反应，她手中夹着肉的筷子已经直接逼近他的嘴。他大吃一惊，好像被人正面出拳袭击般。陌生人的喂食动作……让他一时很难接受。

“我自己来……”他尴尬地用手接住了烤肉，再放进嘴里。

啊，年轻人毕竟不一样，好大胆的作风，也不管面前是掌握她生杀大权的老板。

他不知该生气还是该赞叹她的勇敢。

“你们中年人好害羞喔。”她在他身边坐了下来，未经他的同意。

“刚刚我负责烤肉，我喂那些男生吃东西，他们都高兴到爆呢。”

他似乎见过这个女孩，但因平时公务繁忙，对她并没有太深的印象。

啊？第一次听到有人在他面前，大大咧咧地说出“中年人”这个词。他才三十六岁，还不至于贴上中年人的标签吧。

“在公司担任什么职位？”

“我现在还在总公司打杂啰，希望将来可以当理财专员。我刚进总公司一个月，你就被调走了，真可惜。你是张副总最好的朋友，对不对？人到中年，有好朋友不容易喔。”

唉，又是“中年人”。李云僧被她这么一说，有些尴尬，急着转换话题。

“……在工作上……适应得还好吗？”

“混口饭吃啦。”她随口这么回答，不一会儿，意识到自己在主管面前失言，“对不起，这只是我的口头禅，我很认真上班的，从不迟到早退，不信你可以去打听看看。”

几个年轻男生一直往这边看。有人大叫：“小娟，回来，肉熟啰。阿呆要你喂他喔。”

青春无敌啊。坦白说，虽然这不属于他的时代、他的个性，但他还蛮喜欢现代女生这种性格的。他有两个儿子，有时候会想，如果其中一个是女儿，全家的气氛应该就不会那么硬线条。有些人的家是美丽的泼墨画，但他家就像一幅由硬邦邦几何图形组成的画，全家都有棱有角的。

自己想着想着就苦笑了。

坐在大石头上，什么都看得一清二楚，不久他又看到小娟被好几个男同事包围，她轮流喂食那些男生，每个人都笑得好开心。他想，这个小女孩，什么都不怕，将来应该是最佳业务员。

忽然之间，原本风和日丽的天气变了。一大块乌云聚集在他的头顶上，风就这样大了起来。

“嘿！对……不……起！”冷不防，他被一个硬硬的东西打到后脑勺，他迅速把它抓在手里。

一转头，一双笑盈盈的眼睛看着他，原来是郭素素。她把长发扎成马尾，在空中甩来甩去的。

她身后还跟着一堆孩子，至少有五六个。

“对不起，我们在玩竹蜻蜓，不小心飞出去打到你了！”

“没关系。”

没有穿制服的她，和平常不太一样。穿着白色 T 恤和牛仔裤，头发稍显散乱，看起来比平常年轻许多。

“原来你是孩子王。哪一个是你的？”

“都是。”她笑道，回过头对孩子们说，“来，都来叫妈妈。”

“才不要。”手中都拿着竹蜻蜓的孩子们一哄而散。

她从他的手心拿走竹蜻蜓：“很难得吧，这个年代，还有人在卖这种东西。”

他看到了。刚刚游乐园入口处，有个老伯伯在做手工竹蜻蜓。他心想，一个卖二十块，如何谋生？不过，老伯伯的表情还蛮怡然自得的。

她双手熟练一转，竹蜻蜓轻巧地飞越孩子们的头顶，一群孩子抢着抓。

她得意地笑着。

“你很会玩这个嘛。”

“在乡下长大，小时候只有这个玩。”

“你有这么老吗？我记得，我玩竹蜻蜓时，都是很小很小时候的事了。”

“家里经济不宽裕，没有别的玩具。”她仍然带着微笑，“你应该很久没有回到大自然了吧。”

“怎么看得出来？”

“看你一副手足无措的样子。”

“真的吗？”

“就是完全没打算享受一下新鲜空气、放松一下心情的样子。”她偏着头的模样俏皮可爱，“离别人远远的，好像别人会把你吃掉似的，跟上班时威风八面的样子不一样。”

“有这么严重吗？”他也故作轻松地笑了，“听你这么形容，让我想起小时候的一则故事——纸老虎的故事。或许，我真的是一只纸老虎，其实都是装出来的吧。”

她在他身边坐下来。

“说说你小时候吧。”

“你在做心理辅导吗？是不是想要知道，一个人的童年有什么阴影，才会把自己变成这个样子？”

“看来你的防卫心很重喔。”她挑挑眉毛笑了笑。郭素素有很甜美的笑容，不管说什么话，好像都很开心似的。

“也没什么不可以说的啦……”他像被剑挑开了面具般，“我小时候跟现在一样，负责任、脚踏实地，从小学到高中一直是班长。”

“嗯，看得出来，你一直想表现得中规中矩。”

“从来没有做过坏事？”

他想了想：“嗯……看你怎么定义，偷摘人家院子里的桑叶去养蚕，算不算？不小心把球丢到别人家，砸破窗户，算不算？”

“不算。”

“为了某种刺激，在生物课解剖青蛙时，多杀了两只青蛙，算不算？”

郭素素皱起了眉头，依然笑盈盈地说：“还是不算，有更坏的吗？”

“难道要我奸淫掳掠才算？那你做过什么坏事？”

“嗯，你反过来考我了。”她用手指敲敲脑袋，“我也要想想，念书时考试作弊，算不算？”

“现在不算。”

“刚毕业时，明明得买全票看电影，却故意买了学生票，还假装自己是学生蒙混过关，算不算？”

“不算。”

“那么，其他的，我就不能说了。其他的坏事都难以启齿。”

脸上挂着神秘的微笑，她调皮得像个少女。

“有没有挪用公款？虚报公账？”他故意拉下脸说道。

“哇哈哈……”她刚喝进嘴里的可乐差点全吐了出来，“你是检察官吗？话锋一转就来拷问人家。就算有，我也不告诉你，怎样？你是主管耶。”

他哈哈大笑。好久没这么笑过。

“那我再问你，请你讲讲人生中最惨的一件事。”她故意把脸色装得很严肃。

“为什么是我讲，不是你讲？”

“那我们猜拳啊，输的人先讲。”郭素素说。

他出剪刀，她出石头。李云僧输了，他搔搔头说：

“嘿，这是出来玩呢，我怕把我人生中最悲惨的事讲出来，会把你吓死。”

他也故意板起脸来。许久以来，他脸上的表情很少这么剧烈变化过。

“真的？我不怕。”

“随便说一个，就可以让你今天心情 down 下来。”

“我很想听。”

“好吧，我告诉你。念小学四年级的时候，我带着我弟弟偷偷去玩水。那是附近一个地主的私人山坡地，荒废好久了，地主决定把山坡上的土卖掉。后来，一直挖一直挖，就变成了一个小小的沼泽，再后来就变成了一个湖。我曾经把一些鱼放养在湖里，还常常偷偷到那里游泳，那是我的秘密天地。

“那天，我弟弟偷偷跟着我，我没有发现。他很小，才念小学一年级，对游泳很好奇。我泡在水里好久，才发现他也在岸上不远的地方玩水。

“我制止他。他是个很聪明的孩子，他说：‘你可以，我为什么不行？你不让我来玩，我就跟妈妈说。’”

他停了一下：“这件事我不想再说下去了。反正……后来我弟弟……走了。”

他只说了开头和结局。

她果然被他吓到了，伸手抓住他的臂膀：“你骗我的吧？”

“我说的是真的。”

“他的死和你有什么关系？”

“有一天，他不见了。家人找了很久，都找不到。我忽然想起了那个人工湖，果然，他……在那里。”

李云僧勉强挤出一丝微笑。

“你怎么能说得这么平静？”一串泪水从她的眼角滑下来。

两个人相对无言，只听见风摇晃着树叶的声音。

“已经过去很久了，很久很久了。我已经长大了、老了。再大的伤痛，也会被时间抚平。

“只有我知道，我有罪，是我把他带到那里去的。我什么都不敢说，像一个不小心杀了人的刽子手一样。很多年，我都不敢说。”

“更惨的是，”他的声音仍然平静，“他去世以后，我妈变得很奇怪，易怒、疑神疑鬼，变成世界上最难相处的一个女人。我爸本来是一个爱家的男人，后来受不了，走了。走的时候，他说如果他不走，他一定活不下去，请我原谅他，请我帮他照顾弟弟、妹妹和我妈。”

“对不起。我不知道……我不该问这种问题的。”

“没关系。我好像没有跟任何人讲过这件事。”他深吸了一口气说，“不知道为什么，我觉得告诉你好像没关系。这件事，我从没对别人说过。”

两人一同把目光落在远方玩团体游戏的同事身上。李云僧换了一个盘坐的姿势。

“喏，我已经说了，那你的呢？”

“改天一定告诉你。”

“不公平，你要赖。”他抿了抿嘴，表情无奈。

“那这样吧，”她伸出小指，“来吧，拉钩钩。我不是故意要赖的，只是，我的故事也很惨，在这么短的时间内，我心里承受不了这么大的重量。你的故事分量太重，我的故事分量也不轻。真的，不轻。”

她的声音变得很轻很轻，像她手中迎风飞起的竹蜻蜓。

“好吧，一言为定。”他也伸出小指头。这大概是他脱离童年以来，最有童心的一刻，“改天听你说，让你先欠着。”

“我也该说对不起，为什么要对你说这么多东西？我从来没说过。”

“从没说过？”

“甚至……对我太太也没说过。”

公司活动一直办到晚上。那晚的同欢会，包下了整个海鲜酒店，年轻同事彼此疯狂地敬酒，该喝醉的都喝醉了。

这一行时机好坏关系行情好坏，相差甚多，压力总是很大，人生得意须尽欢。

李云僧是个奉公守法的人，坚持开车不喝酒。他知道，一旦沾一滴酒，此后每次宴会必然得连连醉酒。他老早就想好了理由，说自己胃溃疡，已被医生警告，别人就勉强不得。

结果，满场人，只剩下他一个人清醒着。众人皆醉我独醒的感觉，并不好受，更觉寂寞。

他的眼神不时搜寻着郭素素。虽说这一行的业务员常是酒国英雄，但她喝酒实在节制。

他还发现，她偷偷将茶水当成XO倒进酒杯里。

她以为神不知鬼不觉，就在此时，她的眼光和他交会，慧黠地跟他点了点头，眨了眨眼睛。

两人之间好像有了某种默契。

不知什么时候，她又偷偷摸摸地溜走了，他再也没有看到她的身影。

李云僧走出餐厅大门的时候，有人叫住他。

“李协理，不好意思，她喝醉了。下大雨，叫不到车子，我只有摩托车，没法载她回家。”一个他过去部门里的工读生，还在大学念夜间部的阿信，和另外一位女职员一起扶着一个看起来很年轻的女孩。女孩头低低的，捂着嘴，正往排水沟里吐。

“她是谁？”

女孩抬起头来，脸色惨白地对他一笑。噢，就是刚刚想要喂他吃烤肉的廖紫娟。

“没酒量就别喝这么多。”他忍不住说教起来。

“我载她回去啦。”另一位酒酣耳热的男同事走了过来，插话道。

“你自己喝醉了，自身难保，还想载别人。没人要搭醉鬼的车啦。”其中一个女职员瞪了那位男同事一眼。

“你还记得自己住哪里吗？”他问廖紫娟。

“我……当……然……知……道……”连说话都酒气熏人。她住在这座城市南边偏远的小区。

这样的状况，一个长得漂漂亮亮的女孩在暗夜独自返家，是多么危险的一件事。更何况，她的个性很活泼，李云僧心想，一定有不少男同事误会她，恐怕会趁她酒醉时对其下手。这个女孩子真不懂得保护自己。

“我送她好了。还有谁顺路？”他报出方向，征求乘客。

车子里头，不可以只载着一个女孩，这是他自己多年来为人处世的规矩。很多人都以为，只有女人会栽在爱情手中。事实上，多少年来，李云僧不知看过多少男人，就是因为小小的桃花而在阴沟里翻船，弄得家事搞不定，心烦意乱，也赔上了前途。

有两位女职员发现有便车可搭，兴高采烈地上了车。

不过，廖紫娟还是最后下车的一个。

她住的地方很偏僻，位于市郊的山区，开离主要道路后，还要经过一处墓地，山路上烟雨蒙蒙，很远才有一盏路灯。

这个地方新旧建筑夹杂，除了几栋刚盖好的新大厦外，都是三十年以上的老旧公寓。

瓷砖都已剥落，每一间房子都像一只癞痢狗，顶楼歪歪斜斜地搭盖着各式各样的锈铁皮违建屋，墙角到处都是暗绿色的青苔，从呼吸的空气就可以判断出这是个异常潮湿的地方。

廖紫娟口中的地址位于这个小区最偏远的一间面对着荒地的老公寓里。住户应该都已入睡，四周很安静，远远近近狗吠声因而显得特别响亮，声传十里，好像到处都养了狗似的。

他真后悔答应送她回家。她好几次推开车门大吐，应该也有一些残余物飞溅到车内，里头满是胃酸和食物残留物夹杂在一起的味道。

“你住哪里？”

廖紫娟半眯着眼，指着一栋楼房的顶楼。

“保重，小心走，下次别喝那么多。”他以老大哥的教训口气说，“你这样，很危险的。漂漂亮亮的女生，要特别小心。”

“你真觉得我漂亮吗？”

“喂，这不是我们要讨论的重点。”他催促着，“快回去，好不好？”

廖紫娟一下车就跌倒了，整个人正面趴在地上，好结实地“砰”了一声。

“真是的……”

他只好搀着她。

她遥指着一座狭窄的楼梯，然后全身重量都放在他身上。

年轻女孩的身体好柔软，线衫里的胸部贴着他的手臂，像吸水海绵一般的触感。

这种感觉让李云僧自己吓了一跳。“怎么了？不可以有非分之想……”他心里的声音说。忽然间，脑海里浮现出妻子惠敏不笑时显得严肃的脸，好像在警告他似的。

他对自己目前的处境苦笑了一下，并不习惯飞来艳福。

从外表看来，李云僧是个公正不阿，除了开会报告外都不多话的男人。

事实上，他心里很嘈杂，某个开关一旦被打开，就好像一台错乱的收音机，频道里充满各种声音，有时还怀疑自己是否有双重或三重人格。他已习惯跟自己做各种对话。

他深深吸了一口气，对自己说：“别想太多，赶快扶她上去！”

这是一栋四层楼公寓，她住在五楼的加盖违建里。

五楼。很窄的梯子，每层阶梯甚至没比他的脚宽多少，真不晓得当初盖房子的人有多么瘦小，才会修出这般宽度的楼梯。

“谢谢你喔……”廖紫娟一路意识模糊地说着。

总算到了门口。

“嗯，谢谢你，爱你喔。”她在关上门的那一瞬间，全身又倒在他身上，他只好用手臂承受着她的重量。

什么时候“爱你喔”也变成年轻人的口头禅了？他在公司听过他们如此亲昵地开玩笑，因此并没有误会她的意思。“这个女孩，如果不是遇到我，她真的会置自己于险境啊……”李云僧拍拍她的肩：“快睡觉，好吗？明天是星期天，你可以好好休息。”

“谢谢喔……”忽然之间，她上前亲了一下他的脸颊，“你是好人，上天会保佑好人。”

仍然醉言醉语。

“要进来……坐坐吗？”她的唇瞬间逼近他的脸。

“这样不好……快去睡！我得走了，我太太……不喜欢我太晚回去！”他愣了一下，硬邦邦地说道。在寂静中，他的声音显得洪亮了些，赶紧把她推进门内，他快步走下楼梯。

他还真佩服自己的定性，把门轻轻关上了。“这样的女孩，迟早会出事的。”他想，“如果她一直对陌生人这么放得开。”

何况，她是丰腴美丽的。只要靠近点，她的青春气息就会扑鼻而来。她口中的“中年人”，其实是无法自我克制的。

“记得锁门。”这是他最后提醒她的话。

这个晚上，廖紫娟是故意喝醉的，她心里很不舒服。那不只是眼睛里的一粒沙子，而是好像有人强迫她小小的胃吞下一头大象。

她看见她的情人挽着另一个女人的手离开，都没有回头看她一眼。她装疯卖傻了一整个下午，想假装自己很高兴、假装自己不受影响，才在那儿和男同事们玩喂食游戏。她想故意让他看到，看他会不会生气。

他只是看了她一眼，皱了一下眉头。然后，继续以情圣的姿态和带笑的嘴角对他身边的女人嘘寒问暖。绝大多数时候，他都紧紧握着那个女人的手，好像怕她跑掉似的。

公司旅游，本来让她高兴了好几天，最近他越来越忙了，已经有一个星期没来找她。她好不容易可以在大白天里跟她的情人一起出来，在郊外走走。虽然没有人知道她和他是什么关系，但这样还是有一种“爱情公开上市”的感觉。

为什么多出了一个女人？他的态度很清楚了，那个女人比她重要。而那个女人也以胜利者的姿态，宣称他是她的战利品。

到底在他心里，自己是什么东西？

她好想问，却不敢开口。

她好痛苦，胃里汹涌的酒精也掩饰不了内心澎湃的痛苦。

就算喝得很醉，她还是记得他的手臂紧紧圈住她身体的温暖，也记得他的每一个表情。他不是叫她“公主”吗？为什么这一切发生在美丽夜晚里的事，到了白天，就不存在于他的记忆里？白天，他永远像一个她不曾相识的陌生人……

她好像历经沧桑

迷迷糊糊不知睡了多久，廖紫娟在黑暗里睁开眼睛。

“天还没亮呢。”又是一次宿醉难耐的清醒。

她其实不喜欢喝酒。不管是什么酒，都很涩、很苦、很不顺口，她只喜欢酒后的那种醺醺然。天旋地转，头晕目眩，让她忘掉所有不愉快的感觉。

第一次喝醉时，一直睡到第二天黄昏，她觉得好幸福。“好像死掉一样睡着。如果醒来之后能够变成另一个人，该有多好。”在日记簿里，她这样写着。

不过，随着越来越常喝醉，身体好像也起了一些变化。每次喝醉后，她不再那么容易大睡不醒。

夜半里酒醒，一个人面对着黑漆漆的房间发呆，真不好受。这时候，嗅觉分外灵敏，她会感觉到整个房间里弥漫着潮湿的霉味，好像有无数霉菌正在分裂繁殖。

这种清醒是会刺人的，让她想起很多不愉快的事。她知道，自己从小就不是个快乐的孩子，不像大家表面看到的那样。

同学们以前在毕业纪念册上的留言，都形容她“乐观、爱笑、开朗、活泼”，只有她自己知道这只是假象。

好像有一个忧郁的老灵魂一直住在她的身体里。

面带微笑比较容易活下去。

自从妈妈离家出走后，她就没有真正笑过。大人的事情她不太明白，只是从小就疑惑，为什么自己这么倒霉？别人的爸妈、别人的家庭都不是这个样子的。别人的爸爸，不会将自己的女儿当成老婆离家出走的出气筒和替代品，不会骂她“淫妇”“荡妇”。

她多么希望自己是个真正的公主，一个普通的公主就好，至少有人疼。

“不要再想了。”她对自己说。

头好痛，好想喝杯水。租来的顶楼违建小房间，连厕所都要和其他房间的人共享。从厕所的小窗望出去，就是乱葬岗，有时她仿佛看见了传说中的幽幽鬼火在诡异的黑暗中飘荡。

电饭锅、热水瓶、鞋子、衣服分散在小房间的各个角落。虽然她已经尽量把它们摆得整整齐齐，但是，在这狭小空间里还是有各自为政的感觉。房间的主角是一张单人弹簧床，没有床架，是公司里的一位大哥搬家时送她的，她千辛万苦地借了一部机车，像耍特技般，把它搬回了家。

打开灯，天哪！热水瓶旁的金鱼缸里，唯一的狮子头小金鱼已经浮在水面上了。

“昨天还游得好好的……”她想，鱼真是一种脆弱的生物。前一天看起来还健康活泼，活得好好的，一转眼就变成了小小浮尸。金鱼这种动物，几乎是想死就死，一点征兆也没有。

还好，这不是第一次了。

从她住在这里开始，这个小金鱼缸里，已经换过十多条金鱼了。

金鱼缸是她第一个男朋友送的。

男朋友是她念书时的同学，两人一起从南部乡下来到台北，他一边上学一边打工，她工作。两人曾经像小夫妻般紧紧依偎，在这个下雨天会漏水的顶楼房间里。

他们唯一的烹煮工具是一个老旧的大同电饭锅，她还会用同一个电饭锅煮饭，做好几道菜，两个人一起吃，就像享受豪华大餐似的。

以她的薪水，他们只租得起这么偏远的小房间。

她对于简陋的生活并不在意，在她心中，爱情比面包重要得多。

不久，他搬出去了。他很坦白地对她说，他想追求自己的同班同学，他们比较能沟通。

“我哪里有问题？你可以告诉我，我可以改啊。”

她本来还想挽回。

接着，他说，其实是他父母反对他和她交往。

“怎么会？上次他们来，我还请他们吃饭，他们不是很开心吗？”

“他们说我太年轻了，不能这么早定下来。”他回答。

越想越不对。那么，他换女朋友，只是为了不要太早定下来，所以多交几个玩玩吗？

后来，她跑到他们学校去才发现了真相：那个女孩跟她不同，是个典型的都市女孩，开着一部红色跑车，在学校里是很拉风的人物。

那个女孩的父母很有钱，不像她，什么都没有，还很怕回家。

“这个房间里，除了蟑螂，只剩下我一个生物了。”半夜清醒的紫娟喃喃自语，热水瓶里没有水了，她索性喝一大杯自来水，一嘴氯气的呛味。

就在这时候，手机响了。

竟然是他打来的电话。

“嘿，是我……”电话那头的声音，还是那么精力充沛。

“噢，你……你还没睡？”

“还好吗？我走的时候，看你喝得半醉了。谁送你回的家？”他的语气中仿佛有一丝关心，让她暗暗感觉欣慰。

“李协理。”

“那我就放心了，他是好人，你还好吗？”

“没有你，我不好。”她用撒娇的口气说。

“我就知道。我等一下去找你……事实上，我已经在半路上了。”

“噢。你真是的，一点都不累吗？”她的语气中有着惊喜。虽然，头还因为喝了太多酒的缘故，像个快爆炸的气球。

她心头一酸。“有空了，才想到我？”她很想故意这么撩拨。

“我想陪你。”

这就是他，永远有办法四两拨千斤。他好聪明，她喜欢聪明的男人，有一点年纪的男人，不像她爸爸的男人。

“你回到自己家了？”她问。她知道他一定会送苏菲亚回去。

“我去接你，星期天不上班，我陪你。”他总是不直接回答她的问题。

无论如何，心里有股暖流。他的准未婚妻，英文名字叫苏菲亚吧。苏菲亚是名门千金，周日上午都要陪父母上教堂，中午还要固定跟家族聚餐。

在还没有正式娶她之前，他不必参加这些聚会。廖紫娟不知道，他还有几个星期天可以有空来理她。

她没办法怪他，是她喜欢他的，他的眼神很吸引她。

他比她大十二岁，应该很世故才对，可是，他却有种天真的神情，无论他对她说什么，都不像在说谎。

她开始打扮自己，对着镜子微笑。她有着丰润的双颊、尖尖的桃子形脸、一双往上翘的眼睛、不必修就自然有型的浓眉。

她喜欢笑得雍容华贵的样子。身高足足有一七〇，可以媲美女明星，还有一双只要穿迷你裙就能吸引大家眼光的雪白长腿、丰胸细腰。邻家的姑姑婶婶都说，她和她跑掉的妈妈很像。

廖紫娟不怪妈妈。她在成长的过程中早就明白了妈妈为什么要跑掉。

就像她现在，也已经跑掉了，远离爸爸的掌握。现在梦到他，还会做噩梦，吓出一身冷汗。

在半夜里打扮有点奇怪，好像女鬼一样。昨晚的妆还没卸掉呢，还好她的皮肤一向水嫩，只要把粉底轻轻擦上就行了。

换上 T 恤和短裙。

远远地，她看到他的跑车飞驰而来，车灯越来越近。

那是一辆银色的 SLK 跑车。

“上车。”他温柔地命令着。

他一手扶着方向盘，一手放在她的大腿上，用指尖轻碰她的肌肤，像弹钢琴一样。

“我们要去找第二十座皇宫，我的小公主。”

她一看到他，所有的埋怨和不愉快都消失了。她好喜欢听他这样说。

他总是精力无穷地进行着他想做的冒险，像个永不知足的少年。

第二十间汽车旅馆。他说，要带她去不一样的汽车旅馆。出发前，他总是做好调查，靠着卫星导航，直驶目的地。车子往南，高架道路下，城市和乡野，都还在熟睡中。

第二十间汽车旅馆，代表第二十次做爱。

她还记得，第一次和他上床的情形。好新鲜的地方，房间好豪华，就像她梦想中想要的家。什么都有，她差点想把房间里头所有的沐浴用品全带走。

那是公司附近的汽车旅馆。午休时间。那个时候，他已经认识苏菲亚了。

她一进公司就开始喜欢他，就像一只饿得可怜的老鼠，不得不盯着那块沾满糖汁的粘鼠板一样。

他和办公室里的其他男人都不一样。

看得出来，他是个勤于运动的人。宽阔的胸膛、平坦的小腹，总是穿着笔挺的西装，同一个月里每天都更换不同的领带，脸上总带着微笑。

金融机构里的男人，很少是这个样子的。他对所有人都一样好，连管清洁的那位阿姨看了他也眉开眼笑。

苏菲亚第一次到办公室来找他，他正在会议室里开会。

“他在开会。你是……他的客户？”廖紫娟怯怯地问。

“不是，呵呵呵。”苏菲亚神秘地摇摇头，开朗地咧嘴大笑。

“他的朋友？”

她点点头：“他知道我会来，我可以等他。”

她很大方地坐在张百刚的办公室沙发上。

不久，她看见另一个副总裁千里迢迢地从自己的办公室走过来，和苏菲亚寒暄。原来，她是总裁的侄女。

廖紫娟并不讨厌苏菲亚。苏菲亚对她很好，知道她的主要工作是替张百刚打杂，所以刻意讨好，送她一瓶叫作“True Love”的香水。

那也是她的第一瓶香水。现在正洒在她的脖子上，散发着初开玫瑰的芬芳。

三十岁的苏菲亚身材中等，一头利落短发。和不少生长在国外、喜欢海滩运动的女孩一样，有着壮硕的身躯和圆肥的臀部，笑起来像刮大风一样。她一看，就知道那不是张百刚真正喜欢的类型。

两个人的样子差太多了，怎么看都不像一对。

她对张百刚印象很好。一个新员工，没人理，他是第一个对她表示友善的人，一点架子也没有。人家说他是总裁面前的红人，可是他却一点架子也没有。不像有些主管，对上头鞠九十度大躬，但使唤起新人员，却像唤狗一样。

她每天上班时都痴痴看着张百刚，他桌上没茶水了，就立刻去倒茶；也会主动问他饿不饿，要不要帮他买盒饭。他加班的时候，她敬业地留下来陪他，假装认真工作。

好像就是苏菲亚第一次到办公室的两个礼拜后，不知不觉地，他的手在没有人看见的时候，巧妙地握住了她的手，渐渐往胸部挪动。

她有一点罪恶感，但事实上，心里在不断欢呼，好像有个声音说：“我就知道这才是对的，你喜欢的应该是我才对！”

某个晚上，她关灯要离开的那一刹那，他问她，要不要他送。

他很安分地送她到家，同样是位于郊区乱葬岗旁的住处。在她说再见时，他扳过她的腰，手恣意地在她身上探索着。

他喘气声浓重，而她没有拒绝。

“要邀请我上去喝杯咖啡吗？”

“我家没有咖啡。”

“那……喝茶？”

“我家没有茶。”

真正的原因是，她不想让他看见她那漏水的小房间，不适合他的身份。

那一辆银光闪闪的车子驶进这一处仿佛停在三十年前的小区，对此地居民们来说，已经很刺眼了，绝对是格格不入的存在。

“哇，你拒绝得真爽快。你是乖女孩，对不对？”

她心里苦笑。

“有男朋友吗？”

“目前，没有。”她诚实地回答。

“曾经有吗？”

“有，分手了。”

“那么，我可以跟你吻别吗？”

她没有拒绝。

好深的一个吻，好像要把她胃里的养分全吸出来似的。很强势，但是又很温柔。她陶醉了。比较起来，以前那个初恋男友青涩的吻，总是用牙齿碰撞她的牙龈，显得索然无味。她曾以为自己不喜欢接吻。

他的吻很成熟、很甜，让她忘了自己是谁。

“你像一颗水蜜桃，吸引我把你吃掉。我误会了吗？来，喜欢我请点头，不喜欢请摇头。”

她呆了一会儿，点了点头。

“好，我就知道。”

关系往前迈进了一大步，她有点犹豫。他的女朋友是大老板的侄女，坦白告诉他“我喜欢你”，到底对不对?

就在她犹豫的时候，他用最快的速度发动车子，头也不回地走了。那一刹那她有点难过，好像盛装的灰姑娘错过了期待中的宴会。

不过，他并没有让她等很久。第二天中午，他当着大家的面叫她：“我午餐时间出去跟客户谈合约，紫娟，有空帮我做记录吗？”

她当下确实犹豫了一下，但无论如何，就是没有办法拒绝他的召唤。紫娟乖巧地拿着笔记本电脑跟着出去，踏出办公室的一刹那，她也走上了一条不归路。那一秒钟她老早就知道了，他不是真的要她去做会议记录。

她一踏进他的车里，他又吻了她一次。绑上了安全带的她像一只无助的羔羊，顺服地接受了他的吻。他的嘴里有淡淡的薄荷烟草味，她从那个时候开始，就迷恋起他嘴里的味道。

“我带你去一个地方，好吗？”

她没有问要去哪里，只是静静地等待着他的答案。

他左手开车，右手握着她的手，很镇定，好像今天发生的事与过去没有什么不同。

那是公司附近的一家豪华汽车旅馆。等了十五分钟才有空房。真令她讶异，才中午，生意就那么好。“大家好像都不用上班……”她很紧张，不知道该说些什么，这么说只是为了化解尴尬。

“所有人都需要忙里偷闲吧。”他扬起嘴角，把她的手握得更紧，“我们等一下，好吗？”

他开始跟她介绍车内放的音乐，他说他听的都是法国香颂，女歌手的声音黏黏的，很温柔，好像喝过酒才开始唱歌。

十五分钟后，车子开进车库，一进门就是金碧辉煌的房间，天花板上粉蓝、粉红和粉橘色的灯光交织着。她像参观某人的新居般，东瞧瞧、西摸摸，红色天鹅绒大床旁就是透明的浴室，有座巨大的按摩浴缸，马桶只用玻璃隔起来。一点遮蔽也没有。

“如果将来能有这样的套房住，多好。”她心里这么想。

“哇，厕所没有门……”那是她唯一不满意的地方。

“没关系，我不看你就是了。”

“你常来这种地方吗？”她问。一出口就知道自己不该这么问话，好像在调查人家底细。

他没有正面回答：“中午在这里休息很舒服，不是吗？”

“嗯。”

“你愿意吗？我从来不会强迫别人。”他的脸逼近她。

无论如何，他的眼神看起来很诚恳。

她说：“关上灯好吗？”然后，乖巧地上了床。

床很软很软，像流沙一样，好像要把她吞没似的。在那一刻中，她被初恋男人伤害的伤痛，都融化掉了。

他的动作很温柔，但温柔中又充满激情与冲动。紫娟有点紧张。她情不自禁地比较起她的第一次经验……和初恋男人的动作相比，这时候的感觉好太多了。

过去只是年轻的躯体被荷尔蒙驱使所发出的饥渴呐喊而已。以前她并不喜欢做爱，只是觉得“既然决定和你在一起，那么，该怎么样就怎么样吧”，每次，一阵冲撞后，她会听到男友发出解放式呻吟，而她只是觉得好空虚。如果说现在和他在一起的感觉如同置身豪华宫殿，比较起来……过去和初恋男友的床上经验，简直就像住在贫民窟里——没有节奏、莽撞而仓促，除了发泄之外，没有任何其他美妙感觉。

他在最高潮的一刹那，像一把拉满弦的弓，而她觉得自己像一面飘扬在蓝天上的风筝。

之后，他弓身从背后抱着她，轻抚着她的头发。不知道为什么，她忽然哭了。他是第一个这么温柔对待她的男人。

“你舒服吗，我的公主？”他在床上很体贴，每个动作，都很在意她的感受。她没有问他，他到底喜欢苏菲亚还是她，但她心里认为，至少在这个时候，她比苏菲亚更像一个公主。

结果，那天下午三点他们才回到办公室。

如果同事们心够细，就会发现她走进来的时候，头发飘散着不一样的洗发水气味，眼神里多了一丝难解的神秘色泽。而他脸上的一层阴绵绵的雾被风吹散了，笑容变得更干净开朗，笑起来一口白牙显得更明亮。

“整理好了记得给我。”他走到她座位旁这么说。他的手离开桌上时，偷偷捏了一下她的手背。

“我整理好了就给您。”她故意以同事听得到的声调这样回答。

下午，他进会议室开会时，她接到了一通苏菲亚打来的电话，要张百刚回电话给她。

有时她会想，这世界真不公平。

苏菲亚手上的一个皮包，就相当于她一年的薪水。

何况，苏菲亚同类型的皮包有好几十个。苏菲亚一定不知道，这世界上有人连午餐可不可以多花十块钱都要算得一清二楚。

她也一定不知道，这世界上有的女孩过了十六岁，就要靠自己才能有饭吃。虽然紫娟再也没有回到爸爸身边，但每个月她还是会东凑西凑，挤出三分之一左右的薪水汇给爸爸。那笔钱，爸爸应该都赌掉了吧？但是，至少她觉得心安。

她知道自己跟张百刚在一起是不对的，可是，自己没有一次能说出拒绝他的话。只要他找她，她会推掉所有跟朋友的约会。

坐在张百刚车上，因为醉意，她不知不觉睡着了。睁开眼，天色已经是半透明的黎明。还是清晨，他所说的第二十座皇宫就到了。

“新开的，很热门。早上人少，不用等。”他像是带她来游乐场似的。

车子驶进停车场，房门一打开，眼前是一座豪华的阿拉伯皇宫。房间的主角是一张金色大床，床上有一套镶着金边的薄纱浴袍。

他要她把衣服脱掉，然后指着浴袍说："穿上！"

有时候，他会用命令的口吻对待她，像一个威严的国王。

圆形的大床上有着金色的帷幕，床边有一张雪白的按摩椅。

"这张按摩椅好漂亮。"

"这不是按摩椅。"

他要她坐上去。他将她的手脚固定在椅子上，像一个做错事等着接受惩罚的女奴。

"求我饶了你。"他命令道。

她照做了。刚开始有点不好意思。

他轻轻地打了她的臀部一下。"我要你入戏。"他说。

那是一种奇异的感觉。上班的时候，张百刚是她的主管，有时她会幻想，她是他的女奴。

她接受一切命令，好像她真的是他宫中的女奴一样。最后，两个人就像是同一枝头上的两片叶子一样，微风吹来，在某种旋律中一起感受着颤动。

身体的接触是微妙的。这一天，她觉得他的身体有些不一样。

他身体的温度比以前低了些，节奏也缓慢了些，不像以前那样，轻快而流畅。

他好像一边做爱一边沉思。不一会儿忽然停了下来，说："嗯，让我喝口水，休息一下。"

身为女人，她也有敏锐的直觉。她感觉不久之前他才和另一个女人上过床，那个女人是苏菲亚吧。"你刚刚……和她……在一起吧？"紫娟本来不想说的，却挡不住自己的嘴巴。

他背对着她，没有作声。

在此之前，她从来没有提过苏菲亚的名字，这是两人心知肚明的默契。

他们是盟友，共同背叛苏菲亚，因而绝口不提。

她想，自己猜得没错。

女人的直觉，最原始的本能，超乎世上所有逻辑，是这样，一定是这样的。

“不要提她好吗？我现在眼里只有你……”他转过身来，皱着眉头看着她。

“你生气了？”

“没有。”他撇着嘴给她一抹无奈的笑。

“你很累了，为什么来找我？”

“我刚刚……很不舒服……”

紫娟知道他在说什么。他跟苏菲亚上床了，但显然不是很愉快。他像一头受伤的野兽般，想从她的体温中索求一些安慰。

张百刚确实不舒服。来找紫娟之前，他刚从苏菲亚的漂亮房间离开。他表现得像个完美情人，要她：“好好睡。”并且在她额头深深一吻。

“不能陪我睡吗？”苏菲亚要求。

“不行，明天一早跟你伯伯约好去打早球。我怕我明天带着两个黑眼圈，就不好了。”

一离开苏菲亚，他就迫不及待想除去她留在他身上的气味。苏菲亚是个体味浓厚的女人，又喜欢用气味浓郁的香水，那股气味让他很不悦，但他当然没有将情绪表现出来。

就像刚刚吃了太咸的东西，必须喝点可乐来冲淡那股气味。他需要一种安慰。

他需要安慰，首先想到的是紫娟天真稚气的笑容。

说实在的，他不喜欢的，不只是她身上的味道。他知道苏菲亚爱他，但是在床上……那是一道难以下咽的菜，像一条蟒蛇很难吞掉一个苹果核，是种很难解释的感觉。

长久以来，性一直是他最好的安慰，至少让他得到短暂的舒坦，忘记很多烦人的事情。

他靠大脑的逻辑寻找配偶，却只能靠身体的直觉寻找性的快感。

“抱我。”他像个婴儿一样，伸手抓住她充满弹性的胸部。

紫娟重新张开手臂，拥他入怀，让他吸吮着，把他当成一个婴儿。这个男人大她十几岁，在这一刻，却显得幼小而无助。是上辈子欠他的债吗？奇怪的是，对于他，她是没办法苛责的，不管他做了什么，她都会原谅他。

“那么，你爱我吗？”她忽然这样问。

“看来，你是不爱苏菲亚的，但是你爱我吗？”她心里完整的句子是这样的。

“啊？”他愣了一下。

“我很喜欢你。”他用吻堵住了她的嘴。

这是他的模式——总是不正面回答问题：“那你爱我吗？”

“我……我也……喜欢你。”紫娟故意这么说。

“学我，真没创意。”他哈出来的热气湿润了她胸前的肌肤。爱，爱是什么？身体所渴望的被安慰的感觉，是不是就是爱的感觉？

他比刚才更专心、更卖力，好像身体里头困着一个待拯救的灵魂，只有靠猛烈的冲撞才能把锁打开。

他最快乐时候的表情，就像一头被捕兽夹夹住的野兽，忽然被松开了捕兽夹，奔入山林。

紫娟也觉得自己很累，她靠着他的头，呼吸渐渐均匀。宿醉催促她进入沉沉的梦乡。

她是被旅馆柜台打来的电话铃声吵醒的。三个小时的休息时间到了。

张百刚已经不在她身边。

他留了手机短信给她：“我得去打球，看你睡得很甜，不吵你，先走了。你自己坐车回家吧。”

床上放着一沓厚厚的钞票。

他好像不需要睡眠似的。

除了付旅馆费外，他多给了她一些钱。

她数着数着，心里好酸。“你根本像个妓女！”好像有个声音在斥责。

她吓了一跳，那是她父亲曾骂过她的话。念书的时候，爸爸看见一个男孩子——她的初恋男友送她回家，拿了藤条打她，并且用这样的话骂她。

她的泪水止不住地流淌。

她缓步走出汽车旅馆。激情过后，这样的感觉很不好，一个人走出这样的建筑物，自己好像裸体一样。

她觉得，就连门口收费的服务生都用同情的眼光看着她。为了省钱，她到附近搭公交车回家。剩下来的钱，她帮自己买了一台便宜的笔记本电脑。

她想要笔记本电脑已经很久了，却始终存不到钱。

“你根本是个妓女！”付账时，那个声音又响了起来。

还剩一些零钱。她想到了那条昨夜死掉的小金鱼。

她买了一条金鱼、一小盆水草。或许，这样鱼会快乐一些吧。

还剩一点钱。买鱼的时候，她看到了一个小小的方形玻璃鱼缸，上面有个小纸灯，里面有座假山，正贴着特价处理的红纸条。

她想起昨晚送她回家的李云僧，那个人是张百刚的好友，一个好人。

她记起自己吐在他车上的事情，觉得很不好意思。

还好他是正人君子，脾气也好。

她应该回报他一点东西。

就送他这个好了。她又买了两条孔雀鱼放在鱼缸里，写了张卡片，祝他婚姻幸福、事业发达。

“这是谁送的？”

李云僧的秘书叶瑞玫忍住笑，说：“卡片上写着：你是大好人。署名：

一个感谢你的小女生。”

谁恶作剧?

李云僧看到送来的鱼缸时，眉头皱得好深。或许是那个喝醉的小女生……不过，还是得装作猜不出来的样子，以免员工胡想乱猜。

“放在桌上很好啊，活动一下眼珠子。”秘书说。

忙碌的星期一又开始了，谁有时间看这些生物?

李云僧除了小时候上自然课被迫养蚕外，从未养过任何生物。在小小鱼缸里悠然自在的脆弱小鱼，让他伤透了脑筋。

带回家给孩子玩?太太恐怕会问鱼是从哪里来的。他家的孩子已经大到对小鱼没兴趣了。两个男孩都皮，小动物交到他们手里，大大不妙。

最近市场状况不好，前不久向大客户募集的基金，一上市就开始跌，现在几乎都跌了两成，不少客户打电话来抱怨，责怪他们故意坑杀。这些明明都是上一任分公司协理任内的事，李云僧一上任就得全部承担，一大早，赔罪电话打不完。

谁有时间管两条小鱼?

“你问问谁想认领好了。”他对秘书说。

没过多久，她进来了：“可以给我吗?”

清脆的声音。是郭素素。

“请便。噢……原来是你……”

他不自觉地放松了眉头。

穿着制服的郭素素，把头发盘起来，显得精明干练，与那天散发着孩子王气质的郭素素迥然不同。

她的下巴和颈项的弧度很美。

“你还欠我一个悲惨的故事。”他小声说。

“悲惨的事情，通常不容易摆脱，所以也不着急说。”

“不要耍赖。”

“不会。”她微笑道。

“我帮您照顾那个鱼缸好了。”鱼缸正在她手上，“我女儿很喜欢鱼，她会很高兴的。”

“你有小孩？”他竟有点失望。

“我很老啦。”她耸耸肩说，“……协理，我刚走进来时，听见您正打电话给客户，我在这里很多年了，所有客户都熟，如果有需要，我可以陪您去拜访。赔钱的时候，没有客户是不生气的，但是，只要送点小礼，表示重视、表示负责到底，我想他们也会明白是世道不好……”

“好的，谢谢你，我明白。”

“加油！”她离开前，握紧了拳头对他调皮地笑了笑。

郭素素离开办公室后，李云僧决定出去走一走，顺便喘口气。办公室位于地下室，有一种被人埋在墓穴的感觉，真不舒服。

他一个人走到一楼走廊外，望着街道上川流的车辆发呆。

人生，到底是怎么回事呢？过去，忙碌的工作顺理成章地使他忘记了时光流逝。最近，职务的调动是一个转折点，让他有了危机意识：他很担心，这个自己一毕业就开始卖命的公司，有一天会完全不需要他。这使他意识到，自己不过是一枚任人摆布的棋子罢了。

也许他只是个过河卒子，一次只能安安分分地往前走一格，直到被歼灭为止，甚至连“车”“马”“炮”的花哨走法也学不来。

张百刚和他不一样，他不是“炮”就是“车”，至少懂得跳跃，努力摆脱卒子的命运。

过去那么多年来，他一直以青年才俊沾沾自喜，这个工作转折打醒了他安详的梦。

人生就像股市一样，上上下下。他见过很多在其中获利的人，总是趾高气扬，到处告诉大家：“我一天就赚了几百万元。”他甚至看过吹嘘自己拿一亿元现金买楼的大户。

但是，这一行有句名言：“赚九次不够你赔最后一次。”

那个十年前拿一亿元现金买房子的大户，本来只是个出租车司机，在朋友的介绍下赚尽了投机财，离开原本的工作岗位，过着在贵宾室里杀进杀出的生活。有几年时间，的确十分风光，可以称得上是锦衣玉食，身边也美女如云。但在一次股灾中，赔光了他所有的积蓄，众叛亲离，已经过不惯苦日子的妻儿，怪他贸然进出，选择不和他共患难。最后，他只好又回去当出租车司机。

一切回归原点。

过去的荣华富贵已成过眼烟云。

他过去的好友只剩下李云僧了。这一两年来很多企业出走，国外客户也越来越少了，连出租车司机的生意也渐渐不好做了，空闲的时候很多，有时还会来找李云僧聊天。

他说："小李啊，每次想到那段吃鱼翅、燕窝，走路有风的日子，都觉得像做梦一样。那段日子，好像都是租来的，就像客人租我的车子一样，只租一小段时间。相差的只是，我租那一段股市大户的岁月，是用我的青春作为代价。青春用完了，一切又回归原点，现在我已经没有青春可以翻本了。"

"不要这么悲观啦，我们还有大好前途。"李云僧总是这样安慰他。

不过现在，他也开始有种人生是租来的感觉了。

没有人听见的时候，他叹了好长一口气。

没等郭素素告诉李云僧人生中最惨的事是什么，他就已经大致知道了。

收盘后，他也忙翻了，不知不觉，打了个盹。不久，他的个人办公室外的小小喧闹声将他拉回到了现实世界。

从百叶窗里望出去，员工们好像在外面交头接耳。

郭素素的座位上有个陌生男子霸道地坐着。

她不在。员工外出都要用信息系统报备，他查了一下计算机数据，知道她正外出拜访客户。

一般客户是不可以擅自坐在营业员办公区的。

那个人坐在郭素素的位子上，同事们假装没看见他。

李云僧走出自己的办公室一探究竟，听到了这样的对话：

“我们的营业时间结束了，现在正在结算，是不是可以请您先离开，由她打电话给您？”

“我就是要等她回来。”那个男人扯开嗓门说道。

男人身材中等，看起来年纪不大，但头发已有三分之一是花白的。

李云僧问秘书那人的来历。

“听说是郭素素的先生。”秘书又补充了一句，“不知道是现任，还是前夫。”

“他来做什么？”

“唉，男人无预警地到办公室找妻子，又找不到，一定有几个状况：一是他很闲；二是他没钱；三是他没出息；四是他们感情不好。”

他的秘书瑞玫是个聪明人，反应很快。

“这个男人不是第一次来，上上个月也来过，当时已经喝得半醉，算是比较清醒，不过还是可以闻得到酒味。”

“上上个月也来过？”

“他当时砸烂了郭素素桌上的所有摆饰，像孙悟空大闹天宫般，嘴里还吐出各种脏话。我们叫了警察把他带走，还好郭素素不在。休息了两个月，又来了。”

“他为什么来闹？”

“没自尊的男人才会为难女人，详情并不知道，郭素素不讲，说是家务事，有人说他们已经离婚，但男人心有不甘。”

“上任主管是如何处理的？”

“在自己的办公室里假装没看到，冷处理，叫我报警。”叶瑞玫说。

这件事得好好处理，否则他继续闹下去，会吓坏所有客户。

男人的脸红红的，看来喝了不少酒。

此时，郭素素走了进来。

她低声对那男人说了几句话。

“我不要出去谈，要谈就在这里谈清楚。你在外头有男人，怕别人知道是不是？”

男人血口喷人，最毒者莫过于指责一个女人淫乱。

“你不要乱说。”

“你把孩子带到哪里去了？你以为我找不到，是不是？我告诉你，你又不是第一天认识我，我的本领比你想象中大得多！”

“我很后悔，我不是第一天认识你。”

郭素素说得很小心，但整个大办公室里，已经到了万籁俱寂的地步，她说话的内容还是被人听得一清二楚。

“你想怎样？说清楚啊。想离婚？办不到，哪有那么容易？”

“……你，你可不可以不要在这里闹，这样很丢脸……”

“想威胁我？”

瑞玫问李云僧：“要不要报警？”

“事情还不宜闹大。就怕来了警察，也来了记者，如果有人在这里闹事被报道出去，人家会说我们管理不善。”李云僧想想，“我去处理吧。”

他走到那个男人面前。

好颓废的脸部线条，但却是五官分明的一张脸。年轻时那男人的轮廓应该不错，只是现在，眼神比在垃圾桶里捡拾残羹剩饭的流浪狗还憔悴。酒味确实浓厚。

“你们来我办公室谈谈吧。您要喝茶，还是咖啡？”他彬彬有礼地说。

人家说，伸手不打笑脸人。

那男人看着他，一时不知该如何应变。

“我是分公司负责人，敝姓李。请问贵姓？”

“我姓陆。”男人说，“我是她先生。”

好不容易才把他请进办公室，让外面的员工可以安心做事，不再竖起耳朵打听精彩情节。

瑞玫已经把茶和待客用的茶点全套准备好，放在他个人办公室的茶几上。几个警察也来了，在瑞玫的示意下，只站在大门口观察，以备不时之需。

男人跷起脚来，大口喝着茶。

郭素素也跟着进来，强忍着眼泪，站在一旁，全身发抖。

“我只是来看看她。嘿，好久不见。”男人用一种戏谑的语调说道，“偶尔呢，也该带小孩回来看看我，不要这么不负责任。”

郭素素的肩抖得更厉害了。直觉上，李云僧认为她心里一定是这么说的：“谁不负责任？”只是没有出声，怕大家看笑话而已。

“好的，我会跟她谈谈。陆先生，因为现在还是办公时间，我不希望员工的私事影响工作，这一点，请您谅解。”

李云僧仍然好声好气。

他的内心其实有股冲动，想狠狠踢这个一看就知道是败类的男人一脚。念书时他曾是跆拳道社团社长，也是足球队主力球员，他的脚力好久没用上了，不知宝剑是否生锈了。

但这一脚，一定会引来新闻媒体的关注。虽然他不是什么知名人物，但“某大金控分公司负责人殴打客户”的标题，应该也可以登上社会版头条吧。他被贬到此地来，可不能再让自己的前途更凄惨吧。

“好吧，给你个面子。”男人却还不肯罢休，把茶一口喝尽，又把一块茶点塞进嘴里，盯着他说，“请问，如果你们的女性员工红杏出墙，你们管不管？”

“你不要乱说话！”郭素素连忙阻止。

“如果私事已经影响到公司的名声，我们一定会管。”他正色道，“不过，现在还是上班时间，是不是可以请您暂时离开一下，不要影响今天的结算。”

其实，真有一股冲动想打歪他的鼻梁。他最看不惯有人如此开口作践自己的妻子。公开说妻子为自己戴绿帽的男人，在一般男人看来，都是卑鄙多疑，自信心不足。

一个男人如果出口刻薄，人生必败，一切都枉然。

他很同情郭素素，她怎么会有这种丈夫？

“如果您不介意，就请在我办公室里多坐会儿，喝几口茶，让她把工作完成再说，好吗？”他始终保持着冷静而客气的语气。

这样的客气，让对方也闹不起来。姓陆的看了看他，终于站起身来，大摇大摆地慢慢离去。

他一走，郭素素整个人跌坐在沙发上。她无声无息地哭着，但泪水却像从爆裂的水管涌出似的。她的胸膛剧烈起伏，却不敢发出声音。

“对不起，我只是忍不住……”

他并不习惯，也没有安慰女人的经验，不知道该怎么安慰她。

“协理，没事了吧？”瑞玫开门走了进来，“您还真会做危机处理……”

“没什么，我跟她聊聊。”

他知道，郭素素自尊心强，不想让人看见她流泪的样子。

她哭了几分钟，很快地，吸住了鼻子，像锁紧水龙头一样锁紧了眼泪的开关。

“对不起，麻烦您了，让您见笑了。”

“没关系，你也辛苦了。”

“您看到了……这就是我人生中最悲惨的事，正在发生的惨剧。有些事比得了绝症还惨。”

他真不知道该如何安慰她。

“我怕他再来闹，会影响公司。我明天会自己请辞，不会再让您为难。”

“这……不必小题大做，不要想太多。”

“可是，如果我继续待在这里，他还会再来的。”她刻意在泪容里挤出一丝微笑。

他看了很心疼。她笑得那么无辜、那么心酸、那么勉强。

“你就算到别的地方工作，他也会找到你的。你有孩子要养，不是吗？”

她点点头：“真希望有人告诉我，我该怎么办。”

“虽然我也没有应付这种事的经验，”李云僧说，“但我相信，人生不会一点可以想的办法都没有的。什么病都会有解药的，只要我们有耐心。”

她带泪的笑容楚楚可怜，让人很想把她拥入怀里。短暂闪过脑袋的想法，使李云僧吃了一惊。

他想，和她同年纪的女人未婚的还不少，而她，却好像历经沧桑，人生中有无数的重担等着她扛……和她相较，他很幸福……

同是天涯沦落人

“喂，起来一下……喂……”

星期天一大早，口气冰冷的女声把睡梦中的李云僧吵醒。

是他太太的声音。

他迷迷糊糊地张开眼睛，看到了纪惠敏的脸。翻过身，又睡着了。

“你可不可以起来一下？”

“做什么？让我再睡一会儿吧……”他瞄了一眼放在床头的闹钟，才七点而已。今天是星期天哪……

他好累，昨晚——不，应该是今天早上，他几乎快天亮了才睡。

“不行，你先起来一下，我换好床单你再睡……”

前一天晚上，老董晚上九点在总公司召开临时会议，慷慨激昂地讲到半夜三点。本以为有什么重大的改革计划，后来才发现，也只是找大家聊聊天而已。

“老人家睡不着，只好找大家吃东西。”同事们都这么自我安慰。

这种会，没被召见的人，心里很难受，表示自己可能已不再是权力核心里的人；被召见的，又会发现其实朝中无大事，老板并不是真的要听大家的意见，只需要大家歌功颂德，徒然浪费休假时间。

星期六晚上，本来要去听大儿子学校的音乐会，他有一段钢琴独奏，却因为老总紧急通知，已经很久没出席儿子活动的李云僧又迫不得已失信了。

儿子听说他不能去，只是“噢”了一声，马上接着说：“没关系啦，我知道你很忙。”

“那……有什么可以弥补你的？”不知不觉间，孩子已经长大，他已不曾用命令语气对孩子说话，沟通方式倒很像两个帮派在谈如何划分地盘。

“很简单。”他说，“买 Wii 给我。”

“不是已经买了吗？”

“我们家只有一套，弟弟每次都要跟我抢。我们喜欢玩的根本不一样。我需要独立的一套，他在客厅玩，我可以在你们卧室玩。”

原来小小年纪已经开始闹分家了。

“OK。”

“好，成交！”

儿子兴高采烈。但这个交易让惠敏很不高兴，当着儿子的面对李云僧说：“你没时间陪小孩，就只会宠坏小孩。他这个提议，昨晚刚被我否决，现在你赞成了，我以后说话还有没有人听？”

说着说着，她又翻起旧账来，但凡在教育上有过任何意见冲突的地方，她都牢牢记得。这一念叨就是半个钟头。

他已习惯不回嘴，当她念叨时，他只是盯着电视新闻，偶尔回答一声：“嗯。”

如果置之不理，她会更生气。

以前的纪惠敏不是这样的，或许是这几年来饱受免疫力失调之苦，也许是因为在家当主妇，除了家事和孩子，就没有任何话题的缘故，使她对于这些被李云僧视为小事的事情非常计较。

一点小事，都可以使她求好心切的性格受到威胁，怒火中烧。

这几个月她和小区太太去学瑜伽，身体似乎好了些，但习惯没改。她完全没考虑李云僧昨天半夜才回家，疲倦得倒头就睡。她就是要他起床，好让她更换床单。即使只是一块小小的脏污，留在那里，也好像有一万只虫在她心头钻来钻去。

“怎么了？”

“床单脏了。”

床单上，她睡的那个位置，有一块硬币大小的血污，应该是生理期半夜来访，不小心弄脏的吧。

“没关系，不要那么介意。我好困……待会儿再换不是一样？”

他心想，她都已经起床了，弄脏的位置就在她睡的那部分，他继续睡有什么关系呢？

“不行，让我换掉。不然，我受不了。”

惠敏是个有洁癖的女人。

刚开始，这是一个好习惯。他本来庆幸自己娶到贤妻，什么都收拾得干干净净，十分勤快。每次洗完澡，都会把浴室重新擦拭一遍。家中一切光洁如新。

没过几年，她就一边动手一边念，每处脏污、破损，都要找到元凶。

换个床单，打断了他的睡眠，回到床上，他又昏睡了过去。大约只过了两个钟头，他又被她的声音惊醒。

“谁弄的？”尖锐的声音来自惠敏，“老实说，谁弄的？”

他从床上翻起身，到客厅一看，客厅小茶几的透明玻璃垫上有一道小小的裂痕。

两个儿子沉默地坐在客厅，表情呆滞。而他的妻子在咆哮。

“反正不是我！”大儿子说。

“反正也不是我！”小儿子也这么说。

惠敏重复着她的质询，两个小孩也重复着否认。

“不要说谎！是谁？说！你们不知道做人要诚实吗？”

“妈，你要讲道理。华盛顿砍倒樱桃树，也要真的砍了樱桃树才能招认吧？我又没做，如果我承认了，那才是说谎！”小儿子向来辩才无碍。

那个场面，好像是一头愤怒的母狮与两只高栖在树上的小猴子对峙，纵然吼声震天，却也威胁不了小猴子。看到这个画面，他差点笑出声来。

“好啦，是我，是我，应该是我弄坏的啦。”

昨晚进门时，已经累得神志不清了，没开灯时，好像撞到了什么东西，他也没有仔细瞧。

他自首，更惹得她不高兴。“又是你，故意扮白脸妨碍我教小孩……”

“真的是我，我昨晚不小心撞到的。喂，你如果要当调查局干员，也要秉持公正客观的原则，不能只怀疑你想怀疑的人。”李云僧平时不多话，但要是真的说起道理来，也是得理不饶人的。

他说完，两个儿子互相击掌：“耶，得分！”

惠敏更加恼火。“砰”的一声，关上了房门。

从早到晚穿着一身居家运动服，用塑料夹子随便把头发夹起来的惠敏，此刻看起来让他想起自己第一次见到丈母娘的情形。

惠敏自从辞职回家休养之后，从来没化过妆。

青春少女时，不化妆皮肤也有自然光泽，看起来清新可人。但过了三十五岁之后，完全没有经过人工妆点的脸庞，泛黄而无光泽，她也不是很注意穿着搭配，任何时候看起来都像刚从床上爬起来一样。

李云僧和两个儿子在客厅里面面相觑。

“爸，现在怎么办？”大儿子说。

“她一会儿就会好的。”小儿子说。

“这件事，需要那么大惊小怪吗？”大儿子说。

“你们俩今天打算做什么，要不要我带你们出去走走。”

“……嗯，不必了，我要去同学家打电动。”两人异口同声地说道。

小时候，恨不得他们快快长大，别黏着自己；长大后，又担心他们不再需要自己。

惠敏正在气头上，以他的经验，此时还是不惹她为妙。她应该一个人在房间里上网吧。听说惠敏有个部落格，和她的朋友分享一些心情。她并没有很认真地邀请李云僧上去看看，李云僧也不打算去看，他心里想的是：她一定只是在部落格上发一下牢骚，抱怨先生和小孩之类的吧。

星期天，人人都渴望休息，渴望出去踏青，可是他最害怕星期天。通常，和妻子经过星期六一天的相处后，摩擦就会越来越多，星期天都是用来吵架或冷战的。他知道自己有责任陪家人，可是，他们已经习惯没有他，也不需要他来陪。

怎么陪？他们有兴趣的事，他没兴趣；他觉得有趣的事，他们觉得很无聊。李云僧宁愿被紧急召回办公室，至少，那表示有个地方需要他。

忽然间，他发现自己其实是个可怜的“中年人”，那个喝醉的小女生说得没错。

一个连假日都不知道要怎么过的中年人。试想，如果不必工作，他完全不知道自己要怎么度过这二十四个小时。

以前，假日期间他总会跟几个朋友相约踢足球，后来，朋友们一一成家，都是一家之主，没有人想再从事那种冲来撞去的危险运动。

他后来改打高尔夫，有一阵子还挺热衷的，但最近几年工作繁忙，推掉了一些邀约后，渐渐也没有人再邀他。

蓦然回首，发现自己只有同事，没有朋友。

不久，惠敏说，她和几个太太约好谈小区改造计划，出门去了。

“平时都是我在督促他们做功课，今天换你了。”她抛下了这句话。

“嗯，没问题。”他不想多啰唆，免得又引起她的不悦。

惠敏前脚才踏出门，两个儿子就欢呼起来了：“爸，我们的功课在星期五就写好啦，我们要去王大平家打电动。”

王大平就住在同一个小区里。

“需要我陪你们吗？”

话还没讲完，小儿子就说：“拜托不需要，你们大人应该去做大人的事。”

那么……他怎么想，都觉得自己应该回到办公室，只有在那里，他才是个有自信的人。

今天有些同事为了计算机程序问题到公司加班，不如去公司看看吧，还可以把该给总公司的报告写一写。他换上了休闲服，开车循着全世界最熟悉的一条路走去。

大概只有这条路，不用开卫星导航就会走。

他一边开着车，一边天马行空地想着：如果上帝也帮每个人的脑袋装上了卫星导航，在他人生终了之时，总览他走过的道路，一定会发现，这些路径很无聊——自己只用那几条路，就走完了一生。

一踏进办公室，他就看到一个女人，很醒目地坐在里头。

“协理，您怎么也来了？”原来是郭素素。她穿了一身苹果绿雪纺洋装，比平时柔媚许多。

这次，他注意到她有两个深深的酒窝。

“怎么也来加班？”

“刚刚去见一位老客户，他只有周日有空见我。他要我帮他整理一些报表，所以我只好回来打印档案。”

“辛苦了。”他打量着她的脸。她的心情好吗？看起来已经雨过天晴，像几天前的事没有影响到她似的。

“没什么事吧？”他轻声问。

“还好。”

他发现她办公桌的玻璃垫下，压着一首用娟秀小楷写的诗：

人生到处知何似，应似飞鸿踏雪泥。泥上偶然留指爪，鸿飞那复计东西。

老僧已死成新塔，坏壁无由见旧题。往日崎岖还记否，路长人困蹇驴嘶。

有几句很熟，谁的诗？

他不知道。他素来对文学没有兴趣，有几个诗句不是很懂。

“谁写的？”

“苏东坡。”

“噢，听过。”

她被他逗笑了。

“请问，这首诗是什么意思？”

“这是苏东坡写给他弟弟的诗，他走过从前和弟弟一起走过的地方，怀念他们以前一起经历过的事——一切都留不住的意思。沧海桑田，一切都在变。鸟飞走了，雪融化了，一切痕迹都会消失。所以，不要计较太多。我拿这首诗来安慰自己。”

“听起来很悲观。”

“悲观是一种豁达。”她说。

这样的女人，脑袋里到底在想什么？她竟然也和他一样，每天都在与钱为伍的行业工作。

听到她拨电话叫出租车，他表示自己没什么事，可以送她一程。

“平时开车吗？”

“嗯。车的前面玻璃破了，进厂维修。”

“车祸？”

“不，人祸。”她简短地说，脸上的表情没有太大变化。

他大概猜出发生了什么事。

“那天，他并没有离开，他在车库出口等我。等我开车出去时，他拿了一把铁锤，将我的车前玻璃敲碎。”

“太扯了。对不起，我应该想到这个的。没保护你回家，真对不起。”原来还有后续发展，他以为自己已经把事情解决了。

“没关系，现在都是强化玻璃，不会伤人。让他消消气也好，他应该不敢再做出什么事来。”

“你，有故事没告诉我，对吧？”

“你想听吗？那可要有心理准备。”

“如果不会影响你的情绪，”他说，“我可不想惹你哭。”

“你别担心，我不是软弱的女人，没打算哭。都过去这么久了，除了怕影响别人的工作情绪，我自己倒是习惯了。”郭素素淡淡地说。

两人聊着聊着，车子不知不觉开到了淡水的渔人码头。星期天的黄昏，游人已逐渐散去，他把车停在停车场，打开了车窗，让凉风吹进来。

一抹夕阳正悄悄掉进海里，把远方看似平静的波浪染成金红色，流动的波光让李云僧发出叹息：“真美。”

不知道有多久没看过大自然的美景了。

他看了一眼身边的郭素素，阳光照着她挺直小巧的鼻梁，脸庞泛着一片金光。她眯起眼睛，安静地打量着夕阳的光影游戏。

这样的风景，很适合吐露心事。

“我到现在才知道，女人是不该出错的，年轻时的一个错误决定，就能让她背一辈子的罪。怨天怨地都没用，只能当是业障难消。”她的语气很平静，但眼眶却有点红了。

“没关系……如果你不想讲，那就不要讲……”李云僧必须承认，他很怕看到女人的泪水。

“我错在太任性。”郭素素继续说……

她还在专科念大众传播科系时，就在一个校外文艺活动中认识了他。他是一所大学的政治系学生，意气风发的学生领袖。

学校里不管有什么活动，他都喜欢当领头。

“当时，我是个文艺少女，不食人间烟火，曾经很崇拜他。”

他当时已有女友，她只敢默默崇拜他。她的字写得很漂亮，他常请她到他的学校帮他做海报，像个大哥哥般教她东西，有时很幽默，有时很严厉，她总是像听圣旨似的听从着。

她那时只是个十七岁的少女，看到了一个值得崇拜的男人，就想把一辈子都交给他。

“以前，他不是现在这样子的……他那时并没有看上我。当时总有不少女生在他身边打转……我也始终没把自己的感觉说出来，只是像个听话的小随从一样……

“他出社会后，我们不知不觉失去了联络。我只知道，他曾经当过一个民代的助理，当了好几年。再见到他时，他其实已经不是当年那个满口理想的大学生。那个环境，最重要的是人情世故、人际关系，处处都是声色犬马。当时，他已经结了婚，娶了那个‘立委’的外甥女。

“因为工作的关系，我又碰到他。他开始追求我……就跟所有老套的外遇戏码一样，他说他婚姻不幸福，妻子娇生惯养，对他颐指气使。他也常在言谈中暗示他的妻子不守妇道……

“说来也好笑，我当时很同情他。那年我二十二岁，才出社会没多久，像一张白纸，我妈有四个女儿，家教很严，家里还有门禁，十点钟一定要回家。我妈一直叮咛我，一定要以结婚为前提跟异性交往。我妈的座右铭就是：如果一个女人，还没结婚就跟人家怎样，铁定完蛋了。在那之前，我没有交过男朋友，很好笑吧。

“……因为没有经验，所以一谈恋爱，就像飞蛾扑火，奋不顾身。我是个死心眼的人，他的故事让我同情。刚开始约我时，他总说，他的妻子只懂得炒股票和在家打麻将，不想生孩子，这个婚姻根本是个错误。

那时，我像个头上闪着光环的圣母玛利亚，觉得这好像是上天交付给我的任务。就这样，我不知不觉成了第三者……”

涉世未深的女孩，爱上有妇之夫时，都不认为自己是第三者，都以为自己是来救赎痛苦男人的。

“就这样，挣扎了好几年，想分手，都没有分成。我怀孕了，他也终于与妻子和平分手，娶我为妻，但却得不到我妈的原谅，从此没有再回过自己家。然后，我慢慢发现，他的婚姻不幸福，并不只是因为他的妻子没有好好对待他。他是一个好大喜功的人，看不起所有的现实……曾经想走政治路，失败了，就和朋友一起经商，也不成功。渐渐地，他只会待在家里看政治节目，愤世嫉俗；出去找工作，回来抱怨的时间比工作的时间还多……怎么说，都是老板不好。

“一直没找到工作的他，每天还是以应酬为主业，仿佛自己是政治明星。”

唉，这个男人还真有出息。不过，世上这样的男人真不少。李云僧也认识几个这样的人，小时候很优秀，长大后没出息，全怪社会、怪现实不按照他们希望的方式运作。

“他的收入一直不稳定，我也不敢跟他开口。本来，我在一家出版社工作，刚生完孩子后，我需要钱，心想只有金融业最容易赚到钱，于是考进了这家证券公司。我养家，他却对我酸言酸语，说看不起我的钱，但又常拿我的存折偷偷到银行领钱花……

“心情好时，他会跟我道歉，说害我吃苦；心情不好时，说话就会很刻薄，我业绩好一点，就泼冷水说我靠跟男人眉来眼去跑业务，可不要被他抓奸在床……这些话真的很伤人。结婚不到两年，我对他已经完全没有了敬意。但看在孩子的分儿上，我都忍下来了。

“有时候觉得他也很可怜。常常假装自己有工作，穿得西装笔挺地出门，其实都是和一些游手好闲的人混在一起，只要有人把他当成领袖，他就很开心。一群人闲着没事，只能聚在一起喝酒，后来，酒越喝越多，脾气也就越来越不可理喻。某一天，他醉后乱丢东西，弄伤了女儿的脸，我只好带孩子走……

“看言情小说长大的女孩，忽然发现自己变成了最狗血的连续剧女主角，实在让人很难接受……”郭素素自我解嘲道。

“孩子常常夜半惊醒，我也是，而他则一直在看心理医生。但他不放过我们，我们只能到处搬家。本来想把女儿送到南部，托我姑妈照顾，不过，我的工作地点很固定，逃也逃不掉。本来他只会在门外等我下班，最近……开始大摇大摆地走进来……

“这就是我的报应吧，我违背了母亲的期望，结果求来的是一种更悲惨的生活……”

讲述自己的悲惨遭遇时，她的语调有一种奇特的平静，好像那些都是理所当然的，都是她应该承受的，她已经痛苦到麻痹的地步了吧。

他不由自主地伸出手拍拍她的肩膀。

她的泪水在此时无声地流下。

她用袖子抹去泪水：“对不起，我很少哭的。”

李云僧手忙脚乱地寻找自己的手帕：“嗯，给你。”

他好想把自己的肩膀借给她，让她好好哭一场。泪眼婆娑的她看起来稚嫩而纯真，完全不像平时在办公室里把自己的情绪控制得很好，总是应对得体的女人。办公室里的她很有自信、精明干练，应答都很利落，带着一点女强人的味道。

此时，夕阳已经掉进海中，天色变成透明的蓝，不知何时，天空的另一边出现了略显单薄的上弦月。收音机里流淌出的音乐，正是“爱到尽头，覆水难收，爱悠悠，恨悠悠……”

他用心倾听她说话，没有发表任何意见。

有一种“同是天涯沦落人”的感觉。虽然，之前他告诉她的人生最悲惨故事，已成为过去式；而她说的悲惨故事，却还处于现在进行时。

可是，他想告诉她的是，人生就是这样，虽然一切看起来都按照你的期望而来，可是，一个人也未必会活得很快乐。已经有好些年的时间，他被一种表面看起来很平凡的烦闷包围，虽然没有什么太大的不幸来拜访他，可是他总会觉得自己像一头困兽，期待在原野上奔驰，却感觉到自己的身边全是无形的栅栏，撞也撞不开。每天的生活，只能一点一滴地堆积着他的厌烦感。别人都看不出来，但他不知道，什么时候那些厌烦的汁液会满溢出来。

这几年，他常做这样的梦：身上背负的东西很沉重，想抬起脚走路，却发现自己一点力气也没有。

奇怪的是，看到她并听完她的故事之后，他越来越觉得原来的自己是孤单的。

到底怎么了？是不是被她感染了？他已经很久很久没有想到自己快不快乐的问题了，只想把公司交代的事做完、把该尽的义务尽完。他像一只每天急于早起耕田的牛，只等待着有一天精疲力竭地把责任终了，就可以永远歇息似的。

她的生命里有一个被强力撞击的大黑洞，而他的人生也有一道他想掩盖的裂痕。是的，也许只是轻微的裂痕，就像他家客厅玻璃茶几上的轻微裂痕，可是它仍是易碎的。当外力撞击时，它可能瞬间碎裂。

他只是什么也不能做地等待着，等着那轻微的裂痕变大，听它碎裂的声音。

“很多年了。有时候想起来好可怕，我的青春，也快要因为一个错误的决定烧完了。错误的决定，好大的代价。”他发呆时，她轻声感叹。

她在讲述自己的故事时，已经省略了很多更不堪的细节。比如，他酒后的口不择言，把全世界都当成他的敌人。他把全部的口才全花在刺伤她上面，她实在没有办法安慰自己，这辈子跟着这个男人，她可以死而无憾。有些事情，她连回想都不愿意。不只是痛，还有一种心脏被强酸腐蚀的感觉。

“你急着回家吗？可以再陪我一下吗？我带你去一个地方，但是，别怕，我是正人君子。”他忽然这么问。

“嗯。”她没有问，他想去哪里。

“快，我带你逃离这个地方。刚刚你把悲伤吐出来了，悲伤像鬼一样，如果我们不赶快走掉的话，这些悲伤就会重新附在我们身上。”

他的说法让她瞬间破涕为笑。

他踩紧油门。车子发出畅快的呼啸声。很久很久没开快车了，油门一踩，心绪在瞬间集中，除了眼前的道路，什么也不想，像宇宙中的一颗彗星，用最快的速度画出最亮眼的弧线。

“不怕搭快车吧？”

“不会，我自己开车，都开得飞快。”她没有一点紧张的样子，“有时候，希望自己就像一道闪电般消失掉。等回过神来，已经是另外一个世界。”

“想逃离现实，对不对？有时候我也会有这种想法。”

他和她相视一笑。

在她的眼睛里，他仿佛发现了一种很熟悉的光芒。

如果说，每个人的脑袋里都有别人看不见的幽暗回路，李云僧一直以为自己是封闭的电线回路。他跟着大家用同样的方式过生活，和世界上所有人沟通，谋求自己可以安身立命的方法。他有平凡的父母，娶了一个妻子并生了两个有自己基因的儿子。然而，他始终感觉自己的内心回路是封闭的，不曾因为任何人与人的接触擦出火花。

他不喝酒、不嫖、不赌，奉公守法，始终是个堂堂正正的男人。有几个好朋友，不曾有过什么敌人。

再正派不过的人生，连他自己都觉得无趣。

怎么能不无趣呢？这个世界上，能够引起他兴趣的事情并不多。

有时候他很羡慕那些可以为某件事着迷到眼神好像着火的人。比如张百刚看到漂亮女人时，就好像一发即将发射的火箭；比如他高中时的副班长赵生亮，即使这些在别人眼里看来可能都是负面的例子。但让他敬佩的是，他们似乎找到了可以让自己恒久散发光和热的东西。

赵生亮考上大学没多久就迷上了麻将，在宿舍里聚赌被抓，他的学校很严格，马上勒令他退学。赵生亮没有再回学校，而是越赌越凶，还自己开起赌场来。某年同学会，赵生亮开了一辆奔驰 500 前来，手腕上戴着一只斗大的镶钻劳力士金表，聚餐后，还邀同学们到他常去的赌场看看。

“我带你们去一个全亚洲最大的地下赌场，你们一定想象不到台湾有这种地方。”

他们抱着尝鲜的心理跟着赵生亮走。这座赌场表面看起来毫不起眼，只是一间办公大楼的地下室，走进一道小门后，里头就是一个亮丽奢华的世界。放眼所见，都是金色的，无数盏水晶灯从天花板垂下，耳边不断传来钱币丁零当啷的声音，烟雾弥漫中，穿着清凉的火辣美女在走道中穿梭。

“我是这里的 VIP 喔。”赵生亮神情得意。

要输多少才能变成 VIP ？李云僧向来是个理智的人，他深深觉得赵生亮已经失去了理智。

一到赌场，赵生亮就无暇顾及参观的同学了，他在计算机赌马桌前聚精会神地观看、分析，几乎要停止呼吸似的，表情好像在观看世界上最精彩的骑术大会。

真好笑。“计算机算好赔率的东西，怎么可能赢呢？”李云僧没有说出口，“他从前是计算机高手，怎会深陷其中？”

一把就抽五万元。赵生亮盯着屏幕时，两眼像着了火。输了，眼睛瞪得更大，仿佛这是他第一次输，发出很不满意的叹息声，捶胸顿足。

“下一次一定会开出我的号码。”赵生亮信心十足地说。

李云僧冷眼看着这一切，觉得很可笑。不过，反过来说，他有些羡慕赵生亮。

他至少有些深信不疑的东西，有些可以燃起斗志的东西。

有些就算要他赔上一条命，好像也没关系的东西。

有些可以接通他脑袋中的电路的东西。

想远了。

车子迂回地开到山上，到了一座墓园前面。

“你不怕吧？我……”

“你想来看看你弟弟，对吧？”她猜出来了。

“嗯，我好久没来了。你应该不介意吧？”

“当然不，能陪着你，是我的荣幸。我不怕的，你放心。我现在住的地方，不远处就有一个空军公墓，心情不好的时候，我常常站在阳台上看着那些墓碑。”

“喔？”这倒是一种特殊的解压法。

“墓碑上有上将、中将、少将，不少人功勋彪炳！结果呢？还不是城外一个土馒头？”

“什么是‘城外土馒头’？”

“就是坟墓啊，”郭素素说，“这是唐朝一个诗人的诗，只有短短四句话：‘城外土馒头，馅草在城内；一人吃一个，莫嫌没滋味。’”

“可以解释一下吗？”

“意思是，古时候坟墓都放在城池外，里头的馅儿就是城里头的人，人活到最后，都会变成里头的馅儿，谁都有这么一步……”

“你很喜欢诗？”这是李云僧很不擅长的部分，他到现在只记得“床前明月光”。

“嗯。我曾经是我们学校的文艺社社长。看吧，一个文艺少女……沦落到……”

“你又要说沦落到现在这样了，是不是？不要这么想，我觉得你很好，不管外面的环境怎么样，不管你做什么工作，你的内心还是有一些东西是别人没有办法改变的。”

李云僧自己说得都脸红了起来。

“你真像个励志讲师。”郭素素笑了。

“我是说真的。”

“谢谢你，你鼓励到我了。我们并没有很熟，但为什么我会想对你说好多话？我也觉得，你说的一切都对。”

不是很熟悉，而一切都对，就是一种危险的开始。

芒草已经很长了，在黑暗中像一堵又一堵会动的墙。好些天没下雨，但空气仍然潮湿，周围满是扑鼻的青草味。四周虫鸣的声音震耳欲聋，这个时间，几乎没有人会到这边来探望已逝的亲人。

“啊，在这里！”

他的弟弟叫李云亭，很小的时候，就睡在这里了。一个面向西方的山坡，天气好的时候可以看到夕阳的地方。

郭素素陪着李云僧，拿着手电筒寻找他弟弟的墓碑。

“我难过了好一阵子，后来慢慢告诉自己，这不是我的错。人要活下去，就得为自己找一个借口。”

“有时候我常想，”郭素素说，“我们总是在为英年早逝的人惋惜，却没有想到，一个人活着，要受多少罪，除了生老病死之苦外，还有无数波折在等着……”

“你太悲观了。”

“是达观。不得已才这么想。”郭素素轻轻一笑。

“听，虫鸣叫的声音。我以前可以分辨出什么是蟋蟀在叫，什么是纺织娘在叫，甚至可以分辨出是哪一种蝉、哪一种青蛙在叫……像一个庞大的交响乐团……”

“真的？”

闲情逸致，已经消失了好多年。李云僧忽然记起自己还有这些本事。高中的时候，他有个很好的生物老师，专门研究昆虫，使他对昆虫很着迷。大学联考苦读时，他的最佳休闲娱乐就是到校园里，用耳朵辨识虫叫声。

那时候他的躯体里拥有的灵魂和现在是同一个吗？到底哪一个才是真实的自己？

他专心倾听虫鸣的时候，电话忽然响了，把他急急拉回现实。

“喂，”是他的妻子惠敏。不等他回答，她就在电话那头噼里啪啦说了起来：

“……你回来的时候，可不可以经过大卖场？家里没有卫生纸了。不过，记得一定要买高洁牌的，别的牌子我不用，上次你买错了，你知道吗……还有，请买一斤牛小排回来，要牛小排，不要买其他牛排，请买美国的，不要买澳洲的，味道不一样，你上次也买错了……还有……”

“我现在有点事，等一下再说，好吗？”他想打断她的话。

“还有，要买棉花棒和牙线，棉花棒要最粗的那一种，要爱力牌的才行……”

“我现在有点事，待会儿打电话给你，好吗？”

“噢，我知道了。你不必打，我会发短信给你，不要买错了……”

终于挂断电话。

“不好意思……”他发现她正在发抖。“很冷，对不对？”他脱掉西装外套，披在她身上。

说也好笑，这是他记忆中第一次把外套覆在女生身上。李云僧显得有点羞怯。

“你真好。”她的眼神里满是感激，表情很像一个搭了很久很久的船，在饥渴交迫、奄奄一息之后，终于看到了对岸的难民。

“嗯，该回去了，这里晚上虫子多。”

“谢谢你带我来这里，我的心情反而好多了。”郭素素感激地望着他。

“你会想到，不管什么大挫折，都会变成城外一个土馒头，对吗？”

“你真是聪明过人。”她调皮地笑了。

奇怪的赞美又让他脸红了。

她的赞美，好像一块美味的饼，填补了他身体里最空洞的胃。

“走吧，我送你回家。”

她住在市郊的湖边，雅致幽静的环境。“停在这里就好。”

“租来的房子，没有好好整理，就不请你上去坐了。”她说。

“嗯，我也得赶回去……谢谢你今天陪我。”

“哪里，要谢谢你陪我呢。”

忽然间，她解开安全带转身轻轻抱住他的肩：“我好想给你一点温暖……”

他猛然一怔，像个木头人般，动弹不得。

“你别误会了。刚刚在那里，我看到你的表情好落寞……我觉得你需要有人给你一点热量。你跟我一样，都很孤独吧，虽然，我们都伪装得很好……别人看不出来，我们到底受过什么样的伤……”

“其实，我钦佩你。你很勇敢，我……很欣赏。”

只是轻轻的一个拥抱，却让他僵硬的身体从心里变得温暖起来。几秒钟后，他像一个反应缓慢的机器人，某个程序忽然被接通，好像刚刚才记起该如何拥抱似的……他紧紧抱住她，就像一种来自于本能的呼唤，像火柴一样点燃了他心中的荒原，他不自觉地探索着她的唇……

等回过神来，他才察觉自己的失态。

“对不起……”

“这个时候，不要说抱歉……”

“你不会……因此不理我吧？”他紧张得像个刚进行完第一次约会的小男生。

“怎么会？嗯，再见。”她轻轻推开他的怀抱，脸上挂着甜蜜而优雅的微笑。

他望着她离去的背影发呆。

“我是怎么了？”内心的那个声音又出现了。

他的身上仿佛还沾染了她留下来的气息，那是一种清清淡淡的香味。

李云僧的心里仿佛有一股暖流通过，有一道闸门被打开了。那是从来没有过的感觉，或者说，是一种早就被遗忘了的感觉。

那个晚上，他一直恍惚着，脑海里的画面，不断重复着那个吻。

“你买回来了吗？有没有买错？”一踏进门，惠敏就大声问道。

“啊？糟了，我忘了。”

“我等了这么久，你竟然忘了买，早知道我自己去买算了。等你买，全家都饿死了。”惠敏抱怨着。

“真是的，什么都记不住，你年纪大了啦。儿子常忘了带作业，一定是遗传的你。”

“对啊，我们全家只要是男的都有健忘症，哈哈，我遗传你的了。”正在打Wii拳击赛打得满头大汗的小儿子说。

他注意到，客厅里那张玻璃垫有裂痕的茶几，已经不见了。

“拿到哪里去了？”

“我不能够忍耐那道裂痕，看得我全身不舒服，刚刚已经叫人来收走了。”

“噢。”

“这样吧，等下我去买新茶几，再去大卖场把东西买齐。真是的，事还是得自己做才行。小宝，再给你玩十分钟，准备一下，一起出去……你哥哥在练钢琴，你只知道打电动，不会有一点不好意思？”

“哥哥是哥哥，我是我。”小儿子一板一眼地回答。

他这才发现自己没有吃晚饭：“你们吃过了吗？”

“吃了点心，本来等着你买牛排回来的。这样好了，我们出去随便吃吃。你真的是怎么提醒都没用，我还辛辛苦苦发了短信给你呢。”

她又多数落了几句。

这几年来，他老是觉得跟她话不投机，不知道为什么，明明可以简单说完的话，她总是要多说两三遍，像个一定要教训人的舍监。有时，一回家听到她张开的嘴型，他就有一种头痛的感觉。

他深深吸了一口气，定下神来看着自己结婚十多年的妻子——他今生唯一的女人。

一辈子就要这样跟她过吗？他或许过得平顺，只要能忍耐一点唠叨，只要忍到变成“城外一个土馒头”，就可以得到永远的平静。

“等大宝练完钢琴，我们就一起出去。”惠敏说，接着蹲下身来继续她的例行工作：蹲在地上，努力擦着地板，连一根头发、一粒细沙、一条小小的木头接缝也不放过。

她的表情十分认真，嘴角微微下垂着，脸色在苍白的灯光下显得蜡黄。

他很不喜欢家里雪亮的苍白灯光。抗议过好几次，但惠敏坚持要用省电的白色灯泡，这样她才能看清楚一切灰尘、一切隐藏的污垢……

他一直想换成奶黄色的小灯，那是童年的温暖记忆之一。每次看到别人家中亮起黄色灯光，他就会想：那一定是个幸福的家庭。

幸福应该是暖色调的。

结婚这么多年，同睡一张床，两个人却越离越远。他很清楚地知道，她是个好女人，有什么话就说什么，直肠子，高不高兴都很明显，不必猜测她的意思。

或许他也不曾懂她。

郭素素给她的拥抱又重新在他脑海里播放一遍。他和惠敏有多久没有拥抱过了呢？久到他都记不得了。

连做爱都很难回忆，没有什么值得回想的地方。他的人生，像被老师规定写家庭作业一样，不管开不开心，都要进行着……他以为本来就该活成这样——遵循着某种义务和法则而活，不定期地互相用身体安慰一下彼此，就像体内被设定了一个闹钟，提醒着他们：时候到了，跟愉不愉快、想不想、浪不浪漫都无关。有时，还可以在应该是前戏的时间里，想到水电费、信用卡费或罚单没有缴的问题，更可以讨论孩子今天在学校里发生了什么事；有时，他把做爱当成一个可以耗掉剩余体力的健身运动，让自己的身体得到一点释放，最大的功能是：可以睡个好觉。

当你遇到一个人之后才开始发现，自己心里有一个空缺的地方，开始期待有人来填补，或者，发现自己原来非常非常孤单，那么，那就是你逃不过的感情。

你会开始有种被爱的渴望。

那是一种无法用理性来控制，原始的提醒和呼唤。

从那一个吻之后，李云僧发现自己变成了一个不一样的人，虽然和原来一样活着，可是他的心已经慢慢起了化学变化。

李云僧对生活开始有了他自己也无法了解的期待。

他的人生又多了一个秘密

“喂，云僧，我下礼拜天订婚，你愿意来参加吗？邀请你和嫂夫人一起来……”

“怎么？订婚也开百桌啊？”

依照习俗，订婚不是应该只请家属而已吗？

“哪有，只有十桌。”张百刚说，“九桌是女方亲人，老董当然也会到。我好歹得把自己那一桌填满。”

“你的亲人还填不满？”话一出口，李云僧就知道自己失言了。张百刚的父亲，在他少年时已过世，几年前他的母亲也因为中风不治，他还去参加过葬礼，帮过他一些忙。

张百刚家确实没什么亲人，所以做事并不需要看长辈脸色。让李云僧讶异的是，张百刚多年来虽然换过不少女友，但在工作上却一直很有定性，也许是因为他把生活重心放在感情上了吧，并不是那么力求工作表现，不过，张百刚的人缘很好，十分招人疼，公司也待他不薄，所以许多年过去了，他都待在同一家公司。

“好，没问题。你的喜事，我不会缺席。”

“我们订婚不收礼，不用包礼金。”张百刚笑道。

“好，等你结婚，再送上大包的。”

情场飘荡多年的张百刚愿意结婚，李云僧打从心里替他高兴，但对于张百刚聪明的选择，他内心也感慨颇深。他知道，从此张百刚会平步青云，更能进入所谓的“权力核心”，两人的工作运会大不相同。

他哪里在乎李云僧的一点礼金？转眼间，他就要迎娶一座金山了。

李云僧说话虽然厚道，但心里也是五味杂陈。谁知道一向对工作得过且过的张百刚，竟然在名义上成了他的顶头上司？

新娘出身于本地最有钱的家族。新娘的伯父是他们的老董，而新娘的父亲在传统产业方面也是一方霸主，家里的土地多到难以估算的地步。新娘家只有一子一女，只要张百刚守得住婚姻，将来属于他的东西绝对少不了，必定胜过他自己克勤克俭赚十辈子。

苏菲亚一决定订婚宴的确切地点，张百刚就第一个打电话给李云僧。

张百刚做业务出身，看遍各种钩心斗角的行径。在江湖上浮沉多年，他知道，所有朋友中，李云僧最不会害他。

有句男人间流行的话：“身为男人，在社会上打滚，若不能守身如玉，也要守口如瓶；若不能守口如瓶，也要懂得守望相助。”

李云僧就是这种坚持着“三守”的人。张百刚有时会嘲笑李云僧，他这辈子酒色都不沾，活得有意思吗？他恐怕一辈子只交过一个女朋友，就是他的老婆吧？

守身如玉，守口如瓶，又能跟他守望相助。这样的朋友，能有几人？

对于李云僧，张百刚心里还存着一丝亏欠。他知道，李云僧比他更有条件先升为副总。

老董很能掌握人性的弱点。老板知道，替一个员工升职，未必要为他加多少薪水、福利，但员工就是吃这一套，头衔可以留住资深员工，使他们自觉有前途，就不会见异思迁。

副总听起来官很大，但事实上，每个部门都有一位副总，也还有不管事的资深副总，公司里各式各样的副总都有。出去谈事情，头衔响叮当，但是每个副总的权力范围都不一样，有的权力已被架空，也不会有未来，只能管自己的事情。

此时，张百刚才刚下班，在苏菲亚的住处，享受老厨娘做的精致晚餐。

一桌都是上好的江浙菜。苏菲亚虽然从小在国外长大，但身边都有厨娘跟着，养成了一副挑剔的中国胃。

面前一碗排翅，整整齐齐，晶莹剔透，她每天晚餐必吃一碗。

但大概是从小钱看多了，苏菲亚也不是个重视钱财的人。刚与他约会时，他带她到夜市吃臭豆腐和麻辣鸭血，她惊呼连连，快乐得像一只刚学会飞的小鸟。

她虽然有些娇纵，但个性坦白、直爽、简单、没戒心，从小在保护得像无尘室的环境里长大，让她不知道世界上有坏人。

准岳父受的是日式教育，他的原则是："儿子要训练，女儿要宠。"能宠多久就宠多久，并不指望她能够成为栋梁之材。

"我只有这一个女儿，希望她一辈子有人疼。可不许你对她不好，让她回家来告状。"准岳父是这么说的。

他们甚至找人打探他的底细，掌握他的所有数据，知道他过去女友不断，女人缘极佳。

准岳父自己在外面有小老婆、女友，也有私生子，并不在意张百刚是否情史清白无瑕。

"男人最怕没有玩过，一玩头就昏了。但是，一定要把家顾好。"

准岳父在他耳边讲起悄悄话："顾家要有真心，外头逢场作戏，用假意就可以了。"

岳父对张百刚相当信任。不久前，小老婆装潢房子，还是请张百刚全权负责的。张百刚善尽职责，连准岳父的小老婆也常打电话给他，把他当成沟通的桥梁。

对于这些事，张百刚的口风很紧。

最厉害的是，张百刚很早就先讨得准岳母欢心。他一表人才，说话又甜，做事又极体贴，送岳母上车时，一定会用手护在岳母的头上，像个训练有素的侍从官，所以准岳母对这个有礼貌的年轻人信任有加。岳父脾气不好，岳母则一心想要替女儿挑个好脾气的夫婿。

再加上岳父的亲妹妹陈琳促成，张百刚几乎获得全票通过。

“在公司这么久，我从来没看百刚发过脾气，也没看过他和谁过不去。女儿跟了他，我放心。”陈琳转述道，这也是岳母选择女婿的标准。据岳母说，苏菲亚的前男友是美国人，简直像个吸大麻的嬉皮，说话听不懂，对长辈也毫无礼貌，一段恋情谈下来，只把苏菲亚弄得身上多了好几处刺青。跟那个嬉皮比起来，张百刚当然是一百分。

岳母的家世也很显赫，是另一财团家的女儿，和夫家势均力敌。

他们能够接受自己，这让张百刚心生感激。

张百刚这辈子和这家公司似乎有不解之缘，大学一毕业就考进来了，一切都是公司栽培，连研究所学历也是公司给他的。有两年时间，在陈琳的力荐下，他曾被送到美国知名大学念MBA，公司负责一切开销。现在，他又即将成为老板弟弟的乘龙快婿。

公司里被送出国深造的人并不多，至少尽忠职守的李云僧就没有。如果没有这位陈琳女士的推荐，张百刚不会得到这么好的机会。跟他拥有相同大学文凭的员工多如过江之鲫，张百刚本来的学历也不见得太出色。

很多人都知道，是因为老板的弟媳，也就是苏菲亚的母亲很喜欢张百刚。不止如此，公司里上上下下的女人，听到张百刚的名字就会笑。

他嘴甜，但句句话都说得诚恳，所以女人不会觉得他油嘴滑舌。“发生了什么事，怎么今天气色这么好？”“哇，这套衣服只有你穿才会这么出色。”随便一句话，就可以逗得年长女士开心得像个少女。

苏菲亚一家子，似乎没有任何穷朋友。岳父十分重视涵养，只准儿女听古典音乐和歌剧。无奈的是，苏菲亚一被外放美国留学之后，就像鸟儿飞出了牢笼，长成了完全和父母的期待不同的女儿。她是个老烟枪、偶尔会偷吸大麻这些事，她父母完全不晓得。表面上，她对父亲十分恭敬，但背地里却不以为然。

张百刚看过一本书，书里统计了大多数有钱人变有钱的原因。聪明？努力？有用？但都只有小小的作用。

根据那本书的作者统计，有三种关系最有用：(1) 父母——衔着金汤匙，可用资源无限，因为有钱人只跟有钱人交朋友。(2) 姻亲——找到一个好对象，省三十年努力，男女皆然。(3) 朋友——从小跟对人，那人有情有义又有能力，就会庇荫你一辈子。

年轻的他本来不相信。

年纪渐长，渐渐发现，一掷千金的世界，就是如此。

“看，我新买的包包，刚从巴黎总店寄来的。”

他一坐下来，苏菲亚就急着秀她的新货色，这几乎是每日用餐时的余兴节目。苏菲亚用的是她母亲的附卡，没有额度。

那是一个小巧的皮包，血红色的，表皮有许多纹路，光可鉴人，陈琳阿姨也有类似的。本来张百刚什么都不懂，心想有钱女士怎么都提塑料皮包。

现在他知道了：“鳄鱼皮，定做铂金包，一百万，对不对？”

“比你说的贵一点。”她咯咯笑着。

这位千金小姐一个月曾花掉千万元，从巴黎订购各式各样的当季服饰及珠宝，眉头都不皱一下。她并不需要知道，不少工薪阶层一辈子能攒下来的钱，不过是数百万。

这世界并不公平，张百刚很小就看尽世态炎凉。

苏菲亚也不会知道，张百刚的父亲早逝，母亲带着他寄人篱下，大舅舅的皮包里突然少了一百元，来问他妈妈：“有没有看到？”他的母亲就不分青红皂白，把他吊起来打个半死。

根本不是他偷的，他哭得声嘶力竭都没有用。

没有人相信他，大家都认为，这个顽皮的孩子，应该需要钱。

甚至，连母亲打他的时候，都知道他没有偷钱，可是能怎么办呢？住在人家家里，不好意思维护自己的儿子。他天生活泼也很顽皮，找不到现行犯时，大家都会赖他。

那天晚上，母亲一边帮他敷伤口，一边掉眼泪，说："将来，你一定要有出息。人穷，再亲的人都看不起你。"

从那天开始，他不再顽皮，不再让母亲难做人，至少表面上很守规矩，习惯于让身边的每个人开心。

穷，只能靠学历出头。张百刚不是绝顶聪明，但咬牙切齿、悬梁刺股，就是要考上一所好学校。

苏菲亚更不必知道，张百刚的母亲从来舍不得买一件新衣服，就算他买新衣给她，也舍不得穿。还好她不要儿子养她，否则，该如何是好？

"喂，今天的味道不对，感觉很怪，是不是鱼翅馊掉了？"她吃了口排翅，转身对厨娘说。

"小姐，我的做法跟以前一样呀。"老妈妈说。

"我就是觉得味道怪怪的，很恶心，我不想吃了，你倒掉好了。"

"别浪费，我帮你吃掉，好吗？"张百刚说。他觉得很可惜。

"嗯，你这个人最好了。快吃吧，吃完，我们要开始happy hour！"她贴着他的耳朵说。

"嗯。"

她的房间，比他的住处还大，一张大床摆在中央，床上罩着一组雪白的纱帐。

苏菲亚点起一根烟，雪茄。这也是她的习惯。

雪茄算是客气了。

苏菲亚是个烟枪，凡是可以吞云吐雾的东西，她都爱。他陪她到美国时，她和美国友人也吸过大麻和其他东西，只有张百刚一个人是清醒的，看着一群人像游魂一样。

这一点，他的岳父母并不知道。他们不知道很多事，一直以为自己的女儿乖巧淑女。

苏菲亚在父母面前，也都表现得进退得宜。

张百刚从小就讨厌烟味。以前寄住的大舅家，是间满是烟味的房子。烟味会提醒他许多不愉快的过去。

他非常讨厌苏菲亚的味道。烟味、她使用的香水味，还有发自她身体的某种强烈体味，那种体味，显然传自她的父亲。

那是家族的标记吧，陈琳身上也有这种味道。

这间房子，位于城市里最昂贵的地段。由于英文名字叫苏菲亚的陈文雅小姐品位甚高、嫌东嫌西，回国后看了许多房子，直到最近才找到中意的一栋。新居装潢又耗费许多时间，他父亲只好为她租了一间可以清楚看见 101 大楼的顶级酒店式公寓，让她暂住。占地宽敞，各种设备美轮美奂，一个月租金可以养活中产阶级一家四口大半年，又为她请了一个厨师、两个外佣。

苏菲雅认识他的第一个晚上就邀他上床了。他奉命去接机，把她安置在这间房子里，那个晚上不只陪吃饭，还陪她上了床。

时间快得让他没有思索的时间与空间。

这种感觉很奇妙，虽然以前也并不是没有一夜情的经验。

这不是他第一次被女人主动求爱，在爱情市场里，他的条件一向好。

然而，对象是老板的侄女，毕竟让他有点忐忑不安。

“放心，我不会跟任何人说。”她说，“你不必对我负责，我也不会为你负责啦。”

说实在的，他还蛮欣赏这种直率的美式作风。

唯一让人遗憾的是，她实在不是美女。也许上天是公平的，虽然让她锦衣玉食，但她也承袭了父母的外貌。虽然她不是他喜欢的那种类型——不够纤细，皮肤因为常做日光浴而黝黑，继承了父亲的壮硕骨架，也和母亲一样有着平板的五官。只有一头鬈发、丰满的胸部让她有些风情。

穿着白色香奈儿套装的她显得彬彬有礼。她将外衣脱下之后，露出野性的豹纹内衣，那才是真正的她。

狂野的一夜。汗水如泉，从他额头上潸潸流下。

他必须很费力才能讨好她。

激情时刻，她的体味，混杂着檀香味道的香水味，窜进他的肺里，让他想起另一个女人的身体。

热汗淋漓，她用被单裹着身子，在床上抽起了雪茄。烟是他帮她点着的，那种感觉真的有点怪。

第一夜，因为好奇与新鲜，他确实是尽兴的。然而，两人已经在一起大半年了……面对他所憎恶的味道，以及并不是真的很感兴趣的女体，他很害怕自己已经不能再满足她的需求。

她显然还是兴味盎然，从国外网站订购了不少新奇用品。

时间越久，有一种感觉越来越明显：他觉得自己已经沦为一名男妓，被收容在亚马逊女王的后宫里，每夜看她高兴、受她召唤，虽然心中不悦，却还是得臣服于主人。

“说你爱我。”她总在最忘情的时刻命令他。

“我……爱……你。”

“我不要，你说得……很勉强……再说一次……”她睁大了眼睛，表情有些狰狞。

“我爱你。”

他知道自己在说谎。

身体的感觉不会骗人。虽然他勉强自己去爱她，可是，好奇妙啊，他就是不能发自肺腑那么说。

爱跟做爱是两回事。

他身体健康，可以跟任何女人做爱，他也不是一个专情的人，但是他心里明白，到底爱还是不爱。

当新鲜感退去之后，爱或不爱，喜欢与不喜欢，那么明显。

可是，他并不想放弃。

已经走到这里了，不是吗？

能走到这里并不容易，如果不再往前走，他害怕自己这辈子再也没有办法从鸽子变成在高空盘旋的老鹰了。

他只能用小小的背叛，来逃离那种被迫说谎的感觉。

“你知道我为什么想嫁给你吗？”

上了一天的班，午夜时他已精疲力竭，每日睡到自然醒，下午才开始吃早餐的她仍然精力充沛。

“为什么？”

“你除了对我好，你对很多人都很好。我永远不必担心你会发脾气。还有，你在床上，很注意我的每一个反应……”

他很想说，那是他的习惯，他在乎每个人的反应，包括公司里打扫厕所的阿姨。或许是因为从小寄人篱下的关系，不讨好人，怎么活得下去？

“哈哈……我永远记得第一天，我邀你上床的时候，你那种大吃一惊的傻样子。”

她误以为他是纯情少男了。

“所以，你想为我负责？”

“讨厌！”她被他逗得好开心。

“还有，你做完爱之后，会陪我聊天。”

“这也是长处吗？”他故作惊讶，“那么，我以后每次在做完爱后都会陪你聊天。”

没有马上睡着，是因为他想在做爱后离开。他总在盘算着，什么时候离开才不失礼。有时她会要他留下来，他总说，一个人睡习惯了，而且有时他必须半夜起床看看美国股市的状况，必定会打扰她的睡眠。

“我明天要去挑订婚礼服，你觉得我应该请设计师设计，还是去订购 Vera Wang 的定制服？”

“我没有意见。你穿什么都是我的新娘，都好看。”张百刚最让女人感动的地方在于，他可以把每一句话都说得很诚恳，即使是说谎。

她的朋友都出身富贵人家，每个人结婚时，身上的礼服都价值百万以上：“我可不能丢脸。”

“不过，我想自己去挑礼服，你不许跟着我，我要给你一个惊喜。”

“我很期待。不过，你要记得，我爱的是你的人，不是衣服。”

说情话，他是一流的，极其诚恳，好像每个字都是从内心深处涌出来的。

太好了！那么，他可以自由自在地活动一整天。

“我回去了。”

“留下来陪我睡嘛。”她说。

“以后一辈子都陪你睡，好吗？”他温柔地哄着她。

“我有一些公务要回去处理，事情总是多到做不完。”

“好吧。”

他等她睡去，呼吸十分均匀后就离开。

静音状态的行动电话里，有一些短信。

有廖紫娟传来的，她说：“我想你。”

她是个乖巧的女孩，总是静静地等待着他。

也有陈琳女士传来的：“请回复。”简短的三个字。

“喂，是我。”

“现在有空吗？”她的声音有些沙哑。

“嗯。”

“来见我。”

那是另一栋他熟悉的豪宅。离婚多年的陈琳女士，一个人住在一座法国宫廷般的房子里，每个房间都有一盏豪华水晶灯。

显然她为了等他，已经把用人遣走，以避人耳目。午夜，她独自出来开门，瘦削的身子，裹在丝绸睡衣里。

眼前的情景让他想起“风中残烛”这个词。

这一两年来，才刚从乳癌关卡捡回一条命的陈琳，比他认识时老了许多。他认识她时，他二十五，她四十五，总是打扮得十分讲究的陈琳，当时看起来比实际年龄年轻许多，身材也十分窈窕，他曾经非常迷恋她。但女人是不禁老的，转眼十年过去了，这一两年，她忽然像隔了夜的气球般皮皱肉松。

看得出来，为了见他，在深夜里她还化了妆，装上了假睫毛。

他握着她的手，在沙发上坐下来。

她骨瘦如柴的手摸着他的脸：“真的要结婚了？真舍不得你啊。怎样，她还好吗？”

她是苏菲亚唯一的姑姑。

“对不起。”他低声说。

“怎么说对不起呢？”她叹了口气说，“是我对不起你，对你们来说，我还算是介绍人，不是吗？”

“你订婚，我也会去。”

“这……”

“我不去，反而奇怪了。”陈琳说。

“我是怕你身体不好……”他体贴地说。

“你也应该结婚了，只是我真没想到你会娶她。她是我们家族下一代中最不聪明、最任性、最不好看的，她配不上你。你恐怕也会吃点苦头。”

女人评女人，都是尖锐的，即使是亲人。

“我最近做梦的时候，常常想起我们在加州的那段时光……”

“那段时间，我也很快乐。”他诚心诚意地说。

怎么会不快乐？公司送他出国进修，学费全免，还付全额薪水，陈琳将她的豪华跑车借给他用，还让他住在她位于圣塔莫尼卡的海滨豪宅里。

他唯一的责任就是念到毕业而已。

他读书时，她仍在公司任职，只因为是家族企业，陈琳的自由度比一般主管高得多，她一高兴就到美国开会，每个月至少会待在他身边一两周。

张百刚当然知道，陈琳将他送出国进修这个安排，是为了避人耳目。

她怕有人说闲话。她爱面子，却又舍不得放弃他。两人在国外逍遥自在，完全不用管任何闲言闲语。

陈琳和他一开始就知道，这是一段不会有结果的感情，两个人都心知肚明。

陈琳结过两次婚，之前有三个小孩。他的年纪，和陈琳的大儿子差不多。

那段日子多么快乐，暑假时，她带他去巴黎、威尼斯、罗马、布拉格。

他也心甘情愿地用各种方法讨好她，让她开心。

她毕竟比他成熟。学成归国的那一天，她来接他，跟他说："你回国的住处已经帮你找好了，我们必须分手。"

"分手？我做错了什么？"

明明知道，某一天可能会分手，但这一刻真正到来时，他好像一个被母亲抛弃的幼儿，眼前一黑，天旋地转。

"你没做错什么。"她是个冷静的女人。

他还曾怀疑，是不是她身旁有了更年轻的男人。

"我们从来不适合，你知道的。我不能再耽误你了，去找一个跟你一样年轻的女人，组成一个正常的家庭。"

"可是我要你。"年轻的他并没有说谎。

"我很感谢你这么说，但是，现实世界中，我们毕竟是不适合的。"

他失魂落魄了好一阵子。曾经愤世嫉俗，曾经想要报复，他觉得自已被利用了。她只爱他的肉体吗？

后来，听说她已再嫁，嫁给一位与她年龄相当的丧偶富商，是她的老同学。

很多人都说，他们是有情人终成眷属。

张百刚一直相信，如果不是年龄悬隔，他比那个老男人更可以给她幸福。后来，这段婚姻还是无疾而终了。听说，富商有了年轻新欢。

她太爱面子。当时她的老父还在，所以自己也不能跟一个年轻男人共度一生。

这段故事，他没有告诉过任何人。

他是从那时开始，变成一个白天勤奋工作、晚上茫然穿梭夜店买醉的男人。身边的女人一个接一个地换。

“你曾经爱过我吗？”她说完，自己笑了，“你知道吗？动手术时，他们帮我打麻药的那一刹那，我问自己，如果这辈子就这样结束了，我还有什么遗憾？……我想见你一面。”她说。

她笑了。灯影下，她的鱼尾纹显得更深了。

“我当然曾经爱过你。我一直很……感谢你。”

“真的吗？还是只因为，你向来懂得说话让我好过？”说着，她自己又叹了口气，“看看我，年纪越大越多疑。”

就算爱不见了，感激还是在的，没有人对他这么好过。

“百刚百刚，你啊，很聪明，是个好孩子。你只是没个性。”她又抚摩着他的头，像疼惜儿子一样，“你总是太想要让别人开心。你不是个男人，你是个孩子。”

他想，她认识的是以前的他。现在的他，早已长大，不再是她的好孩子。

“那么，你也告诉我，你爱过我吗？”

“我发誓我曾经爱过。”她眼中有泪光涌动。

曾经，是一种可怕的感觉。眼前，她已经变成一个面容憔悴的老妇人。

他看着她，仍充满熟悉的感动，可是，对于爱和激情，已经嗅不出什么残留的线索。有谁说爱是永恒的?

他最愤怒的时候，曾对她怀恨。他很痛苦，觉得自己是一部从租车公司租来的车子。她对他很好、很爱惜，可是时间一到，就义无反顾、毫不留情地把他还了回去。

爱，一定有过。但，或许也是租来的。

租来的时间，租来的空间，租来的情人。

“真是的，什么东西！”李云僧在心里叨念着。

收到总公司发出来的股市报告，李云僧头好痛。

这些股市分析报告，明天得发给分公司的重要客户，但报告里的推荐股中，竟有一家叫作“百乐”的公司。

据李云僧了解，这是一家根本没在真正做生意、只靠做假财物报表来“制造盈余”的公司。分析上说，该公司第一季转亏为盈，EPS 足足有一元以上，建议低价买进。

据李云僧所知，这家公司本业不但不赚钱，转投资公司至少有十家，位于东莞、苏州、天津等地，老板都用亲戚当分公司总经理，彼此以离谱的价格买进与卖出货品，制造销货收入，不过，几乎没有一家是赚钱的。

建议投资人买进，无异于把钱丢进水里，什么时候会下市，根本不知道。

可能只因负责人是董事长的多年球友，老董必须帮这个忙。

这已经不是第一次了。

也许这只是一件很小很小的事情，它只不过是公司推荐的八大潜力股中的一家公司，只能祈祷投资人不要那么倒霉。

他打电话给负责为分析报告把关的张百刚：“那个百乐为什么可以飞上枝头，是怎么回事？”

张百刚叹口气，小声说：“唉，应该就是你知道的那么回事。”

“一定要推荐吗？”

“上头交代的，研究员也很无奈。”张百刚小声说。

几个月前，也发生了类似情形。据他所知，有一家公司明明已经打算减资，却在消息还没公布的几个月前，做假账宣布公司业绩大幅增长，又有大批增值土地即将出售、得到某大公司资金挹注等消息传出，想让投资人上当。等大股东们已经脱手之后，才公布要减资百分之七十，股价狂跌。

减资，让投资人承受公司的亏损，公司内部再增资，股东又取得更大的权益。

不少忠实客户打电话到分行来大骂，说他们的研究报告有问题。

谁叫你们要听，谁叫你们要买呢？虽然不能明说，但这就是公司的态度。这只是客观建议，并非强制命令，各人的选择还是由各人自己负责。

许多股市名嘴都一样，帮某家有问题的公司抬轿，坑杀投资人前，自己已经先赚饱了。

第二天，名嘴一定都夸昨天推荐的股票大涨，至于昨天到底推荐了什么，他们全得了健忘症。

“可是，如果总公司一味这么搞，下面的人服务再周到，也会渐渐失去客户的信任。”李云僧也叹口气说。

李云僧年轻时，会在公开会议中为这些不实报告据理力争。

到了现在，只能幽幽叹一口长气，屈服于现实。和大老板往同一个方向行走，等于为虎作伥，可是他又能怎样？

“您在叹气？”

不知不觉间，郭素素走进他的办公室。

为了开诚布公，他从不关门，部属永远可以进来找他。

“有什么事？”

“有件事，想找您讨论。”她表情严肃，似乎遇上了困难。

“请说。”

“关于最近总公司要我们卖给客户的一种连动债……”她欲言又止，“我可以说实话吗？”

“我们分公司分配到六千万的额度。在我的头上，有五百万元的责任销售额，但是，我昨晚很仔细地把说明书和转换计价方式推算了一遍，发现这个有保本名义的连动债很复杂。投资人只看到每年配息百分之十就购买了，却没有想到，如果依照它的规则，一年之后，在最坏的状况下，也可能只剩下百分之三十的本金。这一定会引起纠纷……”

“你担心这样的亏损会失去原来的客户，对吧？这也是我的顾虑……”

“我在这里八年了，靠的就是信用，有些钱，我不忍心赚。”郭素素说。

她的这个问题，也让他陷入进退两难的地步：“这……”

他翻了翻公文。公司颁布下来的命令是，如果业务员将责任配额都推销出去，奖金丰厚；如果没卖出去，前半年业绩奖金就会被打六折。

李云僧把眉头皱得好深。

“对不起，让您为难了。我知道，您也是人在江湖……”郭素素说。

“对，我人微言轻，身不由己。总公司的命令，我无法改变。但是同事们既有的业绩奖金，我还可以想想办法……”

他又长叹了一口气。

“麻烦您了。资深同人都为这个案子伤透脑筋，我替大家来向您报告。”

“我知道了。”

本来他还想问她：“你最近还好吗？”话未出口就想到，现在是上班时间，不能问私事。

这些日子以来，有好几次，他都有同样的冲动，想走到她的座位旁，假装谈公事，跟她说几句话，但都有一种声音阻止自己。

那个拥抱之后，他的人生起了化学变化。

此时，他不太敢正视郭素素的脸。

她还记得那个晚上，离开墓园之后，车上的拥抱吗？对她可有任何意义？

从那晚开始，他觉得自己好像做了错事一样，只敢在上班时偷偷看看她的动静，猜测她的心情。

看到她时，他的心总会怦怦直跳。

对一个成年男人而言，或许一个意外的吻不算什么，这个世界还是一样运转。

可是，他的人生好像多了一个秘密似的。

好像有一种单细胞生物，忽然间钻进他的脑袋里，慢慢滋生并吸收了养分，然后快速增长，即将让他的世界变得不一样。

他也很清楚，他对她的渴望是不可以的。

这几天，只要稍一闲下来，他的脑子里就进行着一场激烈的攻防战。

这个晚上，张百刚的订婚宴，他竟又看到了郭素素。

她和几位比较资深的女同事负责当招待，接待女方亲友。一身奶黄色套装，显得格外有精神。

“大嫂没有一起来吗？”张百刚问。

“她要我跟你道喜，她今晚要送孩子去补习。”李云僧拍拍张百刚的肩膀，“恭喜啊，百刚，终于要定下来了。”

“不过是订婚。”

新娘穿着橘红色的鱼尾礼服，身材略显丰腴，笑得十分开心。

张百刚说只有十桌，但现场却来了三十桌客人。

有不少赫赫有名的人物，都是新娘家的至交。既然来了，不让人家致辞也不好意思。

“新娘子真不容易，看上的果然是青年才俊！”一位与老董相熟的水泥公司老板这么说，“她爸爸为她安排了许多和企业家第二代的相亲机会，她都看不上眼，原来眼光独具，偏偏喜欢……”

还好他也知道，后头那个形容词恐怕不太好听，马上拐个弯：“……喜欢这个常青藤名校硕士，今天看起来，果然玉树临风、一表人才，真是郎才女貌……相信他一定不会辜负岳父的期望！”

转弯转得漂亮，但仔细听来，还是有新郎高攀的意思。

在场有不少人相视而笑。

大多数人都不认识张百刚，也还搞不清楚新郎新娘的名字，发言内容都在对他的岳父岳母歌功颂德。两老听得笑呵呵，好像这不是下一代的订婚典礼，而是他们的金婚纪念日。

席间，不时有晚到的客人上台致辞。烦了一整天，李云僧觉得头昏脑涨，借故上洗手间喘息一下。

呼吸一点新鲜空气吧。洗手间旁有个侧门，通往一座小小的空中花园，所有植栽都有光线往上打，气氛十足。

他推门而出，望着脚下的街道深深吸了口气。

忽然间，一个人和他撞了个满怀。

她没有看见穿着深色西装的李云僧。

女孩吓得哇哇大叫，以为自己撞到了鬼。

李云僧也被吓了一大跳，倒退一大步。

两人都回过神来时，才发现是熟面孔。

“李协理……”女孩先叫出声来，“对不起，我不知道你在这里……”

“你是……”他只觉得她面善，一时叫不出名字。

“我是廖紫娟，谢谢你那天……送我回去，我没有在你车上乱讲话吧？”

“喔……对不起，我记起来了，”李云僧说，“你没乱讲话，你只是乱吐而已。”

一直到现在，他都觉得在自己车内，还隐隐闻得到那股酸腐味。

她应该完全不记得发生什么事了吧？她抱住他的时候，他真是困窘，心想现在的年轻女生都是这么开放的吗？

“为了谢谢你送我回家，我送了一个可以养金鱼的鱼缸给你，你记得吗？”

“噢……当然……”

“鱼还活着吗？”

“嗯……还活着。”其实他也不确定。自从郭素素抱走那个鱼缸后，他就忘了它的存在。

“你怎么在这里？刚刚并没有看见你……”

她没搭腔。他这才发现，她的眼眶红红的，好像哭过。

“你也来当招待吗？”

“没有。我是临时雇员，不够格当招待啦。”廖紫娟努力扬起嘴角，不想让人发现她的心事，“你看，我穿黑色衣服，像是来当招待的吗？”

他穿黑西装，她穿黑色洋装，难怪在阴暗的灯光中，他们看不见彼此。

“我只是来看看罢了。看有钱人家的订婚宴有多么豪华……”

“那为什么哭了？”

“我……只是为自己伤心，我一辈子都不可能像她那样当公主……”

“当公主不重要。当公主只能当一天，婚姻却是一辈子的。”李云僧很认真地说。

“结婚一定要结一辈子吗？”她问。

“那……可不一定。”

她看起来有点喝醉的样子，说话语气轻飘飘的。

“你又喝酒了？”

“对啊，人家不请我喝喜酒，我就在外头自己喝一点。”廖紫娟说，

“这里很好，谁都可以来。”

这个女生真奇怪。李云僧一时听不懂她在说什么。

“如果不快乐，也要结一辈子吗？”她又问。

李云僧没有回答。他心想，有的人不管快不快乐，都会坚持一辈子。唯一的不同在于，快乐的婚姻让一辈子很短，不快乐的婚姻让一辈子变得很长。

而再快乐的婚姻都有不快乐的时候；再不快乐的婚姻都曾有快乐的时候。

“你不要再喝了，赶快回家吧。”他觉得自己像个训导主任。

“我……心里不舒服。不想那么早回去，我怕我回去会想不开。”她凄然一笑。

“又怎么了？”这里是位于八楼的空中花园，这个女孩该不会想来这里自杀吧？他顿时心头一冷。

“我知道你是好人，可以陪我聊聊吗？我的心情真的很不好。”

女孩子心情不好，应该是因为失恋吧。看了人家欢欢喜喜的婚礼，又触景生情。

“你失恋了？”

“对。”

“好吧。不过……我不能待太久……有人会找我……”

他陪她坐在空中花园里面向马路的雕花座椅上，看着夜晚马路上流动的光影。

“爱情让人好痛苦。”她说。

“怎么了？”

“有一个人……他比较爱我，但他却不能娶我。”

“那么，这样的男人，就不值得你为他痛苦。”李云僧说。

“可是我爱他。”

“那就是你傻。”

“你说对了，我是真的很傻。可是，我就是没办法不喜欢他。我搞不清楚，我是对爱情绝望，还是对自己的傻绝望。”

“你几岁？”李云僧问。

“二十二。”

“二十二岁，就说绝望，太早了，也有人很幸福的。”

“那……你爱过一个人吗？我是指，爱到牺牲什么都无所谓，爱到让你痛也无所谓，爱到有了别人你还是无所谓……的那一种。”

他无话可答。

“……你没有这种经验，对吧？”

他有吗？直觉上，这种经验似乎是空白的。他是个务实的人，即使是谈恋爱。交个女朋友，就觉得自己要好好对待她，要娶她，要有个安稳的家，这样他才能安心地在江湖上闯荡。截至目前，他的人生就是这么简单。或许二十二岁的她，爱情的经历都比他复杂丰富许多。

“我有一个情人，他对我很好，我也很爱他……可是，他就快要娶别人了，我觉得我应该成全他，不过，心里好像压了一块千斤重的大石头，挪也挪不开，比死掉还难过……刚刚，我真的很想从这里跳下去，看他会不会有一点难过？”她又从皮包里拿出扁瓶装的威士忌，喝了一口。

“照你形容的那样，是你不对。人家有女朋友，你干吗还这么想不开？你那么年轻，难道没有别的选择？”

“唉，你没有爱过。”她斩钉截铁地说。

“喂，你要我陪你说话，结果你却反过来批评我。我如果只有二十二岁，一定会马上把你放在这里不管！如果你真的爱到什么都无所谓，那干吗为了失恋伤心？失恋也应该无所谓才对！你根本是自欺欺人！”真是个脑袋装稻草的女生！李云僧快失去耐心了。

她笑了：“想不到你还蛮幽默的！”

“我得回去了。你不要想不开，好吗？”

“嗯，谢谢你，你是好人。”

她又向前拥抱了他，身上的酒气逼人：“我真希望，有你这样的叔叔……或大哥。”

他哭笑不得。唉，年轻时，笑和哭、悲和喜之间的界限，何等模糊？她迅速消失在黑暗中，不等他说完再见。

订婚宴结束后，他的目光一直追随着郭素素。她笑脸迎人，谦谦顺顺地在电梯口送客，尽责地做着招待的工作。

“等一下，你还有事吗？”他鼓起勇气问她。

此刻，只想和你在一起

▽
▼

事情不应该这么发生的。虽然她阻止自己把目前已经混乱的世界变得更加复杂，取掉胸前别的红色“招待”胸章后，她还是上了他的车。

“怎么……要带我去什么地方？”她偏着头对他微笑。

郭素素看得出来，这个男人很紧张。刚刚他问她“等一下，你还有事吗”的时候，耳朵都红了。他的声音很小，好像通过了一个狭长崎岖的通道，越过许多障碍物，才钻出他的喉咙似的。

“这次，不会再带你去墓园了。”没想到，他还有点调皮，“……我只是，忽然想和你聊聊天。”

“您是上司，随时可以找我开会。”

“不，不，不……”他又紧张了起来，“不是那种聊天……不是那种上司和下属的关系……”

“那又是什么关系？”

他的样子，像好不容易开口约异性出来的小孩，让她很想逗他。

“这……这……”

他口吃了好一阵子。脸色忽然严肃了起来：“如果你不喜欢，我可以直接送你回家。”

“噢？你生气啦？”想不到他会有这样的反应，一秒钟内，脸色恢复成平时上班开业务会议时那种不苟言笑的样子。

“我不想让你误会，因为……我不是那种人。”

她本来想问：“哪一种人？”又怕他开不起玩笑。

她从第一眼开始，就对李云僧很有好感。不过，从上次那个吻之后，两人的关系变得有点尴尬。这些日子以来，她一直提醒自己，离他远一点，在这家公司，在工作上有任何绯闻，都是自找死路。她在公司八年了，看过几对谈办公室恋爱的同事，如果未婚，总有一个人要离开；若是外遇，那么依公司不成文规定，没有人可以留下来。

董事长夫人在公司里掌管人事大权，可能因为董事长在创业初期曾与女会计有过一段情，使她对办公室里的绯闻十分感冒，从严处理以达杀鸡儆猴的效果。虽然，董事长包养女人的传闻，始终是员工茶余饭后的话题。

“我没误会你，”她嘟着嘴说，“我只是跟你开点玩笑，从来没有人跟你开玩笑吗？”

他的脸色缓和了些：“……我不是不能开玩笑……你应该知道，我只是一直是个认真的人。”

雨开始下了，这是初春。起初，雨丝只是轻轻在车窗上划下细针般的透明斜线，只是一个红灯的时间，就变成了一颗颗巨大的弹丸，有节奏地弹打着车身，远方还传来闷闷的雷声。

“那么，你打算带我去哪里？”

“我……其实也不知道。”他自己也觉得好笑。一直要强调自己是正人君子，其实……自己真的没有别的想法吗？他也不敢保证。

“如果你不知道，那么，去我要去的地方，好吗？”

“你想去哪里？”

“我的故乡，不近，但也不会很远，一个已经没落的小小渔港。我以前心情不好的时候，常常在堤防上走来走去。”

上了高速公路，周日晚上，南下的车辆不多。车子外面的世界显得空荡荡的。

他一路都紧紧地握住方向盘。她发现了他的不自在。

“你的车上有音乐吗？”

“音乐？你是指……收音机吗？”

“你平时在车上都不听音乐？”

“好像没有这个习惯。总是在想公事，想很多事情。脑袋里充满各种声音，有音乐就太吵了……说起来我是个很不浪漫的人，对吧？”

“那么，我唱歌给你听……”她说，“我今天心情很好，很想唱歌，我很久没唱歌，也很久没有人听我唱歌了……这首歌，你可能没有听过……”

就在雷声和雨声互相应和的伴奏里，她唱起了一首歌：

如果结局在刚开始的时候
已经写好
那我们还要抵抗些什么呢？

如果流泪和叹息
都无法挽回时间和命运
不如好好享受
痛苦和寂寞　花开和花落
假装一切不曾发生
反正这是现实人生

如果我可以反抗些什么
那必然是在爱情最美好的时刻
转身就走
如果我能

如果我能
如果我能
转身不带走你的灵魂
如果我的心能够不撕裂
只要你能
带着微笑继续你的幸福人生……

她的声音细细软软，却很清亮。唱完，她对着他微笑："这是我读书时的一个同学写的歌。当时，他想参加创作歌谣比赛，找不到人填词和唱歌，只好找我，我也毛遂自荐当了主唱。"

她发现他僵硬的表情，也跟着平和柔软了起来。

"比赛结果呢？"

"第三名，不好也不坏。后来那个本来想当创作歌手的同学，开了机车行。全世界只有我还记得他会写歌……"

她咯咯笑了。

她的歌声让他沉浸在过往的岁月里。他想起自己曾经学过吉他，而且弹得不错。那把吉他不是什么昂贵货色，他却恋恋不舍地留在身边好多年。

直到去年搬家时，惠敏在仓库里发现了它。当时它已经覆满了白色的毛茸茸的霉菌，里头已经成了虫子的温床，表皮的漆也都脱落了。"好恶心的东西！"她尖叫着。他充满歉意地看着那把陪他度过年少岁月的吉他，被垃圾车收走了。

“你唱歌的时候，眼神发亮，就像个少女。”有种感动在他胸口散开。

他真不敢相信，眼前每天都要在锱铢必较的行业里奔走的女人，有这么浪漫的一面。

“这首歌的歌词，其实是偷来的。”她陷入回忆里。

“念中学的时候，有个老师对我很好，他一生都没有结婚。传言说他曾经爱上一个不该爱的女人，太痛苦了，才去从军，后来……跟着军队到台湾来，相隔两地，音信全无，却始终等着她。我认识他时，他已经很老了。那时我当学艺股长，送作业到他桌上时，发现他桌上的玻璃垫下有这么一首小诗。帮别人填词时，就把它拿来改编了……”

“他知道吗？”

她耸耸肩：“我毕业后的第二年，他发生车祸，就这样结束了一生。”

“始终没有等到他爱的人？”

“嗯。”

“一个悲伤的故事。”他说。

“也不见得，虽然悲伤，还是有一点美感。”她轻轻叹了口气，“比较起来，我们活在一个连美感也没有的现实世界，什么都可以得到，但一点美感也没有。”

下了高速公路，在她的指挥下转过几个弯，渔港到了。

果真是座荒废的渔港，连检查哨也撤掉了。看起来像港务办公室的房子，窗破门毁，里头长满了芒草。远方有座灯塔，发着微弱的光，孤独地站在黑夜里。

“晚上，站在这里，就好像站在全宇宙最孤独的星球上，其他星星都远在几亿光年外的太空……只有我们在这里……”他说。

雨已经停了，在他把车灯关掉的那一瞬间，他看见她泛着惊讶亮光的眼睛。

“怎么了？”

“你也比我想象中有诗意。”她说，“要到堤防上走走吗？”

连进入肺部的空气，都饱含海水的咸味。

“我没有手电筒。”

“没关系，这里的路，我闭着眼睛也记得。”她说，“介意我牵着你的手走吗？”

“我很介意。但不介意我牵着你的手走。”

“哈，对不起，我忘了男人还是喜欢主动的。”

他牵起她的手。虽然正如她说的一样，她对路很熟，然而，路上障碍物不少，她穿着半高跟鞋，很多时候，她必须把一些重量放在他的身上。

他宽阔的手微微发着抖。很久没有牵女人的手走路了，好像是上辈子才有的记忆似的。

没有人的夜晚，站在堤防上，望着墨黑色的海面，任谁都可以感受到大自然无坚不摧的巨大力量。

海浪一波一波地涌过防波堤，好像在拍打他的心脏。挟带着咸味的神秘力量，像要把他的心脏撕裂。

“我怎么会在这里呢？”看看身边的女子，李云僧在心里这样问自己。

好像是失了魂的人，被来自阴曹地府的游魂恶作剧地牵引着，来到了绝崖边缘才恍然清醒一样。

“我怎么会走到这里呢？真不可思议啊。”命运的进行全然不按照理性安排。李云僧发现自己并不是真的很了解自己。

被爱的渴望诱惑的人，再怎么神魂颠倒，偶尔也会这样问自己。

不久，这样的疑问又像个海面上的漂浮物般，被退潮卷走。下一次浪潮袭来，它又毫无招架之力地被推向前方，不知不觉又比刚才被推向更前方一点。

他站在她身后，双手环抱着她的腰，嘴唇颤抖地靠近她的脸颊，紧紧地把她抱在怀里，再次索求着他所渴望的吻的滋味。

吻是一件奇妙的礼物。不只是舌尖对舌尖、嘴唇对嘴唇，而是一种共同默契与磁场的探试。爱人的吻绝对没有一点勉强的成分，能不能爱，决定于唇齿是否能够像磁石与铁般自然吸引。不爱了，或当爱渐渐淡去或死亡，吻就变成了一个噩梦。不喜欢的人，若想亲密地钻进你的口腔，光想想就觉得浑身不舒服。

不知道有多久的时间，世界是无声无息的，两人好像被厚厚的隔音网包围，连打在防波堤上的海浪都被消音了。

只剩下一种渴望，像奄奄一息的鱼渴望水，黎明前的黑夜渴望光。

意识恢复的那一刹那，他才又听见海浪强烈拍打着堤防的声音。

“……对不起，我好像不应该这么做，忘了问你，同不同意？”

这个时刻，他还想努力表示自己是正人君子。她笑了。

“我给你的感觉，像是不同意吗？”她俏皮地回答。

又是一个更深更久的吻。他的手开始在她的腰上游移，穿过她套装的领口。

她轻轻阻止了他。

“该不该这么做，你是不是要想得更清楚一点？”

“我唯一想清楚的事情是：如果我想清楚了，我就不会和你站在这里。”他说。

他圈住了她的腰，把她紧紧抱在怀里，又疯狂地吻她。

从喜宴会场回到家的廖紫娟，至少要转两趟巴士，才能回到她的小窝。

一路上，她的眼泪没有停止过掉落，心里好酸。

镶着水晶的橘红色礼服真漂亮，她那喜滋滋的模样，不时出现在廖紫娟的脑海里。

虽然，没有人会认为苏菲亚是个天生美女，但今天经过刻意修饰，打扮得像个大眼娃娃的苏菲亚，是她见过的最美的苏菲亚。

天生健壮的苏菲亚，在颈上挂了雕刻成树枝与花的项链后，显得秀气许多。廖紫娟听说，苏菲亚常和父亲出入一些国际拍卖会，随便买一串项链或一件古董，都要好几百万。订婚前消息已经传进公司里，苏菲亚的父亲送她一串两千多万的钻石项链当订婚礼物。据说结婚时还有一栋亿元豪宅。

两千多万！

廖紫娟算了算，以她的月薪来看，就算两辈子完全不吃不喝，都存不够买人家脖子上那串亮晶晶的石头的钱。

她拖着疲惫的身躯爬上六层楼陡峭的阶梯。

不久，开始打雷下雨，她拿出了水桶和脸盆，放在只要下雨就一定会漏水的地方。

雨声滴滴答答，而她的心里也在掉眼泪。

本来以为自己不在乎的，她毕竟是第三者。

可是心里好难过，心情像一条再怎么用力拧也拧不干的湿毛巾。

他最近公私都忙，一个星期没来找她了。

这个星期，她不断在办公室听到有人向张百刚道恭喜，也听到他不断打电话给朋友，亲自邀请人家来他的喜宴。

他的声音听起来，没有任何不高兴的成分，甚至看到她进办公室来倒水或递送文件时，也没有刻意把声音压低。

订婚前两天，他正好年休，没有来办公室。

他一点也不在意她的感受吗？

他从来没有正面和她谈起自己的订婚宴，好像这件事情跟他们俩之间的关系无关。

他也没有和她谈过，跟她之间有什么打算。继续，还是停止？

他还会像以前那样叫她公主吗？

张百刚没说，她也没有问，她只是在等待。

他说她是他的公主，不是吗？虽然她比较像一个在破落城堡里的哑巴公主，只能等待他开口，等待他叫唤。

她相信他比较爱她，只是迫于无奈，要娶另外一个女人。只是那个女人比她先到来一点点。

可是，她已经三天睡不好觉了。他不在办公室的这两天，她整个人失魂落魄，谁交代的事情都做不好，甚至还不小心用冷水帮客人冲茶。

“这样下去也不是办法，或许，我应该死心了。”

她偷偷溜到婚礼会场去看看，心想或许看到人家幸福恩爱的样子，她的心就会死。如果她的心死了，她就可以把他完完整整地还给苏菲亚。

那是廖紫娟从小的习惯。如果心已经很痛了，那就让它更痛一些，如此，就会醒了。

这还是她第一次到五星级饭店去。

躲躲藏藏地看着典礼进行，好多来宾致辞，新娘仍有着她的招牌式爽朗笑声，张百刚笑得比较斯文。

看着他的手自然地环过她的肩，她的心就像被利刃刺穿似的。

“或许，他是真的喜欢她。”她对自己的自信心瞬间消失了。

“为什么我不是她？”她觉得这个世界很不公平。有些人天生是幸运儿，不愁吃不愁穿，一生出来就没有机会看到社会黑暗面，不知道有人的房子一到下雨天就会漏水。

她并不渴望从小穿名牌衣服、出入有司机接送，可是，好歹老天爷可以公平一点。

哭肿了眼睛，镜子里那张常常引人注目的漂亮脸庞，有一点浮肿、泛黄，让她想起“黄脸婆”这个字眼。

她二十二岁，这样的日子还要过多少年？张百刚总是说，她是他的公主。可是，他不是她的王子啊，他能够这样对待她多久？

她拿出化妆品把妆补好，心里还期待着，或许今天他会来找她。她不要让他看见自己狼狈的样子。

虽然，今天是他的订婚宴。

他一直没打电话来。

廖紫娟想了很久，拨了他的电话号码，他关机了。她的心像被抛进深海中的石头般，不断往下沉。

她心里好苦。

“如果我今晚死了，他会不会后悔？”

很多念头浮现在她的脑袋里。

想到张百刚现在可能将苏菲亚抱在怀里，她的心绞痛着。

不不，她不要。楼层太低，如果没有死怎么办？家里人不可能领走重残的她回家养的，如果失去了行动能力，一辈子都要像条虫一样在地上爬。

或者，如果她就在这个顶楼死掉，恐怕好几天都不会有人发现她。当他看到时，她已经是一具令人想捂着鼻子的腐臭尸体。

或许他只会觉得厌恶，不会觉得心痛。

实在很难受，又睡不着，她好想找人说说话。可是又能找谁说呢？又不能找办公室的人诉苦。这时，她想起了一个电话号码。上个星期，她到公司楼下为张百刚买午餐时，遇到了一个中学同学。

看起来很面熟，可是已经和当年长得完全不一样。

两人对看了很久，廖紫娟才敢叫出她的名字：“江瑶。”江瑶和她是班上个子最高的两个女生，三年来都被分坐在最后一排，两人在一起同桌了很久。

江瑶本来长得清纯，五六年不见，她变了很多。虽然，她穿着简单的白衬衫和超短迷你裙，留着一头鬈发，但还是艳光四射。当时她一个人懒洋洋地站在走廊上抽烟，不少人偷偷回头看她。

他乡遇故知，廖紫娟尖叫了一声：“你变得好漂亮啊。”江瑶也认出她来了，两人寒暄了几句。

江瑶说，她已经到台北四年了，正在当模特儿。

“真的？走秀吗？”

“时机不好，什么都做啰。”江瑶说。

她留下电话给廖紫娟，要她有空打电话来聊聊：“到大都市里来，交不到真正的好朋友，老朋友要常联络啊。”

廖紫娟试着拨江瑶的电话。她好想找个人说话，不让自己的心再沉下去。

“谁呀？”江瑶的声音有点沙哑。

“还没睡吗？我是廖紫娟。”

“怎么了？”

“……我心情不好……想找人说话。你忙没关系……改天，我再打给你……”廖紫娟这才听见，电话那头吵吵闹闹的。

“噢……我还在家里打麻将呢，你要不要过来？”

“这么晚了？”

“我是夜猫子啊，这样怎么算晚？过来呀，我这里有好多朋友，过来热闹热闹。”

她不是说没有朋友吗？

她的住处就在她公司附近，台北市地价最昂贵的区域之一。

也好，反正睡不着，干脆去她家里等上班好了。

廖紫娟搭上最后一班公交车，又出门了。

她没想到，江瑶的住处那么豪华且警卫森严，还要换身份证才能进去。一进门，就像她想象中的皇宫一样，连门都会自动打开。她倒抽了一口气，哇，同样是二十二岁，江瑶显然比她过得好很多……她是怎么办到的？

在最伤心的一夜，她一脚踩进了一个自己想都没有想过的世界。

连门口都镶着五彩琉璃。廖紫娟伸出手，小心翼翼地抚摩着。

外佣恭敬地请她进去。

客厅好高，一盏垂下来的红色水晶灯，像一大束妖娆的大红花盛开着，吸引了她的目光。大厅里有一张大大的抽象画，画里有三个胖胖的裸女，坐在一个五彩缤纷的小宇宙里。

里头都是笑声。三个女人和一个男人围着打麻将。

“自摸啰！”江瑶穿着丝质睡袍，尖声嚷着。

“不要脸！”其中一个穿黑色露胸洋装的女人笑着骂她。

大家笑闹成一团。

“嘿，你来啦，你给我带来了好运！刚刚背透了，真想打人发泄！”江瑶对廖紫娟点头，示意她过来。

“跟大家介绍一下，这是我的中学同学，我们两人很要好。”

“你们学校都出模特儿吗？两个人都这么高这么漂亮？”唯一的中年男人说。

“你误会了，我们是身高一般高，所以被迫坐在一起，只好彼此认识一下。”江瑶说。

这些人看起来，显然和自己生活在不同的世界，廖紫娟只敢赔笑，一句话也说不出来。她用眼尾余光谨慎地打量着其他两个女人。她们之中，一个素颜的女人穿白衣，一个浓妆的女人穿黑衣，个子都高高瘦瘦，就像时尚杂志上剪下来的美人。

“你做什么的？”男人问。

“一般上班族，在证券公司上班……但不是正式的，还只是雇员而已。”她低头回答。

“回答得这么详细，真是诚实。不像你们，已经被这个社会污染了。”这个男人的声音和女人一样细，说起话来抑扬顿挫像在唱情歌。他用兰花指指着跟自己打麻将的女人，四人都放声大笑。

廖紫娟以为他在取笑她，脸都红了。

“对不起，我会不会打扰到你们……”虽然这里很美，她不在意多待一会儿，可是，这华丽的气氛并不属于她的世界。

“不会不会，你来得正好。”浓妆的那个黑衣女看看表说，“来，你来替我打，我等会儿有约。”

“十二点了还有约？我看你是养小狼狗吧。谈恋爱啰……”男人说，“小心喔，我看过的都没好下场……”

"啐！死乌鸦嘴！就算养小狼狗，也不要你管！"她故意好大声地碰了牌示威。

"我不会打……只看过人家打牌……勉强看得懂而已……"紫娟小声说。

她两眼还不停地打量着这间房子。哇，墙上贴的壁纸都会发亮，看起来是真丝的呢。真想摸摸看。

"真是纯朴，连麻将都不会。你确定你是江瑶的同学？"白衣女笑着说，"小心她哟，和她混在一起，没两天就学坏了。"

"哼，我是招惹谁啦，请你们来这里损我？刚刚还吃了我好几碗燕窝，嘴都没变甜一些？碰！"江瑶故意粗声粗气地说。

电话声响了。江瑶一接起来，示意其他三人停止动作，保持周遭鸦雀无声，"喂"了一声，语气马上变得娇柔："噢，真的要过来？我等你。嗯，再晚我都等……"

挂掉电话，众人爆出笑声，四双手继续原来的动作。男人学着她，用更夸张的语调说了一遍："嗯，再晚我都等……"

"好了好了，要送客了，庄先生要来了。"江瑶又恢复原来的语气，"嘿，和了。"

"真没天良，赶人前还和牌。"白衣女说。

"恩公回来了？"男人说。

"说话不要那么难听！快给我滚！"江瑶捏了他一把。他痛得哀号逃开。

紫娟完全搞不清楚是怎么回事。江瑶的先生要回来了吗？她不记得自己曾在电视或杂志上看过江瑶。才出社会几年，她应该没办法赚这么多钱，江瑶一定嫁给很有钱的人吧，要不然，怎么会有这么富丽堂皇的房子呢？

其他几个人好像很习惯，没几分钟就迅速离开了。离开前，男人塞给她一张名片："想当名模，找我喔。我看你还不错，明日之星。"

“别再诱拐无知少女！我们被你害得还不够吗？”黑衣女瞪了他一眼。

“哇，血口喷人！忘恩负义！”

一溜烟，人都走了。

“我也走了……不好意思……”不明白状况的紫娟也不想呆呆留下。

“你留下。”江瑶说，“我有客房给你住，没关系，没事别出来就行。”接着，立即吩咐外佣：“Joyce，去削水果，先生一回来，就端一碗燕窝给他，知道吗？”

她指挥若定，像个贵妇，接着又对紫娟说：“他刚下飞机，还要半个多钟头才会到。等会儿你去房里歇着，没事别出来就行。明天，Joyce会带你从她出入的电梯走。”

“真的方便吗？”

“如果他看到你，你就说是我的老同学，来陪我的。”

有个纯朴同学当挡箭牌，表示他不在时，她虽寂寞，却又能乖巧地在家等候。

紫娟这才有机会仔细打量没化妆的江瑶。她和小时候长得不太一样了。小时候，江瑶只能算是清秀，两人站在一起，大家只看得见五官分明、有着白嫩桃子脸的紫娟。

江瑶的眼睛变大了，鼻子变挺了，连脸型也变立体了。虽然和她一样年轻，却有一股妩媚少妇的风情。

“你先生回来了？”

“嗯，也可以这么说。”江瑶眯着眼，吐了一口烟。

“他对你真好。”紫娟环顾四周，“我还没有看过这么漂亮的房子呢。”她想，张百刚和苏菲亚的新房子，应该也不会有这么豪华吧。

她开始自怜起来：江瑶一定不知道，她住在一个下雨天会漏水的违建房里。

为什么两个人的遭遇，差这么多呢？

那一夜她睡在一间被丝质壁纸包裹的客房里，感觉自己真的变成了一个公主。躺在舒适柔软的床上，忧伤似乎稍微被冲淡了些。

“妈妈……”

她先到女儿的房间亲吻她。女儿还没睡，张开双臂要她拥抱。

“小婉，怎么还没睡？”

这间租来的公寓，装修得简洁雅致，住着三个女人，她和小婉，还有霞姐。霞姐是应征来的帮佣。

愿意到人家家里来住宿打杂的女人不多。霞姐是郭素素的远亲，有一段坎坷际遇，已无亲人，供薪供膳供宿的差事，她很乐意接受。三人一起出门时，就像三代同堂。

“我睡不着，所以等你……”

“今天学校有什么事要告诉妈妈？”

“老师说我作文写得很好，要我念给全班同学听。”

小女孩笑起来像个天使，她的微笑是她活下去的动力。

她从小爱看书，才小学一年级，已经很少用注音符号，不会的字都要学会写。

“给妈妈看看好吗？”

作文本就放在枕头旁边，小婉等很久了。

她摊开一看，题目是《我的爸爸》：

我爸爸是一个工程师，每天都早出晚归。每天回家后，一进门，我都会拿拖鞋给爸爸。爸爸会把我抱起来，亲一下。爸爸常常会陪我看卡通，再告诉我做人的道理。星期天的时候，爸爸会带我到动物园玩儿，我最喜欢看大象长长的鼻子……

郭素素的泪水顺着脸颊流了下来，她别过脸去，用衣袖拭去泪水。

小婉写的是她的邻居——同学林诗慧的爸爸，根本不是自己的爸爸。

“妈妈，你为什么哭了？”

“你写得……太好了……”

“老师也这么说。”

“好好睡，妈妈唱歌给你听，好不好？”她唱起了一首古老的摇篮曲：

摇啊摇，摇啊摇，摇到外婆桥。外婆好，外婆好，外婆给我一块糕……

小婉睡了，她才能哭个痛快淋漓。

睡前，拿了一颗镇静剂服下，这已经是好多年的习惯了。否则，她会被连连噩梦惊醒。

梦中看到他或类似他的人，她都会惊声尖叫醒来，全身冷汗直流。

这段愉快日子不到一年的婚姻，像一部从未预期会看到的恐怖电影。一个天真少女，到了电影院，充满了期待，想看一部爱情文艺片，没想到，戏开场没多久，剧情急转直下，变成了一部惊悚片。戏院的椅子扶手，忽然蔓生成荆棘，把她紧紧捆缚起来，不许她逃跑。

如果没有小婉，她早就逃了。

或者，如果没有小婉，她早就死了。

这不是她要的人生。她曾是不食人间烟火的少女，变了调的婚姻，像一出一开始就演坏的戏，实在没办法吸引她继续演下去。

谁知道，陆蒙正会变成今天这个样子？

恐怕连他自己也不知道吧。

他当时多么意气风发，还在求学的她，多么崇拜他。不顾一切阻力与反对，就是要和他在一起。她以为，只要可以安安稳稳地栖息在他怀里，她就像一只找到了巢的鸟一样。

刚刚在海边堤防上，李云僧想拥吻她时，她推拒了。

“走吧。如果你还没想清楚，那么，让我好好想清楚吧。”

在阴冷的海风飒飒吹袭下，他的拥抱多么温暖。她看着他那迷蒙的双眼，心一横，推开了他。

他是她喜欢的男人。从第一个吻开始，她就隐隐感觉到，自己已经让潮水沾湿了双脚，而面前将是一个很深很深的旋涡。

人为什么喜欢一个人，这是很难讲的。也许只是皮肤的触觉，也许只是一种听不到的电磁波在作祟。这么多年来，她靠忙碌来封闭自己，不敢往后看，也不敢往前看太久。忘记自己是个女人，忘记所有曾经做过的梦，只记得，她是一个母亲，她有责任活着。

可是她心里很挣扎，犹豫着，要不要跳下去呢？第三者，对她来说是个熟悉的字眼，是个惨痛的教训。

她记得当初结婚的时候，她的母亲不肯参加，只在电话那头幽幽地说：“我看过很多这种事情，第三者没有好下场。”

这个沉重的诅咒，没多久就应验了。

十年前，她以第三者的姿态踏入婚姻，付出的代价比她自己想象的要高很多。一个敏感娇弱的少女，因此必须拥有比载货大卡车的轮胎还耐磨的灵魂。

当时，日日夜夜渴求朝夕相处，现在，一看到他，她就全身发抖，只想要逃走，或者希望他能够像一抹烟一样从她眼前消失。

是不是所有的爱情，在激情过后，都会变成不堪的歹戏拖棚？刚开始时，都身不由己，把热量耗尽，火烧完了以后，只剩下冰冷的煤渣以及四处飞散难以除去的烟尘？

当镇静剂开始作用之后，她的身体变轻了起来，意识开始朦胧。这是她一天中最喜欢的时刻，现实世界即将把她抛开，她可以安栖在黑夜中，短暂地死亡。

她的手机在这时候响了，一个短信传了过来：“你好吗？我想清楚了。我很想你。”

她抚着胸口，感觉自己的心被重击了一下。

“是我，没吓到你吧？”

一个温和的声音传到她耳边，他就站在她身后。

这几天，她在公司里来去匆匆。早上一忙完手边的事情，就急着拜访客户。有时她会望着他的办公室，看他在里头皱着眉头，看着各种报表凝神苦思的样子。

“他是认真的吗？”

有那么一两次，他也刚好抬起头来，与她的眼神相对时，她的眼神赶紧移开。

这天黄昏，结束了工作，她赶回公司来。

他还是吓到她了。在公司的茶水间里，她听到背后的声音，手中的茶杯差点摔了。

“噢，你还没下班？”

“这几天，你想清楚了吗？”

“明明知道前面就是悬崖，还要携手往下跳吗？”其实，她想很久很久了。

“你不相信我？”

“我不相信爱情。”她苦笑道，“我有好多理由，不相信爱情。”

“我从来不知道什么是爱情，所以没有理由不相信它。”

他的眼神那么诚恳。

不像在说谎。她在这家公司很久了，认识的人也很多，很早就听过他的名字，从来没有人说他花名在外。他们都说，他是个有修养而且庄重的人。

可是这个人现在慢慢靠近她，从背后用手臂环着她的腰，就像个孩子，索求一个温暖的拥抱。

而她正巧也需要这样的拥抱。

这几天，她累坏了，因为公司推出的金融产品绩效不佳，跟客户们赔了许多不是，还有客户大声指责他们公司是诈骗集团。

她都得一并承受。

“这几天，我看见你的时候，总觉得你像一只飞得很累、很需要保护的小鸟。”

“你都这么直接对女同事示爱吗？”她心里还有很多疑惑，最大的疑惑是，不相信世界上有人会真正爱她。

他陡然放开她的双臂：“什么意思？如果你不喜欢，我不想骚扰你！”

他掉头就走。

就在他掉头而去的时候，茶杯掉在地上，她不由自主地向前抱住了他。

他转过身来，她整个人依偎在他怀里。

过了些时候，才想起这里是公司，外头似乎还有人没下班。

“走吧，跟我走。”他说。

那天晚上，他又带她回到那一日的海边。车子一上路，从停车场转了个弯，他就知道他想回到那里。一路上，两个人都没有说话。

她很想问：“你这么晚不回家，交代得过去吗？”但是始终没有说出口，生怕现实破坏了两人之间的宁静。

他也没有问她，只是很霸气地向前开着车。

什么也不要想吧。她专心看着他握紧方向盘的样子，好像要带她离开这个烦人的世界，一起逃亡到最遥远的地方。

然后，他单手开车，用右手握紧她的手。

“你不问我要去哪里？”

“我想我知道。”

“我也想克制，也想不要找你，可是……”他不敢看她，“刚刚看到你，所有的克制，全都崩盘了。好像有一个声音在催促我，我很想……

在你身边。不知道……为什么……”

她想起少女时候最浪漫的梦想，和情人一起，奔向天涯海角，从此，全世界的人都找不到他们。

这是一个晴朗的晚上，小渔港没有任何人。在浪涛声中，郭素素闭起了眼睛，安心享受着他的拥抱，听着他心跳的声音。

他比她想象中生涩而温柔，她放心把身体交给他。

好像有一大段时间被剪掉，她又恢复成当时的梦幻少女。

回到现实世界时，天已经亮了。

她恢复了清醒。眼前的他，和平时上班的时候完全不一样，眼神仿佛年轻了二十岁，只是一个被爱困住的少年。

下车时，他紧抓着她的一只手，在手背上深深一吻。

她知道自己又错了，又犯了一次不该犯的错。她觉得自己真该死，过了好些年，仍然没有变聪明。

可是，有什么方法可以阻止自己错下去呢？忽然卷起的巨大海浪，已经迅速地越过了多年来辛苦搭建的防波堤。

我只在乎你

她侧卧着，背对着他，身体随着呼吸微微起伏，他闻到一种混合着汗水气息的淡淡香气，好像初春时分走进一座秘密花园。

他的手指像把梳子，滑过她微卷的头发，沿着颈项移动，在她的脊骨逗留，轻轻敲击着，如同弹奏钢琴。她的肌肤和琴键的表面一样光滑。

“你在做什么？”

“在复习钢琴。”

“你学过？”

“嗯，小学的时候学过。”

“能学钢琴的人，家境一定很好啰？”

“没有。不过，我小学时的音乐老师对我很好，会免费教我弹琴。”李云僧说，“我以前弹得很好，老师都说我有天分，但小学毕业后就没有学了。大人说，读书比较重要，大学时，曾经陪同学在 pub 打工，弹过 Keyboard，现在，几乎全忘光了。”

“可是我觉得你好像在弹一首完整的曲子。”

她转过头深情地凝望他，他的脸上还淌着汗水。

“嗯。很流行的曲子——《我只在乎你》。”

任时光匆匆流去我只在乎你，心甘情愿感染你的气息，

人生几何，能够得到知己，失去生命的力量也不可惜……

她在心里轻轻哼着。这是他想对她说的话吗？

“……我大儿子的钢琴弹得很好，”李云僧说，“有了孩子之后，最大的愿望，就是一定要赚够钱，让孩子学钢琴。他不久前才拿到全校钢琴比赛冠军……”

“嗯。”郭素素没有接话。这个时候，他谈起他的小孩，让她有点尴尬，这是激情过后的赤裸相对，并不适合聊亲子话题。

沉默了一会儿，李云僧似乎也意识到自己的话题有些别扭。

她转过头去，和他脸对着脸，离得很近很近。

“……原来你曾经也是个文艺青年。”

“我以前也是个运动健将。”

他又捧起她的脸，再一遍，狂热地吻她，好像要把她的脸一口一口吃掉。她也以同样热切的节奏回应着。

他将她的身体抱起来，放在窗台上。往下看，是城市车流量最大的马路之一。还是塞车时间，道路像停车场般，不断闪烁的千百个车灯似乎在说：“我急着要回家。”

他并不急着回家，甚至，一点也不想回家。

“这样……看得到吧。”

“看不到的，没有开灯。”

很难形容的感觉。高空之上，全身赤裸裸，看着脚下的滚滚红尘，不像活在现实世界。

他把他的身体当成手指，用发自内心的节奏，弹她微微颤抖的身躯。和她在一起的时候，是他这辈子第一次体会到，什么是配合无间的做爱，或者就应该像一首和谐又令人心魂荡漾的奏鸣曲。

不只是欲望的发泄而已，内心深处的颤动和肉体的愉悦也产生了共鸣。像一首完美无缺的歌，曲子和词完全结合，只为彼此存在。

他从不记得自己的人生里有过这样的经验。

他记得以前读过一句话："做爱后的男人，就像一头空虚的兽。"以前他还蛮赞同这句话，而且认为，做爱本来就是这么一档事。只是一个欲望饱胀的身体，渴望寻求安慰而已。当欲望发泄殆尽后，就忘了当初为什么兴致勃勃想上床。疲惫、空虚、想要逃离，就算对方在做爱后马上离去也无所谓。或许正好，让彼此可以好好休息。

他没有这种经验：做爱之后，还想把一个女人揽在怀里，像蜂垂涎蜜糖般，贪婪地沉溺于她的身体，总想更亲密一点。

只是因为不熟悉而产生的新鲜感吗？

呼出来的气让玻璃窗凝了霜，窗外的一切景物变得朦胧起来。他仔细享受着她的喘息声，好像一个尽责的乐手，认真地数着拍子。也像一个乐手找到一把好琴，有种空虚被填满，在一瞬间，他什么都忘了，也别无所求。

最激情的时刻，时间凝固，万籁俱寂。全世界只剩下他们两人，其他的都不重要了。

"我想问你一句话……"她说。

"你说。"

"你对我……是认真的吗？"

他愣了一下。她是什么意思？

“……我不是在跟你要承诺。”她的口气像跟陌生人问路般，有点冷淡的客气。两个人刚才的亲昵忽然变得遥远，十五厘米的距离在瞬间被拉得很长，又像是两个刚刚才打过招呼的陌生人。

“我只知道，我不是跟你玩玩而已。”他一个字一个字地说。

她没说话。

“相信我，我不是逢场作戏，那不是我的个性。我很认真，你应该看得出来。”

“呵，”她垂头看着他脚趾的方向，说，“我记得，作家三毛曾经这样说过感情——不认真，不好玩；认真了，又如何？”

“那你对我是认真的吗？”

“我……怕自己太认真……”她说。

“怎么说？”

“我也不是一个可以玩玩的人。我怕……我连飞蛾扑火都扑得很认真……可是，我不应该爱你，不是吗？”

“我也知道不应该，非常不应该。可是，我已经爱了。”他说。

“我们该怎么办？”

“我不想回答你，我不知道。在所有的答案中，我最不喜欢回答我不知道。世界上所有的事情，总有办法可想的，不是吗？总有一天，我们会想出解决问题的方法。虽然，现在我无法告诉你答案……”

“你很诚恳，我喜欢你的诚恳。”她摸着他的唇。他有张线条好看的、丰厚的唇，这是他的五官中对她最具诱惑力的部分。

“我很喜欢你。跟你在一起，我很快乐。”他说。

“这就够了。在这十五厘米的距离内，你是我一个人的。”她低吟。

两个人能够相聚的时间总是不多。他看得出来，她有时急着回家，可能家里有什么事等着她，只是没有说出口而已。

她几乎没有拒绝过李云僧，但对情感的表达却也不曾积极，是因为她天生柔顺，还是因为她真的喜欢他呢？办公室里，耳目众多，他只能发短信给她。他总是把目的地说得一清二楚，就像他处理公事时，要交办什么事情，总是言简意赅。

下班后，公司附近的大楼里，〇六一一号小套房。这是李云僧新租下来的小房间，他们从来不并肩走进来。这些日子以来，他们偶尔会在这里逗留两个小时，再回家。

他从浴室出来，身上还散发着热腾腾的烟雾，拉开门，听到她正在讲话："好，请他等一下，我……马上回去……"

"怎么了？"

"家里，出了一些事。"她勉强挤出一丝笑容，笑容里隐藏着庞大的惊慌与紧张。

"素素，怎么了？告诉我？到底发生了什么事？"

她没有搭腔，用最快的速度穿起她所有的衣服。

在别人面前，她总有种不疾不徐的优雅，但那种优雅在这一刻被古怪的匆促感代替了。

"要我帮忙吗？"

"没有人帮得上忙……"她喃喃自语，把背包甩在肩上，"我先走了，解铃还须系铃人，这句话说得一点也没错。"

刚才的亲密感被急遽推开，好强烈的对比。她匆匆走后，他一个人坐在床上，忽然有种被遗弃的感觉。窗外还在塞车，他站在窗台前，茫茫然看着闪烁流动的车灯。把自己放空的那一刹那，他忽然记起自己曾经答应回家帮儿子温习明天要考的数学。

客厅的门是开着的。

霞姐就站在离门不远处，一边等郭素素回来，一边以不安的眼神看着客厅里的动静。

看到郭素素，霞姐递给她一个无奈的眼神。

传来小婉和一个男人嬉嬉闹闹的声音，以及电玩的机械式声响。

“嘿，你回来了。”他转过身来对她说。

她倒抽了一口凉气。

他把小婉抱在怀里，小婉正拿着遥控器，和屏幕里的怪物厮杀得起劲。他露出笑容，看着她说：“回来了？辛苦了。最近还是要加班吗？”

他的笑比沸水还烫，但她的心比冰雪还凉。

“你什么时候……在这里的？”郭素素想佯装镇定，但她的声音还是微微颤抖着。

“我说过，我有办法找到你们。我回来，小婉很高兴不是吗？没有一个小孩想在家里孤零零地等加班的妈妈吧。孩子需要爸爸……看，小婉多开心……”

小婉确实很开心，还是把陆蒙正当成好久不见的亲人，清秀的小脸上有久别重逢的喜悦。

“我给她买了新的电玩游戏，她很喜欢。”

他以为他是谁？礼物就可以让她们忘记他做过的事吗？他那种扬扬得意的德行，让郭素素的胃一阵痉挛。

她在工作上以好脾气著称，即使遇到再蛮横无理的客户，她都可以笑脸相迎。唯独对他，她失去了所有的耐心，整个人像一座活火山。孩子是健忘的，只记得爸爸在清醒的时候，并不是个嘴脸丑恶的坏父亲。孩子总是健忘，但她是成人，没办法忘记那些曾经深深刺入她心脏的伤痛。那已经是牢不可破的成见了，她心里认定，他的幼稚毁了她一辈子的快乐。

“小婉，去做功课。霞姐，带她到房间做功课！”她近乎咆哮地说。

霞姐和小婉也被她吓了一跳。

“快去！快去！”她把她们推向小婉的房里，“赶快去把明天的功课做一做！”她抓着小婉的手腕，好像攫住一个快要断了线的风筝一样，“进去，不要在这里……”

“好，小婉，乖，听妈妈的话，进去……”

她不要他碰小婉。他和小婉那么亲昵，让她头皮发麻。

霞姐一边把小婉带进房里，一边用怪异的眼神望着她。关上门后，小婉又探出头来：“那我做完功课后，要爸爸陪我玩。”

“好，我跟妈妈聊一聊就陪你玩。”他说。

客厅里只剩下他们两个人了。

“怎么了？干吗发那么大的脾气？”他的表情依然保持和善，像是个刚从漫长而昏沉的梦中醒来的人，把上一段清醒时的现实全部忘记。他走到盛怒的她的面前，用双手按住她的肩膀，好声好气地说：“我不是来跟你吵的，也不是来找你麻烦的，你难道不能原谅我吗？每个人都有脾气不好的时候……我保证绝不再犯……可以吗？”

他温文尔雅的那一面，此刻又突兀地出现在她眼前。这一面的他，在她的记忆中已经模糊了。

“你来找我们做什么？钱用完了？还是……”

“你说话不要那么难听好吗？”今天的他充满了耐性，“我是来跟你赔罪的。”

“喏，你没带走的东西。”他把一个将近八十厘米高的玩具熊，推到她面前，“还记得它吗？”

她一点也不想再看见那个玩具熊，她心浮气躁，以无奈而不信任的眼神看着他。

“记得吗？”他继续说，紧紧握住了她冰凉的手，“这是我送你的二十一岁生日礼物。那个时候，你开心得流下了眼泪。”

“为什么还要提以前？”她的内心仍然咆哮着，你不知道你已经把所有美好的记忆都打烂了吗？“我真后悔，我曾经那么天真！”她说话的音量很小，语气依然冷酷。

“你的确曾经很天真，不像现在，一出口就想要伤人。”他撇撇嘴说。

她想说，那也是他造成的。可是，激怒他又有什么好处呢？

他把玩具熊推到她身边："我们曾经过得不错，不是吗？那个时候，你很崇拜我，只要看到我，你都很高兴。"

"我错了。"

"素素，不要这么尖锐，伶牙俐齿会让你幸福吗？你和孩子都需要我，不是吗？"

"没有你的时候，我一点也不需要伶牙俐齿。我们两个也过得很好。"她表情黯然，"……比以前好。"

"你又在说反话了。"他说，"我们难道不能重新开始吗？我知道，这些年来你嫌弃我，就是因为我失业。失业的男人，在女人眼里就像一只长满癞痢的流浪狗。上个星期，我已经找到工作，张委员要我回他公司做事，我会有薪水，我养你们，我们可以重新组成一个完美的家……你再相信我一次，好吗？"

清醒的时候，陆蒙正是个很有说服力的人。不认识他的人，若在他意识清醒时看到他，可能还会以为他是个温文尔雅的学者型人物。但若在他使起性子时看到他，他就像个从地狱派来的毁灭者。她看过他好多次"变脸"，再也不相信眼前短暂的和平。

什么叫判若两人，郭素素曾经亲眼看见多次。

"你……我的心老早就碎了，你何苦再来摔碎它一次？"她的声音近乎哀鸣。

"刚刚……小婉拿作文给我看，她写《我的爸爸》，写得很好，她需要一个爸爸，不是吗？一个刚念小学的小女孩，最不能忍受别人有爸爸，而她没有。"

他抓住她的手，想拉她在沙发上坐下来。

"她需要的爸爸不是你。"

"你说话越来越尖锐了。"

他说得没错，郭素素平时说话不是这样的，一看到他，却恨不得把兵械库里所有的利箭和飞镖全部拿出来，进入备战状态。

“你听着，就算你不相信我，我也不会走，”他一个字一个字地慢慢说，“名义上，我还是你丈夫，你没法儿赶我走。我会慢慢做给你看，让你们感觉，没有我是不行的。”

陆蒙正很坚定地宣誓，郭素素心冷如灰。

他说得对。就算报警，他也不会有罪，他不是私闯民宅，他妻子的家就是他的家，他有权回来。只要他没有任何暴力行为，没人有权管他的家务事。

想到这里，她觉得全身的力气仿佛都被抽光了似的。

“我们重新开始，可以吗？”他加重了语气，握紧她的手。

如果是几年前，她或许会再给他一次机会。可是这些年来，一而再再而三地被伤害，已经使她不再相信被撕毁的信任有破镜重圆的可能。

“累了吧？不要急着在这时候吵架，我给你倒杯茶，还没吃饭吧？我带你去吃饭……”

他的语气好温和，但她已经全然听不下去了。她该怎么办？

工作上，她是个自认为可以解决所有疑难杂症，独当一面的女人，可是面对感情时，她显得非常非常无能。

她轻轻拿开他的手，不发一言冲进浴室，把自己锁在里头。方才匆匆离开，来不及盥洗，郭素素此时心神不宁地脱下身上的套装。衣服上还有另一个男人的气味，肌肤上也仿佛还留着他的体温。不过是一个小时前后的事情，却好像忽然从幻想的世界里被抓出来，丢进一个冷酷的异域。

后者才是现实。

水从她头上浇淋下来，她大口大口地呼吸着，发出了来自肺腑的呻吟声，像一只忽然被大浪打上来、搁浅在泥水滩头即将溺毙的鱼。

浴室外头，电话响了。

她听到他在外头接起了电话，用愉快的声音说：“嘿，我姓陆，我是她先生，她在洗澡，你哪里找？噢，姓李是不是，她同事？找她有什么事？有事要问她？好，等一下我请她打给你……”

是李云僧打来的。

她的心比刚刚更凉了，好像掉进冰窖里。

李云僧回到家中。

看她离去时无助且惶恐的表情，他知道，她有麻烦了。可是他能怎么办？跑去找她，英雄救美吗？他很想帮忙，却师出无名。

“怎么了？吃不下啊？”惠敏看他在饭桌上发呆，在旁边坐了下来，“想公事？一回来就不要再想公事了，你已经卖给公司很多时间了……吃饭的时候想太多，胃会不好的。”

惠敏喜欢说教，只要她认定事情是她想象的那个样子，就会忙不迭地说教起来。

“没有。”他扒了两口饭。

她喜欢趁他吃饭时报告很多事情，但他多数时候只是把自己的脑袋放空，唯唯诺诺而已。

“噢……我有事要告诉你。最近我们楼上有房子要卖，我姐姐明天想来看房子。我今天一问才知道，现在房价已经比我们买的时候涨三成了。我姐姐和姐夫前不久一直吵架，他们去请教老师，说是原来的房子风水不好，要换个风水，夫妻感情就会变好……”

惠敏语调亢奋时，说话像机关枪一样，其他人一个逗点也插不进去。

“嗯。”这时，他并不想听这种话题。

“还有，大宝的钢琴老师说从这个月开始，每小时要涨两百元授课费。真是的，现在什么都贵，原物料涨价也就算了，连学费都跟着涨……听说钢琴老师最近要结婚了，要嫁给某个食品公司的小开——家里是卖糕饼的……好像叫承美食品，你听过吗？”

“嗯。”

“……都要嫁入豪门了，还要调涨学费，真是不懂……”

“嗯。”

“你啊，要多吃点蔬菜，人到中年，胆固醇跟血脂一定高，你爸爸胆固醇就是太高了，才会中风……”看他连续夹了几块肉，她也有话开示，“最近我妹妹从加拿大回来，带回一种健康食品，一瓶两千五，说是可以降血脂，我请她拿来让你吃吃看……好不好？”

光是这些琐碎的事情，惠敏就可以兴奋地说个不停，因为她认为他有必要知道这些事。

“你有在听吗？”

“嗯。”

“你根本不想听我说……”惠敏的脸色有点不对劲了。

如果她一直想说话，而他表现得不太有反应，惠敏就会不高兴。

“今天处理的事很多，上班太累了，改天……再说好吗？”他解释道，大脑还是被郭素素的身体和表情占据着。李云僧毕竟有点心虚，没有直视惠敏的眼睛。

“哪一天回来，你是不累的？”她冷冷地说。接着，回头就去吆喝孩子，“功课写好了没有？小宝，老师明天不是要你们背课文吗？快去背……等一下念给我听！”

郭素素家里到底发生了什么事？李云僧的心里七上八下。换了便服后，他说想出去买本新一期的《商业周刊》，漫步到了巷子口，打了通电话给郭素素。

电话是一个男人接的。他听得出来，那是她先生的声音，她不是和那个男人分居了吗？看样子，那个男人又去为难她了，他是不是像那天一样，喝醉酒就去找她麻烦？

他很想帮她一点忙，可是不知道自己该用什么理由去帮忙。

今天，那个男人的声音听起来很高兴、很平静，跟之前到办公室找碴时判若两人。他用一种男主人的口吻接听郭素素的电话，难道他们已经复合了？

这个想法让他很不舒服，像苹果核哽在喉咙，吞不下去也吐不出来。

“你还好吗？”他本想发短信给郭素素，却又怕这个暧昧短信会给她惹麻烦。

到便利商店逛了一圈，他随意买了一瓶鲜奶和几个面包，又拖着沉重的脚步回去。

他把东西摆在桌上，惠敏看见了：“咦？你干吗买便利商店的面包？怪难吃的。”

又看看鲜奶：“怎么买这个牌子？你不知道我们家习惯喝哪个牌子吗？你买的这个牌子，喝起来像用奶粉冲的一样……”

他没搭腔。

“不是说要去买《商业周刊》吗？”

“噢……”他不习惯说谎，所以没有特别记下自己刚说的借口，“去那里……才发现这一期看过了……”

心神不宁的他，打开电视，想看看体育节目，没几分钟，惠敏说她要看的韩剧已经开演：“你去房间用电脑看好吗？”

他一个人回到房间，跟往常的每个夜晚一样，大部分时间，还是跟他最好的朋友——笔记本电脑相依为命。每晚打开电脑，看一看欧股和汇率的行情、等待美股开盘，从网络上阅读各种经济数据并加以分析，已是他的习惯。

李云僧已经不能想象，这个世界如果没有各式各样的股票或汇率走势图可以观察，他的人生会变得多么空洞——缺乏变化、没有刺激、毫无高低潮……上班少不了它，回家更少不了它。如果没有它，他的人生连短期目标也没有。

他很羡慕张百刚，充满欲望和野心，一直往上爬。从某个角度而言，张百刚活得比他乐观积极多了。他不是一个野心勃勃、欲望旺盛的人，可是太平淡的生活也让他的心变成一个阴暗的储藏室，里头整整齐齐尘封了也许一辈子都不会被别人发现的陈年旧物。

妻子看着韩剧，儿子在自己房里大声朗诵着课文，好一幅和乐家庭的景致。他两年前已经把房子的贷款付完了，开的也是顶级房车，这样的人生应该是每个都市男人的梦想，可是为什么他的内心深处还是有一种感觉：没有期待，没有热情，也没有希望。

好像在一座深井里坐着，只能望着有限的天空，黑暗时等待阳光，天亮时期待天黑，周而复始，没有什么不同。

处理信件时，冷不防，一封陌生信件出现在他的收件箱里。

嗨，李大哥：

我是紫娟。您还记得我吗？我就是曾经喝醉了被您送回家的女孩。

最近有件事很困扰我，想请教您的意见，是关于我的生涯规划问题。说实在的，能够给我意见的长辈不多，希望您可以指导我该怎么做。

我目前在总公司当雇员，如果努力进修顺利考上执照，也许过半年就可以升为正式员工。不过，对于这个工作，我并不是真正感兴趣，好像也没有什么专长和才华。

好处是，这是一份稳定的工作，我家里经济状况并不好，从小就希望过上比较稳定、一辈子都有薪水拿的生活。

但是现在我有个新的选择。前不久，我遇到了以前的同学，她现在是模特儿，虽然不是很有名气，不是您每天都可以在电视或广告中看到的那种熟面孔，但是看起来她的收入不少，日子过得很不错，每天光鲜亮丽。

她的经纪人对我很有兴趣，认为我身高够高，只要接受一下训练，应该可以做这一行。

如果想要趁年轻的时候多赚一点钱，这是不是一个比较适合的方法？

希望您给我指点。

痛苦的紫娟

真是少年不识愁滋味，只不过在两个工作间举棋不定，就署名“痛苦的紫娟”。

李云僧当然记得这个年轻女孩，他碰到过她好几次，她的表现都有点奇怪。

她不够沉稳，不像是会待在金融界的那种女人——渴求稳定的女人，找到结婚对象后就只想生两个孩子，养车子、房子，每天穿着正式套装和制服，精打细算，欲望很少，耐心很够，懂得负责任，思考很中规中矩。她还很年轻，或许应该试试别的路。

只是，模特儿是一条好路吗？他不太明白那个行业，只知道，五光十色的生活，如果把持不住，很容易掉进一个大染缸里，把自己染成什么颜色都不知道。她才几岁？二十出头吧。从她喝醉酒完全不设防的状况来看，这样的女孩很容易被骗。

对二十出头的女生来说，这个世界还很新鲜，任何东西都具有吸引力。可是，对那些已经守在都市丛林里的豺狼虎豹来说，她们新鲜的血液、稚嫩的肉体，也散发着难以抵抗的吸引力。

他不知道她够不够坚强，可不可以幸存到皮坚肉老的时候。

他叹了一口长气。

李云僧一向是个受人之托、忠人之事的人。他不想太草率地给一个年轻女孩建议。

才和这个女孩有几面之缘，她就如此信任他，他不能辜负她。

金融业对你来说，应该不是个有趣的行业。

可是如果你想当模特儿，你可不能一直天真下去。我想一想再回答你，好吗？

就在思考怎么回信的时候，他收到郭素素的短信："我会把事情处理妥当，勿念。"

勿念？怎么可能？他不是那样的人。和她的关系更进一步之后，他就觉得他对她有责任。

那个男人还在她家里吗？会不会对她怎样？他被自己的各种想象所困扰。

"喂，睡着了？这样会着凉的……"

不知不觉间，他趴在桌上睡着了。惠敏的声音吓了他一跳。

"今天早点上床吧。"

"现在……几点了？"他揉揉眼睛。

"十一点多……"

"噢。"确实很疲累。黄昏时竭尽所能欢爱的身体，疲惫的感觉此时渐渐涌上来，把繁杂的思绪推开，竟然使他进入梦乡。

迷迷糊糊到了床上，他听见惠敏刷牙的声音、冲马桶的声音……然后又失去了意识。

"喂，你睡了吗？"

惠敏的声音又将他从梦乡拉出来。

她的手臂环在他的腰上。

黑暗中，他听到妻子有点哀怨的语调："以前，我们睡觉前都会说说话的。说说这一天你发生了什么事，我又发生了什么事，两个人就像在交换心得。我们好久都没有这样了。"

睡前说话？交换心得？似乎曾经如此，但那是第二个孩子出生以前的事了。那时惠敏还在上班，一直埋怨自己蜡烛两头烧，睡前，他几乎都在为她做心理辅导，听她讲这一天所发生的许多不如意。她对他的话并不是真的很能接受，有时也会反驳。说实在话，他从来不认为这种交换心得的经验是愉快的，反而期待工作把自己累个半死，一躺到床上就睡着算了。

“你以前都会听我说话，可是现在，你变得很没耐心。好吧，也许……你真的太累了。”

不管他是否听见，惠敏以一种坚定的语气在黑暗中独白着。

“我觉得没有人关心我。你们也不再需要我了。孩子其实都大了，他们宁愿跟同学出去，也不想在假日跟我们出去玩。我觉得自己像个废物。我想出去找工作，趁我还没老到没人要，也趁着自己还没跟社会完全脱节……做点事情。不然我最近老觉得身体不舒服，每天闷闷的，我想应该是心病……”

他仔细听着，没想到惠敏想了这么多事，他以为，她早已放弃盘算自己的人生，每天只在乎卫生纸的价格和牛奶的厂牌。

她用一只手将他的肩往自己的方向推。

“喂，不要老是背对着我，好吗？”惠敏说。

“我有吗？”

“有，好像很久了，你睡觉的时候总是背对着我，不自觉地。”

“睡着的时候，我也没法儿控制自己啊。”他说。

“还没睡时也是这样。刚结婚的时候，你会牵着我的手睡。”这个晚上，惠敏提了好多次“从前”。

“嗯。”

她的左手放在他的右肩上，把头枕在他的臂弯里。跟一般女孩子比起来，惠敏相当高大，不是小鸟依人的类型，他不记得自己曾看过她做这样的动作。

她把气呼在他的脸上。结婚多年，他再迟钝也明白她的意思。

今晚她好像很需要安慰。怎么了？难道她发现，他有另一个女人了吗？

“我们已经很久没有这样拥抱了……”

他把手放在惠敏的腰上，抚摩着她的小腹。惠敏开始抚摩他，他本来觉得自己应该配合，可是，一种前所未有的怪异感灌进他的脑中，好像他和她之间有一道隐形的墙，有股力量在扭曲他的心，让他好难过。

他想到的是郭素素的脸，还有身体。她已经占据了他所有的想象。就算在黑暗中，就算闭起眼睛，就算想欺骗自己，就算他运用许多想象力……也没有办法进入状态。

力不从心。她与他如此接近，而他感受到的，不是爱的感觉，也不是性的呼唤。

从责任上来说，他似乎该好好抱一抱惠敏，她在家里毕竟是无聊的，是她照顾这个家，他才能没有后顾之忧。可是，责任感没有办法转化成原始本能的意愿。不管他多么努力，一件应该已经习以为常的事，竟变得如此困难。

只是因为今天黄昏他把力气用尽了吗？还是因为他已经爱上了另一个女人？

“……我很抱歉，我累了。”说出这句话时，他的心里充满了罪恶感。

惠敏推开他，把嘴抿成一条线，毫无表情地看着天花板，又叹了一口气。

“你对我不感兴趣了，对不对？是因为你太累了，还是因为我们在一起太久了？”

这个问题，他不知道该怎么回答。背过身，他就睡着了。

“告诉我，你发生什么事了？”

一看到她进办公室，李云僧立即发短信给她。

她往他办公室的方向望了一下，眼神很复杂，像一团打了许多死结的乱毛线球。

一上班，他忙她也忙，没有时间也找不到空闲对话，直到下班。

看见她拎着公文包要走，他又发了一个短信给她："在停车场等我一下，好吗？"

到了停车场，他看见她六神无主的表情。他很想拥抱她，但他知道停车场有监视器。

"先上我的车好吗？"

"嗯。"

"他找你麻烦了吗？"

"没有。"她耸耸肩说。

"他想怎么样？"

"复合。"她简短地说。

"那么，你想怎么样？"

"我不知道！"她的声音很冷，却听得出愤怒，"我只知道，我跟小孩都不想再受伤。"郭素素的眼眶里有晶莹的泪水打转，她吸着鼻子，忍着不让泪水掉下来。

"来……"李云僧将她的身子扳向自己，裹在怀里，轻抚她的头发，"你受苦了。我……我可以帮上什么忙吗？"

"该试的方法我都试过了，他就是不放过我。谁也帮不上忙！"她说，"如果我只有一个人，就可以马上走掉，走到天涯海角，让他永远找不到我，可是……"

她看起来像只受伤的兔子，只想躲进茂密的树林。这样子的她看起来楚楚可怜。他轻轻抬起她的下巴，给她一个吻。她在一秒钟内回过神，安静下来，用双手圈住他的脖子，更用力地回吻他。他伸手解掉她衬衫上的纽扣，汹涌如涨潮海水般的欲望，使他忘记这是在公司楼下的停车场。

地下三楼的停车场昏昏暗暗，只停着稀稀疏疏的几辆车子，大部分员工已经下班。好像有小小的火柴，把他们的身体点燃，一切平时思考的东西都在爆炸中变成灰烬，再也不能成形。

有个男人晚上可能睡在她身边，这个想法让他很不舒服，他只能向她寻求更多的安慰。惊慌失措的情绪，使她平时秀气的动作变得狂野有力，他可以感觉到，有一股力量，像地底深处沸腾的火山岩浆般，只要一个小小的出口，就会像蕈状云一样爆发……

车子里，狭小的空间。他从来没有想象过自己会有这样的经验。

“嘿，回来了？”

这一天，郭素素回家时，已经十点多了，陆蒙正待在客厅里看NBA球赛。这是陆蒙正回归他的家庭的第三天，这三天，他都是清醒、平静、滴酒不沾的，而看着晚归的妻子，他并没有任何生气的样子。他的眼神似乎在告诉她：我想改变你对我的印象，我不是那样的人。

“我下班后顺道买了夜宵给你，还没吃饭吧？”

桌上有一大包她喜欢的咸酥鸡和爱吃的那家面店的馄饨面。

“我刚刚教小婉数学，她学得很快，一下子就搞懂了。好聪明！不愧是我生的孩子。”

他的态度变了，只有骄傲的口气还是没有变。

“小婉呢？”她的眼神不敢正视他。

“睡着了。”

为什么当初会爱上这个人？当爱的感觉已经全然消失，很多人再问自己这个问题时，都会觉得莫名其妙，只能归因于鬼迷心窍。郭素素问自己这个问题好些年了。

当时，就算全世界都反对，也要跟他在一起——就算被所有人唾弃，跟母亲断绝关系；就算所有人都说他不好，被逼到最阴冷的角落里以乞食为生，仿佛都不能冷却他们之间的温度……现在，到底怎么了？她只希望他从这个世界上消失……

她只知道，爱不是忽然消失的。爱像热腾腾的汤汁，是一点一滴，从破了洞的塑料袋里渐渐流失的。

他的个性从来没变过，原本就是这个样子。只是她在刚开始的时候，被所谓的爱情蒙蔽双眼，不停地骗自己。

他本来就是个情绪不稳定、喜怒无常、好大喜功的人。从很多相处的细节上，就可以看得出来。例如，他很怕别人不知道他是谁。

以前，他当民意代表助理时，每次带她到餐厅吃饭，总是喜欢把名片拿出来，要服务生找经理来聊聊，美其名曰为自己的老板拉票，其实是为了炫耀。有时，如果服务生对他有一点没礼貌，他就会在小事情上找别人麻烦，大发雷霆，让她在现场十分尴尬。

年轻时，她会对自己说他很有威严、很有个性。她并没有想到，他连一点小事都要计较，又那么爱面子，怎能对抗工作和生活上的种种挫折？而她又怎能跟这种人和平地共同生活。

她跟很多好脾气且充满爱心的女生一样，刚开始时，对很多事情百般忍耐，只认为那是因为他的婚姻不幸福，才有这种暴戾之气。她对自己说，如果他跟自己在一起，总有一天会稳定下来，会变好。

或许年纪渐长，他就会变好；或许有了孩子后，他就会变好……

每一个或许，都被他无法预期的反应所粉碎。每一株希望的树苗，在刚刚从种子里发芽，伸出两片绿油油的小叶子时，就被摘掉……

直到她无法有任何期望，放掉所有期待，只是为了生存与生活，行尸走肉地活着。他动不动就觉得自尊心受伤，渐渐地，她活着，只怕激怒他。而他像一颗不定时炸弹，不知道什么时候会爆炸。

他心情不好时，会对她的言语和态度百般挑剔，让她觉得无所适从。

大约每一两个月，他就会为了一件小事对她发脾气。后来，他的工作不如意，又结交了一群酒友之后，找麻烦的行为越来越频繁。对私生活越失望，在外头工作时，她尽量让自己笑得灿烂，这样别人才看不到她尽力隐藏的悲哀。

忍耐超过限度时，她的心就无法复原了。

孩子的忘性大，爸爸回到身边，小婉像重新捡回一个失去的旧玩具般，欣喜若狂，一直黏着爸爸。

于是她问自己："难道错的人是我吗？是我的忍耐力不够，才会造成这么大的裂痕吗？还是我太敏感，对这些痛苦反应太激烈？"

不知道该怎么办时，她的习惯就是洗澡。卖力把身上和心里的杂质都洗掉，让水流立刻冲掉她的泪痕。

她实在不相信自己可以跟这个男人继续相处。但小婉这几天确实笑得比平常开心，她不忍心看小婉的笑容褪去。毕竟孩子是无辜的。

"怎么了？洗那么久？"他在门外轻声说。

听到他的声音，她忽然全身冒出千百个鸡皮疙瘩。

"洗快一点好吗？东西凉了，吃吧。来，我陪你吃。"

她知道他在示好，可是她的眼睛好像已经看到，过去经常发生在她生活中的诅咒，在不久的将来又将变得难以承受，刚燃起的希望被浇熄，刚萌芽的幼苗被摧残。他不是一个暴力狂，不曾伤害她的肉体，可是他盛怒时，那些落在墙上的拳头和碎了一地的玻璃，就像刀痕般刻在她的心上。

她从浴室出来时，仍穿着上班服。回到家了，她一点也不能放松。

"坐吧。"他帮她拉开椅子。

他想对她好时，好得像个一百分男人。可是，什么时候暴风雨才会来临呢？这是谁也无法预测的。恐怕连他自己也不知道。

"来啊，我喂你吃。"

"……不要……不用，我自己来。"

她客气得像面对一个过度殷勤、心怀不轨的陌生人。

郭素素低头默默吃着她本来最喜欢吃的食物，泪水却吧嗒吧嗒地掉进面汤里。“怎么了，不好吃吗？”他看见了，语气似笑非笑。

暴风雨要来了吗？她又不自觉地冒了一身疙瘩。她提心吊胆，每一次吞咽都那么困难，好像要把石头塞进喉咙里一样，只因为他在旁边坐着，离她很近。

她不是不曾想过，让他有机会弥补过去的裂痕，毕竟他是孩子的父亲。没有一个女人想独自赤手空拳面对所有的风雨，除非她的伴侣递过来的伞千疮百孔，拿了比不拿更糟。

或许他想改？可是感觉不会再回来了。失去的信任已经不能再修复了。

“吃不下就不要勉强。”他的脸色又恢复平和。

他也极力在抑制着吧。

“等一下……我可以进去睡吗？”

这个房子有两个房间。一间是她和小婉睡的，一间让给霞姐。

他这个不速之客，只能睡在客厅里。

“……床太小，挤不下。”她硬生生地回答。

他笑着说：“我刚叫小婉去霞姐房间睡了。”

“我……早就习惯一个人睡了。”她冷冷地说。

他耸耸肩：“嗯，没关系，睡客厅的沙发也蛮舒服的。”

“你一早要上班，快睡吧。”她迅速说了一声晚安，就关上房门。

关上门，整个人无力地倚在门上，她好担心他忽然发起疯来，破门而入。

自从他来了以后，这几个晚上，她都是失眠的。就算睡着了，也动弹不得，整个人像被魔术师催眠般，飘浮在半空中。好几次从床上翻身而起，一再确定房门是否锁紧，客厅里发出的细微声响都可以把她惊醒。

下班后，她总是故意拖到很晚才敢进门，就是怕和他四目相对。每天早晨，匆匆梳洗，送小婉上学，离开这个家后，才喘一口气。她真不知道，即将来临的周末假期，应该怎样度过？

怀念那些只有你和我的日子

▽
▼

“你觉得，是这个漂亮，还是那个漂亮？”

在百货公司的名牌专柜前，江瑶把两个包包背在身上。一个是银灰色的，一个是艳红色的。

“配你都很好看。”廖紫娟说，“银的那个高贵，可以搭洋装；红的这个比较青春，适合配牛仔裤。”

“嗯，反正都不贵，那就都买了。”

穿着白衬衫、黑西装的女售货员笑得很开心。

江瑶拿出信用卡，签名的姿势像个贵妇。

两个皮包的价钱总和是廖紫娟四个月的薪水。这样的价钱，也可以供她租一年不会漏水的房子。

她尽力隐藏自己的惊讶。下班后换上 T 恤和牛仔裤、球鞋的她，跟在穿着短洋装与高跟鞋的江瑶旁边，像个女仆。她不敢露出大惊小怪的表情，怕别人更清晰地看出她的土气。

她现在身上有个还不错的皮包，是刚刚江瑶送给她的名牌包，江瑶说她用了好几年，腻了。“身上背着一个名牌包，就算穿得再随便也没关系。这就是都会的生存法则。”江瑶说。

那个皮包也要几万元。紫娟不太懂为什么，明明都是用来装东西，而且这个皮包也不是特别坚固或漂亮。

江瑶的卧室有面墙，里头整整齐齐地摆满了皮包，最贵的那个要一百多万，据说是鳄鱼皮的。

鳄鱼那么丑，真不知道为什么它的皮要卖得那么贵。这一切，都是庄先生帮江瑶付的钱，江瑶拿出来的那张白金卡，也是庄先生的附卡。

“我帮你拿。”她帮江瑶接过那两个镶着银字的漂亮纸袋。

江瑶这次逛街的目的，并不是为了买包包，而是买表。

“庄先生说，我今年生日，他要买个钻表给我，叫我先去挑。我还没决定，到底要买 Chopard 的，还是 Frank Muller 的。”江瑶说。

江瑶口中的那些牌子，紫娟本来都不懂，听久了，也慢慢熟稔了。总之，都要花她好几年的薪水才买得起。如果她有钱，她想，她一定不会拿来买这些奢侈品。她会拿来安顿自己，买间小小的套房，就像装潢杂志里的房子一样，有木头地板和嵌在墙壁缝里的奶油色灯光，如果一开门可以看到海，那就更棒了。她也会多给爸爸一些钱，这样一来，回家时爸爸说话就会好听些。

江瑶正在挑表时，紫娟收到了张百刚的短信：

我的公主：第二十八座皇宫正在等着我们征服。你在哪里？

她的心震动了一下。他终于想起她了。有些心酸，但立即不由自主地被兴奋的感觉遮盖了。

晚上九点二十分，他在哪里呢？

这几天，张百刚进办公室的时间都很短，连和她说句话的机会也没有。

她只能远远地用哀怨的眼神看着他。

张百刚的座位离她只有几米，但他并不常在办公室里。这阵子他很忙，听说老董要他负责上海的业务。

上海，听说是座繁华的城市，她只在一部动作片里看过。那里的高楼奇形怪状，有的像一颗大鱼丸，有的像削了一半的积木。紫娟没有搭过飞机，每座城市对她来说都像是遥不可及的海市蜃楼。

订婚宴后，张百刚一直很忙，多了不少要负责的业务，有时还得陪着苏菲亚在名媛派对里进进出出。廖紫娟曾在一本杂志上看到张百刚的照片，记者不认识他，只写着“名媛苏菲亚和她的新婚夫婿”。不过，张百刚笑得很潇洒、很自信。

她把那张照片剪下来，把苏菲亚的部分剪掉，贴在笔记本里。想念他的时候，她会拿出来看一看，像个痴心的怨妇。她一直说服自己，他们之间，才是真正的爱情。他每次见到她时，眼神总是流动着光彩，私下对她总是那么温柔、那么轻声细语。

可是，他以前每个礼拜会约她两次，现在，过了十几天才收到他的短信，相聚的时间越来越短。她心里越来越怀疑，自己跟张百刚再这样下去，究竟会有什么结局？有时候，她好想打电话给张百刚，问他好不好，又不敢真的这么做。

她有什么权利这么做？如果苏菲亚在旁边，如果他正在开会……张百刚应该会不高兴吧。

该不该跟他继续在一起？张百刚到底当她是什么？虽然，她自认为不是一个虚荣的女孩，可是跟同年龄的江瑶比起来，她实在像只可怜虫。

江瑶的庄先生给她豪宅和穿不完的名牌，而她却还是住在会滴水的房子里。

“或许不应该这样比。”可是心里好酸。

她还在想该如何回张百刚的短信，他的电话就打来了：

“你在哪里？”

“陪朋友逛街。”

“等一会儿我来接你。”他的语气坚定，没让她有考虑的空间，好像她理所当然要答应一样。

这样也好，她想。没有选择，也省得犹豫了。无论如何，她真的很想念他。

百货公司播出了打烊前的音乐，一群穿着制服的服务员和电梯小姐开始站在门口等待送客。

“嗯，谢谢你，我再考虑看看要买哪一个。”江瑶一脸很难决定的表情。

“没问题的，江小姐，欢迎您再度光临。”

“紫娟，等一下要不要跟我去吃夜宵？麦可约的。”

麦可就是那个常在江瑶家里打麻将的兰花指男人，也是江瑶以前的经纪人。

“我……我有约……”紫娟吞吞吐吐地说。

“这么晚才约？男朋友？”

“也……也不算……不算啦……就是比较好的朋友……”

江瑶笑着看她：“问一下，干吗吞吞吐吐这么紧张啊？他是做什么的？”

“我同事。”

“我可是很会看人喔，是不是好男人，我一眼就看得出来，改天带来给我看看。还有……这么晚才约会，小心怀孕！”

“什么嘛……”紫娟的脸都红了。

“哟，别把我当白痴，这么晚约，还可以干什么？我是说实在的。”

她在百货公司等着张百刚，张百刚比他说的时间还晚了三十分钟才到。夜风好凉，她穿得少了些，站在百货公司外头，冷得直发抖。

“好久不见，我的公主，你好吗？”她一上车，他就牵起她的手亲吻，像童话里的骑士。

她看着他，心满意足地笑了，久久说不出一句话。

其实她每一分钟都在想他，没有办法压抑自己的感觉。

他没进办公室的时候，她六神无主；他从办公室匆匆离开的时候，她心如刀割。那么大的办公室，她只看到了他一个人而已。

他用左手开车，右手放在她的牛仔裤上，顺着她的腹部往下，解开了金属扣，拉开了拉链，自然而温柔地抚摩着她的身体，像牧羊人抚摩着他的小羔羊。

她的呼吸变得急促，脑袋一片空白。她像一个失物，被遗忘了很久以后，又被捡了回来。

车子迅速往他要去的目的地飞奔，又是一座位于市郊、新盖好的汽车旅馆，在山崖上，可以听见浪涛声。

“我在网上找到的，照片看起来很浪漫，我一知道有这么一个地方，就迫不及待地想要带你来。”他说。

一进门，他就迫不及待地褪去她的衣衫，要她躺在靠海边落地窗的红丝绒贵妃椅上。

他就像一个很久很久没有碰过女性身体的男人，而她也随他变换着各式各样的姿势，随着海浪的声音，尽情地喘息和呐喊着。

“我最喜欢你……因为你很……乖，什么都配合我。”他在她耳边这么说，抚摩着她的下巴，“你像一只可爱的小白兔……”

她喜欢听他对她发号施令。

虽然有时候觉得自己好没出息，可是当他开始对她说话时，她又像被催眠似的。这就是爱情吗?

这一晚，他似乎不急着走。

可是，就在大汗淋漓的时刻，他的电话响了。

“真是的，忘了关电话……唉，等等，我接一下……”

他伸手掏出了放在西装口袋里的手机，停止了律动的身体，却还沉重地压在她身上。

紫娟屏住呼吸。

他的脸距离她不到一个指尖，电话那头的声音听得一清二楚。

“Honey，你在做什么？”

“噢，我在……开车兜风。”

紫娟听到电话那头传来苏菲亚的宏亮声音：“你再过多久可以来接我？嗯……我不想玩了，她们都欺负我……”

电话那一头有许多女人的嬉闹声，还有麻将的洗牌声：“哟，还撒娇呢，跟老公讨救兵啊。”

“我已经输了一屁股啦。我累喽……想早点回家，明天要去巴黎，东西都还没收拾呢。”

明天去巴黎？张百刚也会跟着去吗？

“好……等我一下，我还要……一个小时，可以吗？”压在她身上的张百刚，声音依然温和平静，好像他现在正坐在电脑前看书一样。

“好嘛，快点来，我等你。好啦好啦，喂，我再打一个小时就不玩了……”苏菲亚对姐妹淘说。

“好好玩喔。”

“你有句话忘了说……”

“嗯……嗯……好，我爱你。”他挂断了电话。

紫娟像木头人一样，不敢动弹。好怪异的感觉，他与她紧紧贴在一起，却对另一个女人说“我爱你”。

她听得背脊发凉，心脏狂跳。

张百刚比她镇定得多，好像什么事都没发生似的。那是他的专长，可以从这个世界马上跳进另一个世界，仿佛当中的界限比蛋壳还薄，完全不需要任何心境的转换。像一台放映机，稍稍停格之后，影片就能以刚刚好的速度继续往前播放。他继续吻着她，直到最后声嘶力竭地呐喊。

他离开她身体的时候，她全身都在颤抖：“你很快就要走了，对不对？”

“嗯。明天要出国，去巴黎。”

“先度蜜月？”

“嗯。”

不到一分钟的时间，两人又像什么也没发生般，进行着寻常友人间的寻常对话。

“我希望，有一天也可以去巴黎。”她看着窗外的夜色喃喃自语。海边的夜空宽阔而诡异，没有月光的晚上，天特别黑，像一个阴暗的洞穴，藏着好多鬼魅。

他在径自走进浴室的那一瞬间对她说：“告诉我，你要什么？我买给你。”

他迅速洗好澡出来后，她已经穿戴整齐。

“嗯？你要什么？”他一边穿着衣服，一边问。

或者他想弥补她吧。

她闭着眼睛，继续感觉着他在她身上留下的湿润，让肺里吸饱了黏黏咸咸的海风。

“送我一个巴黎铁塔。”她小声地说道，“我听说，巴黎有一座铁塔。有人在卖巴黎铁塔的模型……”

她根本不知道巴黎有什么，只记得在电影院里看过，巴黎有一座铁塔。

他笑了：“原来你要这个，那个很便宜呀！你真是个奇怪的女孩。”

他捏了捏她的脸颊：“来吧，我送你回家。”

在车上，他像忽然想到什么似的：“今天，忘了用那个……你……没问题吧？”

她没有回答，摇摇头。

“送我到前面就好。”车子回到市区，她指着公车站牌说。

她知道，他急着去接苏菲亚回家。他明天要去巴黎度蜜月，她很安分地不想耽搁他的时间。

“嗯，”他道再见时说，“我不会忘记你要的礼物。”

又有多少日子看不见他了呢？

她很想问：“你可以从巴黎打电话回来给我吗？”却又知道连这个

问句都像在强他所难。

“你到底决定怎么样啊？”兰花指的麦可一看见她，就这么问。

庄先生平时住在美国，大半时间都不在。除了他回国的那几天外，江瑶都像个富贵闲人，常常吆喝以前的几个朋友到家里打麻将。

“我还在想……想要多问几个人的意见……”

“再问，再问你都老了。二十二岁很老了，你知不知道，现在十五岁就出道的多得是。”麦可说，“要训练你，恐怕也得花上大半年时间……”

“我怕接 Case 的工作薪水不稳定……”

“再不稳定也比你打杂的薪水高吧。”麦可白了她一眼，“青春有限……喏，你看她，才几岁就那么怕老，什么都要试。”

江瑶今天打牌的时候，脸是僵的，她说刚去打了肉毒杆菌。

“谁怕老？”江瑶说，“我嫌我脸大，想要变小一点。不管怎样，巴掌脸就是受欢迎。”

见习过几次之后，紫娟学得很快，已经可以下场和大家打牌。江瑶说，赢的给紫娟一半，输的她负责，紫娟因而赚了不少外快。如果没在偶然的机缘里碰到江瑶，紫娟也可能会在晚上去找个地方打工。在这座大都市里，她实在没有朋友。

张百刚和苏菲亚去巴黎的这两个礼拜，她的日子实在难熬。闭起眼睛，都是他们在一起的画面。她几乎可以想象得到，在可以看见巴黎铁塔的漂亮房间里，他和苏菲亚狂野地做爱。这些念头使她很不舒服，但又不断地不请自来。

打牌的时候，只想赢牌，可以驱赶这些不愉快的想法，所以几乎每天下班，她就来找江瑶。就算替江瑶跑跑腿、出去买东西，也比一个人待在空无一物的房子里好。

打了四圈，又来了几个江瑶以前的同门，都是高挑的美女。“来来来，换人喽。”

紫娟马上退场。

“你也下去休息啦，换我打。”其中一个看起来只有十八岁，肚脐上穿了环的女孩，笑嘻嘻地坐在麦可身上。麦可大叫一声跳了起来。

“要死了！”他骂道。

“哇，没想到你怕女人怕成这个样子，还想靠女人赚钱。”江瑶和一群女孩子笑成一团。

“不好色，才能客观。”麦可故意板着脸说。

麦可对女人不感兴趣。他自觉比女人更像女人，也更懂女人。

江瑶也让位给其中一位新客人。

“我们来替她打扮打扮，看看她的可塑性如何。”麦可提议。

江瑶把紫娟带到自己的卧室。江瑶的卧室旁，有个五平方米大的更衣室，里头摆满了她的衣服。

“来，脱衣服。”

“脱光？”

“脱光又怎样，模特儿在后台就是脱光的。他，又不是男人。”江瑶笑着说。

紫娟战战兢兢地脱下衣服。麦可盯着她，批评道：“手臂太粗，腹部不够平，都要减肥。”

紫娟以为自己已经够瘦了。

“穿上。”他从一排衣服中找到一件镶着细水晶、背部开到腰际的紫色晚礼服。

紫娟乖乖穿上。

麦可打量着她：“嗯，还不错。发型太土。嗯，江瑶，给她上个口红。”

虽然饱受麦可批评，紫娟看着镜子，几乎不认识自己了。镜子里的她，虽然只是薄施脂粉，换了不同的衣服，但是已经焕然一新，在这件礼服的衬托下，肌肤如雪般白皙。

“虽然有点土气，不过，她本身条件还不错。”他拍了拍紫娟的臀部。

“哎哟！”紫娟不自觉地往前跳了一步。

“干吗吓成这样子呀？我又不会爱上你。跟我合作，是最安全的。”

紫娟也想改变，她实在看不清楚自己的未来到底在哪里？工作上、爱情上，都像黑洞一样，使她觉得自己快要窒息。

张百刚休完假上班的那一天，带了巧克力分送给公司同事。

她有好多话想跟张百刚说，不过，他似乎没时间跟她说话，下班又被老董召去开会了。

等了好几天，终于又收到他的短信。他说，要带她去第二十九座皇宫。一间都会里的宾馆，叫作“皇家电影院”的房间，里头到处都贴着电影海报，有一个巨大屏幕。

他们不是来看电影的。“想不想我？我的公主……”

“嗯。”

“巴黎好玩吗？”她问。

“还好，可惜没有你。”他仍然习惯避重就轻地回答。

他的答案总像个鱼，在她最沮丧消沉的时候，又轻轻把她往上拉。

“来，你的巴黎铁塔。喜欢吗？”

一个银色的，沉甸甸的巴黎铁塔，只有手掌那么大。她只是随意说想要一座巴黎铁塔，没想到他还记得。这样就够了，她心里有一股暖流涌过，似乎所有的等待都值得。

“谢谢……”

他没有给她把玩礼物的时间，开始拥着她狂吻，企图在她喉咙里寻找解药般的狂吻。不知道他怎么了？动作比以前更加激烈，这使她觉得他很需要她。

紫娟忽然觉得自己像个痴痴等待的母亲，等着在外受伤的孩子回到身边，什么也不想问了。

他在苏菲亚旁边，一定过得不好。他说过，他不喜欢她的味道，却又不得不二十四小时陪着她。就算在据说很浪漫的巴黎，那也应该是活受罪吧。

这么想使她愉快了些。她仍然尽力柔顺地满足他，直到他精疲力竭，在她身边放心地睡着。

他送她回家的路上，她才告诉他："有人想跟我签约，要我去当模特儿。"

他想了一下："你当然有条件。不过，我觉得不好，那个环境很复杂，不适合你。"

"可是，他说我可以赚很多钱。"

"如果你需要钱，我养你。"他说。

她手里把玩着巴黎铁塔，没有再说些什么。她也不想离开原来的工作，因为这样可以看到他的时间会越来越少，现在已经少得可怜了。

如果她是他的公主，那么一定是囚禁在高塔里的长发公主，每天都倚着窗口凝视，期待她的王子来救她。王子偶尔会来，不过，只来温存一夜，又匆匆离去，并不想解救她出高塔。

她也不敢要求王子救她。

郭素素有个习惯，一睁开眼睛，就会下意识地摸摸旁边的小婉。

小婉不见了。

她看看钟，九点半了。也许潜意识里知道是假日，一睡如同昏死，竟然睡到这么晚。

不到一秒钟的时间，她从床上飞跳起来，冲出房间：“小婉，小婉……”

小婉也不在客厅，陆蒙正也不在客厅。他把她带走了吗？他想做什么？她的头像颗被点燃的炸弹一样，就要爆破了，心里充满了不祥的预感。

这时，霞姐刚好买了菜回来。

“小婉呢？”

“噢，一早她爸爸带她去动物园。小婉看起来很高兴。”

“真的吗？”

她并不想拨打陆蒙正的电话，可是她不放心。不知不觉中，她也感染了他的多疑。她对他的许多行为，都会往最恶劣的地方猜测。在她心里，他比那些在路上搭讪小孩的陌生人还可怕。

“……是我，叫小婉跟我说话……”

“我带小婉到动物园玩儿……她正在看猴子，遇到同班同学，很开心……”

他看了小婉那篇《我的爸爸》的作文，真的决心做一个好父亲了吗？

“叫她跟我说话！”

“等一下，别那么急……来，小婉，妈妈要跟你说话。”

听到小婉的声音，轻松愉快，一直对她描述着猴子吃东西的样子。她的心放下了。

“孩子还是要有爸爸，”平时沉默的霞姐说，“小婉这几天比以前开心很多。”

霞姐是她搬到这里来之后，才来工作的，她并不知道他们夫妻间曾经发生的过节。郭素素觉得自己不必多说什么，整个人瘫在单人沙发上叹了口气。

“我看先生人不错，可是你都没给他好脸色。都是一家人嘛，有时候女人要软一些，命才会好。”

她没有给他好脸色，是她的错吗？郭素素皱起眉头。

只看过陆蒙正正常样子的人，都觉得夫妻感情不好是她的错。她太能干，太卖力工作，太把心思放在外面，太不懂得体贴丈夫，太不会撒娇了……

一个男人隐藏起来的那一面，往往只有一起过日子的妻子才会看到。

没错，她终于有错了。陆蒙正疑神疑鬼了好些年后，她真的有了别的男人。刚开始，她觉得自己犯了大错，又重蹈覆辙。可是，她还是往前走了。

她有一点报复的快感，不只是在报复陆蒙正，而是在报复命运的捉弄。从她选择了这个婚姻之后，她的命运就一路往下走。她并没有懊悔，好像命运的安排就该这么发生。

她的心已经苦了太久、关闭了太久，李云僧用他实实在在的个性打动了她的心。

这个男人，看起来像是一座死火山，沉沉稳稳，总是对许多事情认真看待。但是她发现他的内心里，深藏着比岩浆还烫热的东西。刚开始是一种神秘感吸引着她，让她想仔细挖掘下去。她自己也是这样的人，活在现实世界，懂得隐藏生命里的不满足，可是一直觉得很孤单。除了陪伴孩子长大之外，生活是干枯的，而且似乎会一直干枯到生命的尽头。

他是一个看起来严肃，实际上却很浪漫的人。当他用认真的眼神看着她时，她发现，自己不管犯多少错，都无法拒绝他的邀约。他邀请她在现实世界里进行不为人知的冒险，只有两个人知道的秘密，让她觉得自己不再那么孤单、那么虚伪、那么容易受控制、那么沉浮于世。

霞姐见她没有回话，径自走回厨房。

这时，她收到了他的短信：

你好吗？我在睡梦中，一直闻到你的味道。我怀念着只有你和我的世界。

她对着手机微笑了起来。他让她记起，自己曾经是个充满幻想，希望男人为她写诗的少女。她想要为一个心爱的男人，奉献她的整个世界。

婚后多年，李云僧第一次和妻子吵架。以前不是没架吵，而是她热，他冷，她一多说几句，他就闭嘴，吵也吵不起来。只不过，以前惠敏会跟他闹脾气的都是芝麻绿豆的小事，不理她，过不了多久，她也就忘了、好了。

他在朦胧中睁开眼，看到惠敏的眼神像利箭般。

“这是谁的？”惠敏紧绷着脸。

“什么东西？”他拿起床头的眼镜戴上。

白色的卫生纸上，有七八根女人的头发。他当然知道是谁的，却依旧用莫名其妙的眼神看着妻子。

“我早上帮你清理车子，找到了这几根头发。应该都是同一个女人的吧，发色、粗细一模一样。”她把声音压得很低，不让满溢的情绪外泄。

“嗯？”他等着她的下一个问句。

“嗯？”她也等着他的回答。

“也许是……加班载某个女同事回家，她掉在车上的。”

“哪个女同事？”

“你想做什么？”

“我只是想问问看，怎么可能掉那么多头发在车里？椅子的缝隙里也有……”

“我怎么知道？”

她瞪了他一眼，好像要看穿他似的。

他把自己继续埋在棉被里，不想解释什么。

“你没什么话要说吗？”

“随便你怎么想，不过，请不要胡思乱想。”

不久，他听到惠敏在外头骂小孩的声音：“玩具玩了一地都不收，到底想怎么样？不是教过你们东西玩完要收好吗？大宝你又想去同学家，星期天留在家里不行吗？”

显然是指桑骂槐，她每次情绪不好时都会这样。

“等一下你外公外婆要来吃饭……”

啊，对了，惠敏几天前就说过，她爸妈要过来用餐的事。

岳父岳母几乎每个月都会来看看他们，有时候惠敏的姐姐和姐夫以及妹妹和妹夫也会带着他们的小孩一起来，整个家塞满了人，很热闹，表面上看起来和乐融融。

天底下没有一个男人会很快乐地和岳父岳母吃饭，李云僧也不例外。

有时候他的心里会有点不平衡，来者如果是惠敏的亲戚，她总是欣然欢迎，如果是李云僧的家人，她就没有那么热情了。甚至在准备饭菜前，就会开始闹情绪，要求他多帮忙做些家务事。

他的家人走了之后，她在洗碗洗碟和整理家务时，也总会发出比较大的声响。

本来李云僧都可以假装没事，可是这时候，他心里忽然为这些往事生起气来，像一只突然鼓胀起来的河豚，这些小事令他心生不满，变得很烦躁。惠敏不太高兴的时候，全家都处在紧绷的气氛中，显得特别安静。

他一起床，刷牙漱口后，就急着打开电脑，让自己沉浸在另一个世界里。这个时候，写公司报告总比静坐着等待惠敏的脾气再一次爆发来得愉快。

“我还是觉得你有鬼。”

忽然间，惠敏不知什么时候又闪进了房里，站在他背后，吓了他一跳。她的眼眶湿湿的，鼻头有点红。

他摊开手，不做任何辩白。

“等一下你爸妈不是要来吗？这个时候，不要找麻烦了吧……”

“我爸妈，不是你爸妈吗？干吗说得这么生疏？我找你什么麻烦？是你在找我麻烦吧！你最近怪怪的，就是不对劲……”

惠敏在情绪不对时，常会在一两个字的用法上挑毛病。

她的语气越来越激动。

“小声点，小孩在外面，会以为我们在吵架……”他并不想在这种状况下安抚她。

“你告诉我，你外面是不是有女人……你最近越来越不想面对我，不是吗？”

“不要胡思乱想！”他说话的口气也严峻了起来。他看着惠敏，蜡黄的脸色、浮肿的眼皮、散乱的头发，穿着条纹运动服的惠敏，此刻看起来像个陌生人。

自己曾经爱过这个女人吗？李云僧忽然问自己。

为什么当初会娶这个女人？李云僧好像并没有什么特别深刻的爱恋，她的表哥是他的同学，在朋友的撮合下，就自然和她在一起了。并没有什么轰轰烈烈的恋爱情节，一切都在风平浪静的状况下度过。

爱情曾经存在于他们之间吗？这么多年一晃眼就过去了，像一个不真实的梦一样，没有什么特别值得纪念的高低起伏。

两个人像石像般对峙着。

他的胸口好像被绳索勒住，一股燥热从脚趾一直蹿至头顶，窒息的感觉使他脱口而出：“我想出去一下！”

“你要去哪里？”

他没有回答。不顾她痛苦而焦虑的注视，他就这样出了家门。

“等一下你会回来吗？”她在他背后无奈地呐喊着。

他仍然没有回答，好像一个在众目睽睽中离家出走的赌气少年。

星期天的上午，路上的车子比平常少很多，他开着车子胡乱地逛，不知不觉间，逛到了郭素素家附近。

现在打电话给她，会不会给她造成困扰呢？但此刻他也想不了那么多。

“喂，是我，我就在你家巷口……”

不一会儿，她上了他的车。

那个中午，李云僧没有回家陪岳父岳母吃午饭，也没有打电话回家，他把郭素素载到他们熟悉的海边。

那似乎是个不受世界污染的桃花源。荒废的渔港，永远没有游人，时间是静止的，好像是上天特地为他们两人腾出来的空间一样。就在那里，两个人说着跟这个现实世界无关的悄悄话。

中午的海洋，在阳光直射下平静而湛蓝。海浪轻轻涌动，涨潮时，丑陋的防波堤消失了大半，使眼前的景色更加开阔。

“我小时候，曾经在这里看过海豚。”她说，“大概有三五只，它们会跳起来，在海浪上打滚。”

他说起他念大学的时候参加登山队，遇到了暴风雨，躲在山洞里过了一夜的事。那个山洞里头还有小动物的骸骨。当时与外界完全失联，反而有一种美好的宁静。

在车子后座，她把头靠在他肩上，好像有一种默契，谁也没有提起现实世界的事情。

这几天，他常常皱着眉头。

上班时，廖紫娟常常静静观察张百刚的表情。

“不开心吗？”她贴心地给他倒了一杯咖啡，轻声问道。

她以为他的不开心，一定和他的婚姻有关系。是不是她为难他了？无论如何，苏菲亚毕竟是一个千金小姐，不是那么好伺候。

“没有。”他头也没抬。

张百刚是个公私分明的人，上班时会困扰他的，全是公事。老董为他升了职后，他负责的事情多了许多，几天前又交办了一件事，指示他负责。虽然说要他负责，但所有过程，其实都是在老董的授意下进行的。

他所服务的江东证券公司，只是老董旗下众多产业的一个，而这些公司，都有交叉持股的关系。老董希望由他经手，让江东证券用四十元的价格，买下他旗下另一家子公司江映公司的五分之一股权。这家子公司，其实是老董和他儿子开的，只是两个人都没有挂名负责人，名义上的董事长和总经理，应该都是人头吧。他指示张百刚负责此案，并说服董事会通过议案。

要董事会通过并没有太大问题，因为大部分董事，都是老董家族里的人，包括苏菲亚的父亲和母亲家族的长辈。

全公司都知道，老董喜欢任用有家族关系的人。如果他没有娶苏菲亚，恐怕不会平步青云吧。没过多久，因为总经理跳槽而去，他马上被任命为执行副总，权力又往上跳了一大级，他上头的总经理还是个空缺。

“四十元？未免也太过分了。”张百刚可不是初出茅庐的菜鸟。

江映公司是一家生产计算机零组件的公司，但市场占有率并不高，从三年前成立以来，一直都处于亏损状况。只因为老董有办法找到一流的财务报表高手，最近几季都想尽办法让它转亏为盈，看起来前途大好。

三天前，他拿这家公司的报表询问过老战友李云僧：“在你看来，这家公司的股价多少钱比较适当？”

李云僧说，他有认识的人在里头，他去调财务报表来研究看看。

今天早上，李云僧给他答复，说：“应该不会超过八元。”

也就是说，老董希望他负责把这家子公司的股价，用五倍的价格卖给江东证券。若有亏损，当然也是江东证券的其他股东和投资人埋单。把自己的东西高价卖给自己的上市公司的做法，赚的是老板，损失的是大众，虽然像一种偷窃行为，但在市场上行之有年，不少大老板都做过类似的事情。

张百刚心里挣扎的不是道德，而是万一有天出事了，他自己是不是也有责任？

老董交办这件事时，还故意开了一瓶和他出生年份相同的法国白马堡红酒，以表重视，并且拍着他的肩说：“这件事你一定可以做到一百分，青年才俊！”

他当时备感恩宠，现在想想，如果老董可以因为这个交易赚上五亿元，一瓶几万元的白马堡陈年红酒的价值，只不过像是他口袋里的一粒灰尘而已。他相信老董做这种事并不是第一次了。最近江东证券买了不少同集团子公司的股份，或许前任总经理就是因为看不下去，不想再负责任而忽然离职的。

“看样子，非做不可……”

以前，他一直以为一人之下万人之上，必然威风凛凛。没有想到，升到这个职位以来，他的压力加重了许多，并没有比较快乐。

那一瞬间，他想起刚进这家公司的美好时光。当时股市大好，一进来他就尝到甜头，下班之后，几个男同事常常吆喝着到夜店去喝一杯。夜店里的年轻女孩，知道他们从事的行业，全都刮目相看，纷纷来问“明牌”。

那一阵子他的女伴换得很快，他对自己的长相很有自信，就算装出一副沉默寡言的模样，也不乏女孩主动坐在他旁边来搭讪。有好几次，他喝醉酒，在陌生房间里醒来，旁边睡着一个他根本不知道叫什么名字的女人，搂着他的脖子。

只是，不管喝得多醉，他潜意识里有个习惯——从不带女人到自己的住处，宁可跟着女人回她住的地方。一半是因为自己的住处像简陋的学生宿舍；另一半是因为不想在还没把对方当女友的状况下，让对方找上门来。

那样的日子，真是无忧无虑。

这个案子实在好笑，但又非照着老董的意思做不可。他的薪水、他的职位都是老董给的。左思右想，莫衷一是。同样的姿势，他已经维持了太久，忽然觉得脖子僵硬、脑袋发胀，好像有一把闷火在心里烧着。

看看表，啊，股市收盘了。夕阳已经西下，外面的光线渐暗。

外面有几个员工还没走，有些员工会故意等老板走后再下班，以表示自己对工作认真负责，其实根本就是想在公司吹冷气、上网。这些事张百刚自己也做过，所以心知肚明。

他很客气地出去跟他们寒暄："公司里没什么事，就赶快回家吧，别太辛苦了。"

员工们都露出感激的表情。

他知道自己的人缘一向很好。

员工纷纷离开后，他回到自己新装潢的办公室，松开领带，把舒适的牛皮办公椅朝向外头，看着远方逐渐变暗的天空。夕阳西下的时候，建筑物的轮廓都被镶上了一圈金光。

他还不想回家，苏菲亚今天应该正和一群有钱的太太们学油画，不会太早回家。

"要我帮你买便当吗？"

正昏昏沉沉的时候，熟悉的声音叫唤他。

在别人面前，她会叫他副总，但没有人的时候，她从来不叫他名字或职称。

是廖紫娟。

"我的公主，怎么还没走？"

"刚把会议室整理干净。"她说。

只剩他们两人在办公室里了。

他抓住她的手臂，忽然有一种想法，他从来没有在办公室做过爱，今晚，他很想试试。

"把灯关掉，把门关起来。"

他命令着。

她乖巧地照做了。

“脱掉衣服，坐在办公桌上。”

“这样……不好吧？”

虽然有些犹豫，她还是照做了。夕阳西下前的最后一抹光线，照着她细瘦光洁的裸体，她的表情娇羞而美丽。

他像享受着大餐般吸吮着她的丰胸。她的身体比以前僵硬，只是消极地服从，也没有发出平时的低吟声。他想，显然她很紧张，很怕有人忽然闯入办公室。

“别怕。”他说。

他并没有想到，她可能有别的心事。

在他心中的那股闷火随着肢体的律动散去之后，她才在黑夜中幽幽地说出了一句话。

“……我好像，怀孕了。”

他愣了一下。

“怎么会？你不是都有……”

“对不起。”她竟然结巴了，就像都是她的错，“我……我……”

她像个孩子般，用晶莹的眼睛望着他，好像在等待他的裁决。

他推开她，沉沉叹了一口气：“确定吗？”

此时此刻，这可不是好消息。

被整个世界遗弃

一则以喜，一则以忧，李云僧多添了些新任务。

老董指名他成为新计划的执行成员之一，公司决定到上海试试风向。

“将来上海的业务，就交给你们了。”

虽然还没办法将触角尽情延伸过去，但每个人都相信，在不久的将来，越来越繁华的十里洋场——上海，才是这行真正的战场。

李云僧下班后，又被老董召回总行开会。

老董最近去了一趟上海，十分满意，得意地夸耀着他所购买的豪宅：

“我家的窗户，正对着东方明珠塔，你没有办法想象，人生在世，可以在那么近的距离，看着那一颗象征着大南方所有财富的大珍珠。晚上十一点，东方明珠熄了灯，我就可以回到房里，看着黄浦江的夜色。这时候，再喝一瓶拉斐堡八二年的红酒，啊，夫复何求？”

老董一直赞叹着自己新买的房子景色有多好。

李云僧心想，恐怕又是报公账买的。去年公司获利不理想，每个人的红利与年终奖金都缩水，老董这番不知民间疾苦的炫耀，员工听在耳里，心里实在不是滋味。

张百刚是这个小组的负责人之一，他找了李云僧当新计划小组的成员，随老董到上海去。在上海，老董就住在他新买的浦东豪宅，张百刚则替几位同行的高级主管在五星级酒店订了房间。

“房子那么大，住在我们家就好了，何必浪费旅馆钱？”董事长夫人说。

当时正在聚餐，张百刚坐在苏菲亚旁边，老董兴高采烈地提起他的“上海大跃进计划”。刚过六十八岁生日的他，斗志昂扬，好像刚出校门的少年。

夫人这么说，有意无意地给了张百刚一个眼神，张百刚马上接到了她的懿旨：她希望这一行人住进老董的豪宅，顺便帮她监督一下老公。但同一时间，他也注意到老董表情的变化，老董也递给他一个眼神，挑了一下眉头。

张百刚也看懂了。

这对夫妻，一个有魄力，一个有能力；一个管得严，一个很会跑，算是旗鼓相当。相传老董在外曾与一位女演员交往甚密，金屋藏娇多年，还生了两个孩子，但老董始终不敢将此事正式公开，当然也没人敢在董娘面前嚼舌根。

老董的妹妹陈琳，曾经跟张百刚说：“只要我哥不公开，我嫂嫂就会睁只眼闭只眼，他们两个人都很清楚，他们婚姻的基础，建立在他们的事业和财产上。”

张百刚再笨，也不会替董娘去监督老董。

一下飞机，就马不停蹄地拜会了许多单位，大家都累了。老董在晚宴进行到一半时，频频打呵欠。

张百刚在宴席上努力炒热气氛，好不容易等到应酬饭吃完，客人散去，终于可以把公式化的笑容卸下来。

“云僧，晚上有什么节目？”张百刚问。

“我哪可能有什么节目？回去睡觉，看 E-mail，打几通电话……”

“那跟着我出去放松放松，体会一下上海的夜生活，怎样？”张百刚说。

“这……我怕我会破坏你的兴致。”李云僧说。

“开玩笑的啦，我带你去按摩。老董说，他知道一家会员制的 SPA 中心，十分专业，舒解筋骨酸痛，保证舒服。”

李云僧心想也好，开了一整天会，左肩膀隐隐作痛。

“好吧。那就恭敬不如从命啰。”

男性间有一种道义，就是不能无端拒绝邀约，拒绝太多次，就没有朋友会找你了。

张百刚和他来到一家位于闹市区大厦中的美容院，还是用了老董的 VIP 会员卡才进去的。入口处摆了一个仿古花鸟的金漆屏风，屏风上是龙飞凤舞的草书，屏风前还有一个发出水流声的大透明鱼缸，顶上则有大红灯笼高高挂，灯色昏黄，播放的音乐都是古色古香的古筝演奏。

“就是这里了，很高档的，还得是 VIP 才能进来呢！”张百刚说。

接待的服务生一脸甜笑，穿着粉红色的清朝宫女服装，蹬着高高的小木屐。

“两位吗？客官请。”

两人各被领到一间只有三平方米大的小房间里，房里放着古董柜和特制的鸦片床，小小的红色宫灯照得室内暖烘烘的，小茶几上放着一盏走马灯。

一个身穿清朝村妇衣服的服务生走了进来，手上端着冒着热烟的木桶。她弯下腰，帮李云僧卷起裤管：“先生，泡脚。”

隔间的隔音效果不是很好，李云僧可以清楚地听到隔壁张百刚和女服务生说话的声音。

张百刚擅长交际。他问女孩是哪里来的，几岁，在这里做了几年。女孩一一回答，也反过来问他是做什么的。

"我是从北京来的SPA从业者，来你们这里考察，看看水平如何？"

"那您讲话怎么没有京片子？您骗人，分明是南方口音……"女孩的声音娇娇软软，有一种撒娇的风情。

"我爹娘是南方人，我不会卷舌有啥好奇怪的。可我在北京工作十多年了，也算北京来的吧。你可要好好服务……证明你们上海是有实力的……"说这话时，张百刚还故意卷起舌来，李云僧听了，暗暗觉得好笑。

"哟，这位大爷，您还没开始做就给我压力，"那个女孩也很会抬杠，"……不过您放心，我们的技术是训练过的，我服务过的客人都说满意，很舒服的……"

"舒服到什么程度？是不是会让我欲仙欲死？"

"什么欲仙欲死？"女孩听不懂。

张百刚笑了。

"真是遇到谁都可以搭讪。"李云僧心想。

"您那位朋友，很健谈。"帮李云僧服务的女孩说。

帮张百刚服务的那个女孩咬字很清楚，但帮李云僧服务的这位乡音极重，语气也有点生硬，虽然面目清秀，但一直板着脸，好像做得心不甘情不愿。"行了，先生，要开始按摩了，您把衣服全脱了吧。"听起来真像训话。

这个女孩看起来不过二十多岁，真的是个受过训练的按摩师吗？

"力气大点没关系，我左边肩膀不舒服。"

"行。"

李云僧褪去衣服趴了下来。床上铺着温温的电毯，没多久，沉重的疲倦袭来，他已有昏昏欲睡的感觉。

女孩的力道不小，但好像都按不到穴位似的，两只手在他背部上压挤，感觉没受过什么正规按摩训练。可是，他实在太累了，在轻音乐的牵引下，很快就进入了梦乡。

不一会儿，他却被奇怪的触碰感惊醒。

发生什么事了？

他转过头去看女孩。女孩脸上仍然带着严肃的表情，只是嘴角有一抹神秘的微笑。

“先生，您要不要翻过身来？”

“背部做完了吗？”他惺忪着眼说。

“我可以提供特别服务，现在打折，只要八百元。”女孩用浓厚的乡音说，就像在背诵句子一样。

他全醒了，加强语气说：“不用特别服务。我只要正常服务。”

女孩没有说话。他用眼尾余光一瞄，女孩已经脱下了宽大如村妇般的衣服，只穿着一件红色织锦的小肚兜。

女孩嘟着嘴，好像不太高兴的样子，在他背部洒了润滑油，抚弄了几下。这种按摩法，不是来让他放松的，而是来整他的。李云僧暗暗叫苦。

本来以为来此按摩是享受，现在已经变成“忍受”了。

李云僧还在犹豫，该不该喝止她，付钱走人算了。

活到这把年纪，李云僧并没有花钱在外打野食的记录。如果张百刚或其他同事知道了，一定会讥笑他是妻管严，不像男人。他有不少同人，笃信只要在国外，就不会惹麻烦，把出国或出差时的金钱性交易当成娱乐，就像是换间餐厅吃饭那么自然，吃饱之后，银货两讫就算了。“不要钱的最贵”，男人之间普遍流传着这样的说法，要钱的反而不惹麻烦。

男人一般不会把买春当成外遇，有不少会买春的朋友，口头上还会说自己是没有外遇的好男人。但李云僧对于陌生的女体始终没有兴趣。

可能是因为某种身体上的洁癖和卫生考虑，也可能是因为他本来就害羞。他认为人与人之间，至少要有基本的熟悉，才能近距离相对吧。除非领导要他奉陪到底，他也很少参加聚会后的第二摊欢宴。就算参加了，也不是同流合污的猎艳者，只能当个沉默的旁观者，最后负责把酒醉的人送回家。

每个人的习性不同，他自己无法接受没有任何感情关系的性行为，但对别人在性这方面的好胃口则没什么意见。

“你背部还有哪里要加强的？”女孩说话的声音有一点怨气了。

“没有。”他想，多一事不如少一事。

“那翻过身来吧。”

他默默地翻过了身。过一会儿，猛然睁开眼，竟然发现女孩的脸与他相隔不到十五厘米，正用一双大眼哀怨地看着他。

“你要做什么？”在这种诡异气氛下，要保持镇定实在很难。

女孩伸手抚弄着他的下巴：“先生，才八百元而已。我是新来的，让我做点业绩吧。不然，我会被老板骂的。”

他又好气又好笑。听起来好像要他把做爱当慈善捐献。

女孩面貌姣好，如果不开口说话，相信在男人堆中会很受欢迎。她显然从农村到都市不久，说话和举止都带着土气，那种浓厚的乡土气质是时尚浓妆和华丽衣着都掩饰不了的。

“你叫什么名字？”

“我叫庄圆圆。”女孩答的应该是本名，还不懂得说谎。

他翻身下床，从西装口袋里拿出一百元：“给你的小费。”

“我们不能收小费……”女孩把手放到背后去。

这挂羊头卖狗肉的按摩中心，竟还有如此严格的规定。

“收下吧。没人看到的，我也不会说。”他轻声说。

女孩怯生生地收了钱，表情看起来友善多了。“那……我再帮您多按按……”

“不用了，我要回饭店去了。”

“您千万不要跟外头的人说……”女孩怕隔墙有耳，几乎只用十分之一的音量说话。

“不会。我没那么闲，也不喜欢嚼舌根。”李云僧说。

就在他要离开小房间时，他听到来自隔壁房间的声音。

小房间虽然装潢得很华丽，灯光气氛都考究，但薄薄的木板墙，有隔间等于没隔间。

隔音差到几乎可以活灵活现地感受到他们的感觉。

“你的朋友在隔壁呢。”庄圆圆用一种惋惜的口吻提醒他，好像他错过了一场有史以来最精彩的烟火秀一样。

“他是他，我是我啊。”

“是吗？我们老板娘常说，男人都是一样的。”庄圆圆的口气仍然很严肃。

“麻烦你跟他说，我先回去了。”李云僧小声说。

一回到房间，他打电话回家报平安，草草说了两句话，问惠敏家中可有事。

惠敏的语气有些不快：“现在才打回来？都快半夜了。”

“会开到现在，有什么办法。”他用没有任何抑扬顿挫的语调说。

“把你饭店的房间号码给我。”

“为什么？”

话一出口，才想到这个“为什么”是白问的。她要饭店房间号码，是为了查勤。在她眼里，他最近太奇怪了，以前他生闷气，再严重也不会到甩门离家什么都不管的地步。

“怎么，不能给吗？”惠敏的口气就像在逼供。

“打手机不就好了吗？”他并不想在这种状况下屈服，不知不觉也和她杠上了。

“我就知道有鬼……”

他心不甘情不愿地报出饭店和房间号码，她才没话说。

他很不高兴地挂掉了电话。

李云僧的个性，吃软不吃硬，从小就很明显。

他心里只想打电话给一个人。有好几天不能看到她，感觉不怎么好。

很晚了，不知道现在郭素素在做什么？打电话给她，会不会给她带来麻烦呢？

他还是拨了她的电话。

“嗯，您好。有事请说……”那头一接起电话，郭素素用生硬而公式化的口吻回答。

他知道，她身旁必然有人，并不方便说话：“没关系，等你有空再打给我……”挂掉电话后，他脑海里出现各种画面。她怎么了？是不是那个男人又去找她麻烦了？

窗外俯望，处处繁华，万千灯盏煮沸着夜色。人家说这是个不夜城，但他心不在此。如果能够拥她在身旁，该有多好。第一天到异乡，他就觉得自己非常寂寞，不知道是他遗弃了世界，还是世界遗弃了他。

半夜里，房间里的电话响了好几次，把他从梦中拉了出来。接了电话，却又不出声。

第四次，他破口大骂：“你到底要干什么？你不睡，别人就不用睡吗？”

那头没有作声。嘟嘟嘟……电话挂断了。

不是惠敏，又是谁呢？她半夜打电话来查勤吗？那又何必用不出声的方式整他呢？

“宝贝，睡了没？”热汗淋漓的特别按摩服务之后，张百刚神清气爽。他拦了一部出租车回家，在车上，才想起还没打电话给苏菲亚。

电话响了很久。

“啊？几点啦，这么晚……人家今天好累，早就睡了，你还把人家吵醒……”手机里传出苏菲亚的声音，好像隔了层厚厚的玻璃，朦胧不清。

“好啦好啦，我只是担心你身体好不好，怕你太想念我……”

“讨厌……”她娇嗔道，“好啦，我还要睡呢。”

“没办法，我就是这么黏你。”他温柔地说。

“嗯，好啦……爱你，晚安喔。”

出租车司机一听到甜言蜜语，一直从后照镜里偷看他，仿佛他是外星人似的。

苏菲亚婚后很少查勤，对他十分放心。他不会等她找，每隔几个小时，就主动打电话给苏菲亚，就算开一整天会，也会利用上厕所的时间打电话。

出差时，他主动打电话打得更勤，苏菲亚虽然嘴里嫌烦，心里却是愉悦的。

他摸了摸口袋，里头有张刚刚那个按摩院女孩给他的字条，上头有那女孩的手机号码。女孩小声说：“白天可以打给我，不上班时，我也可以去外头陪您。”他把她的名片随手放在出租车的椅垫上，怕万一不小心带回家，恐怕会有点麻烦。

她很年轻，应该不到二十岁，肌肤弹性十足，脸蛋也算清秀，可惜肢体动作有些僵硬。

想起她那种刻意讨好的样子，他暗暗觉得好笑。

他是一个抗拒不了女性青春肉体的人，但也是个敏感的人。对他来说，做爱也讲究一种默契，有些肢体上的刻意迎合，他都可以直接感受到：她只是在消极配合而已，一点也不享受，只是想尽快结束，想少消耗一些时间、一些体力，想讨好他，像一个赶路的人，只打算到达目的地就好，路边的风景都不重要。

刚刚那个女孩，只是在很卖力地做生意，传达给他的感觉近似敷衍和做作，连喘气声都极不自然。虽然她的生涩和做作也有其他趣味，颇能撩动他的好奇心，但她并没有让他想再享受一次的吸引力。

本来是想去放松的，没想到老董介绍的这间按摩院，竟然藏着这种特殊服务。从那个女孩第一次触碰他的肌肤时，他就知道，这是一个挂羊头卖狗肉的地方。

许久以来，对他来说，做爱是一种习惯性运动，一种自然而然放松神经的方式。激烈的肉体交缠后，就好像有一层盖住心头的沉甸甸塑料布被掀去似的。肌肉的酸痛如故，不过精神上倒很舒畅。

他不讨厌各色各样的女人，每个女人，只要你情我愿，都可以让他享受到她的优点。

然而，有些关系会让他觉得不舒服。如果那份关系变成必须，变成有点强迫性，变成例行公事，他的感觉立刻会变样，这或许是他到了三十六岁还始终无法定下来的原因。他很怕娶到一个限制他一辈子只能跟她做爱的老婆，更怕自己无法对同一个女人保持同样的热情。

苏菲亚和他之间，已经变成了不舒服的感觉，当新鲜感消退后，你愿不愿意跟一个人持续关系，靠的就是某种无法言语的默契。有些默契可以让激情维持得长久一些，但那种默契到底是什么，张百刚也说不清楚，也许是一种打从心里可以感应的直觉吧。肢体和肢体间的默契，好像藏在基因里一样，从人类还是个单细胞动物时就已经决定了。性是一种玄妙的契合，和爱不爱、欣不欣赏没有关系。

碰到了相合的人，如鱼得水；如果不对劲了，却还要强迫他跟一个女人在一起，他会觉得自己受到了侵犯和侮辱。

虽然表面上看来，他兴致盎然，其实，那种不舒服的感觉老早就存在了。苏菲亚不是他喜欢的那种女人，他不喜欢她说话的声调、肌肤的触感，还有她身上的烟味及体味。

那段时间，他离开苏菲亚的家之后，常常直接去找廖紫娟，好像想补偿对自己的亏欠似的。

这段关系，再敷衍下去，张百刚的心里是煎熬的，而他和自己也激辩了好几次。最后他说服自己，如果对他而言，娶任何一个女人都无法承诺自己能够保持一辈子的热情，那么，娶谁不都是在勉强自己？就像工作一样，如果每份工作都会让他厌烦，他显然必须找到一个投资回报率最高的工作。

上个月，苏菲亚知道自己怀孕后，对床笫情事的兴趣迅速降低，也让他松了一口气。

不过，不是每个女人怀孕都是喜事。

疲倦地躺在床上，即将入睡的张百刚，忽然想起了一件事情：廖紫娟那天对他说，她可能怀孕了的时候，他觉得自己好像被一块巨木撞到了脑袋。

“怎么可能？你很确定吗？”他一直很小心，总会做好万全防护，他喜欢和这个女孩做爱，但他并不想为自己和她找麻烦。一定是那天，他太急于向她的身体寻求安慰，竟然忘了。她没有抗议，他就以为那应该是安全期。

这段感情，他并没有强迫她，紫娟老早就知道，老板的侄女是他的女朋友，但她并没有因此拒绝他的追求，而且像驯服的小羊般跟随着他。他一直认为，这是你情我愿的。她没有损失，她也在享受他，跟他享受她一样。

到上海的前一个星期，他还找了廖紫娟出来。她仍然没有抗拒他的激情，他以为，她自己已经做好了决定。然而，她的眼神和动作都和以前不一样了，整个人被凝重的气氛包围着。

“怎么了？”他轻声问。

她看着他，一脸忧郁，许久才说：“……我该怎么办？”

“你打算怎么办？”

听到这句话之后，她翻过身，用赤裸的背对着他，整个人像木雕般动也不动。

他好像听到她吸鼻子的声音。

“我不知道……你打算怎么……办？”她的声音是颤抖的。

“你不会想生下来吧？”他用平静的语气问道，仿佛在提醒她，你要理性一点。

她又不作声。

“我会给你一笔钱，处理掉吧，”他用一贯斯文的语调说，“现在，它还没有感觉，不是生命，你不必想这么多……知道吗？你还这么年轻……你将来会遇到一个更好的男人。那个人不是我，你知道的。”

他以为他在安慰她，紫娟的眼泪却成串滑了下来。

“你不……不爱我，对不对？”她仍背对着他。

张百刚叹了一口气，没有回答。她不是第一个问他这句话的女人。

他能回答吗？他真的爱过谁吗？他在记忆中搜索，恐怕没有。

他喜欢过很多女人是真的。但爱是什么？有人告诉他，爱是一种想融入对方的灵魂里和那人合为一体的感觉。他只有在激情发作时有这样的感觉，激情结束后，这样的感觉就像烧过的灰烬，辨认不出原有的爱的痕迹。

“听我说，我很喜欢你，只是不能娶你。如果你想把小孩生下来，这样对他并不公平，不是吗？”他的声音那么温柔，话却那么残忍。紫娟闭起眼睛，感觉有把比冰还冷的刀刃正往她的心头刺去。

“你听进去了没有？”

她不再回答。

他送她回去的路上，两个人都没说话。她看着窗外，故意不看他。他则半开着窗，让晚风吹得自己一脸冰凉。

张百刚并不认为自己是个不负责任的男人，他并没有蓄意忘记这件事。过了几天，在她进来倒茶时，他悄悄递给她一个牛皮纸袋：“这是给你的。”

里头足足有十万元。应该太足够了吧。他想，在都会里生活的年轻女孩应该都会处理这种事情，知道该怎么做才对。

她沉默地拿走了。

张百刚认为，她还年轻，应该也不想在这个年纪不明不白地当上母亲。年轻女孩都明白，人生还有很长的路要走，不要被这样的绳索绊住自己一辈子，不是吗？

这种事当然不是第一次发生。二十几岁时，他也曾遇到一两个女友，都想用怀孕来逼婚。当时，他都不止一个女朋友，对于这种事，他已经有应对的方法。他不能在年轻的时候，就被这样的诡计绊住。他对自己一直有种信心：美丽而广阔的世界仍然展开双臂等待着他，他不可以这么早就变成一个为了奶粉钱奔忙的男人。

接下来的一个星期，直到来上海之前，他都没有主动打电话关心她，他想让她冷静一下。

张百刚觉得自己有必要打个电话给她。

廖紫娟没有接电话。张百刚在她手机里留了言："我很关心你，不要想太多。你还年轻，有好多路要走。钱不够的话，告诉我好吗？回去以后，我会带你去兜兜风……"

关上灯，他脱下所有衣物，裸身躺在床上，虽然疲累万分，但脑袋并没有停止运转，好多事情转啊转啊，又转回他的脑袋里。

张百刚想起很多以前的事情。

小时候，他一直流离失所，没有爸爸，妈妈又只能做些打杂工作，每过几年就会换地方住，没有钱付房租，能够有亲戚收留就再好不过了。他住过伯伯家、舅父家、远房表舅家，每个好心亲戚都收留过他。

当然，妈妈也还是得付一些伙食费和房租，天底下没有白吃的饭。

他十五岁时，妈妈在中部找到一个电子工厂的工作，住在公司宿舍里。初中三年级的他正准备考高中，妈妈思量了半天，觉得只剩不到一年的时间，转学怕影响他的功课，于是，他被寄放在祖母那边的亲戚——远房表舅家中。

他的童贞送给了大他两岁、他必须叫表姐的淑君。

淑君表姐，简单地说，是个太妹，很让表舅伤脑筋，好不容易念完高中，就没有再升学。表舅曾经通过各种关系，让她到录像带店和面包店当店员，不过，淑君总是因为和其他同事一言不合就起争执或顶撞老板娘，没多久就被请回了家。

表舅只好带着女儿当助手，和他一起做粗工。白天，淑君必须跟着做水电的表舅一起上工；晚上，表舅很不喜欢淑君乱跑，要他帮忙看紧她。

他和淑君都住在二楼，老房子用木板隔断而已，隔壁在做什么都很清楚。半夜，他会听到有人用小石头丢铝门窗发出的轻微声响。

然后是慢慢拉开窗户的声音，有人在楼下巷子口等淑君。

他看见淑君偷偷从窗外沿着水管爬出去，淑君也看到他了，于是把食指贴近嘴唇，发出“嘘——”的声音。

淑君叫他书呆子，她说她最看不起只会读书的男生。

“你不要跟我爸乱说喔，”她常常这样提醒他，“否则……你就会被我的朋友扁死……”

淑君说他们组的帮派叫作“天龙帮”，在他们有限的交谈时间里，她还是尽力把“天龙帮”说得很有办法，好像在为民除害似的。她说的事情，好像是漫画《蜘蛛人》中才有的情节，虽然他一点也不相信，却又很爱听。无聊的乡下，没有什么精彩的故事，淑君和她的朋友，至少活得跟其他人不一样。

张百刚对于校园之外的世界很好奇，可是他知道，只有多念点书，将来才可以找到好一点的工作，不会辜负辛苦抚养他的母亲。对于一个没有太好家世的孩子来说，除了这条路可以出头、可以不被鄙视外，没有别的出路了。

记得是某天的黎明，他还在睡梦中，忽然感觉有人压着他。他的身体变得好沉重，软软的热气呼在他脸上，几乎使他无法呼吸，他以为是传说中的鬼压床。

是淑君。他正想说话，她却捂住他的嘴，说：“嘘……”

“你念过健康教育吧……”淑君开始吻他。他身上只穿着一条内裤，一下子，就有明显的反应。

淑君灵巧地握住它：“不准跟任何人讲……”

青春期的他难以抵挡那样的诱惑，就在半睡半醒之间，在淑君的引导下，有了初次的体验。

从那天起，他都不敢正眼看淑君，但他非常留心淑君的一举一动，只要她走过他身边，他就会连耳根子都红起来。淑君表现得像什么都没发生一样。她很确定自己已经控制了他，他已经臣服于她，再也不会去告密了。

从那时开始，他有了全世界都不知道的秘密，但就只有那么一次。淑君好像猫一样，抓到一只鸟，玩耍完了就把他丢在一边。

他常常听见她在表舅出门的时候，用很暧昧的语气和一些男人讲电话，故意在他面前说得很开心。

他曾经花很多力气去想：淑君是不是喜欢他，以及他将来是不是应该娶淑君的问题。

现在想起来真傻。

念高中之后，他就搬离了表舅家，一直到大学毕业几年后，他才再度遇见淑君。他都快不认得她了，那时她还不到三十岁，已经是两个孩子的妈，体态臃肿，像个会带孩子到公园玩溜滑梯的贤惠妇人，眼神变得十分平静而稳重，不再像过去鬼灵精怪、满脑子怪主意。

她似乎也完全忘记了这件事，见到他时，一点想勾起旧时回忆的表情也没有，只是憨憨地笑着，看着他说：“啊，你长这么大了。”

张百刚在黑暗中忆起往事，忽然觉得好笑……

廖紫娟打开牛皮纸袋时吓了一跳，她以前从没看过那么多现金。可是她一点也不觉得兴奋。相反，在那一瞬间，她受伤的心碎成了一万片。虽然她知道，自己是一个介入别人感情的人，是不应该的，可是这一刻，她难过的是，在他心中，她的感觉一点也不重要。

他为什么可以那么冷漠？平时叫她“我的公主”，眼神那么热切，让她觉得自己像个忽然穿上礼服的灰姑娘，多么被宠幸、多么幸福。可是，在她最需要温暖的时候，他为什么可以变得那么冷漠？他的意思很清楚，但她心里很犹豫。难道他一点也不珍惜吗？

之后，有十几天的时间，他都没有打电话给她，也没有来找她。

有个上午，他没有进办公室，她听他的秘书说，他去上海了。洗杯子时，她听见几个女同事在茶水间聊天。

“听说老董的侄女已经怀孕了。”

“真的？”

“有人看到张总陪着去做产检。”

“动作真快，张总果然不是盖的。”

“这样一来，虽然还没结婚，他的地位也更稳固了吧。”

有人扑哧笑出声来：“你以为这是古代王朝啊，以前也只听过母凭子贵而已吧……男人啊，当驸马爷就已经是平步青云了，跟怀不怀孕有什么关系？”

茶水间和女厕向来是传言和八卦最多的地方。

紫娟脑袋里一片空白，好像有人把冰水往她的血液里注似的，她整个人都抖得好厉害。

强酸般的液体在她胃中涌动。

“他当你是妓女，随传随到，而且还是一个任劳任怨、免费的妓女！”江瑶说。

廖紫娟已经哭得脸上全是泪痕，江瑶却一点也不惊讶地听着她痛苦的陈述。在她说得最伤心的时候，江瑶还适时地加入一句残酷的评语。

“我一直相信，他喜欢的是我，她只是先出现而已。爱情比任何东西都重要，比结婚……更稳固。”

“这是我听过的本世纪最大的笑话！谁教你的？你清醒一点好不好？”江瑶直接把烟圈吐在她的脸上。

紫娟暂时止住了哭声。

“那我该怎么办？”

“那就看你敢不敢闹大了？”江瑶吐了口烟。她这么说时，表情很有自信，好像自己很有经验似的。

“闹大？什么意思？”

“他一定怕你闹，因为他娶的是富家千金。你一闹，说肚子里的孩子是他的，他就会给你更多钱，打发你……”

“我才不会这么做！我要的不是钱……”紫娟抽抽噎噎。

“真是白痴！要不然，你以为你哭哭啼啼去闹，会得到更多感情吗？只要你闹，你就会变成妖魔鬼怪，变成不可爱的女人，让他后悔认识你……”

“我不要去闹……”紫娟说。

“那你只有一条路。”江瑶说，“就是听他的话。他的话也没错，他不会娶你，所以你只好自认倒霉，把孩子拿掉。谁叫你这么不小心？明知人家不会娶你，还怀了孕……”

“我没有别的路了吗？”紫娟的鼻头肿肿的，表情比婴儿更无辜。

“这种经验，我们几个姐妹都有。一开始，都是情投意合，海誓山盟，当你变成一个麻烦，男人就越来越不想跟你联络。他们对你的承诺，只有当时是真心的，他们说过的话，也在七天后自动失效。”

紫娟的心像一条破了个大窟窿的船，渐渐没入黑暗的海洋。她不能说江瑶的话是错的，自从告诉他之后，他除了递给她一个牛皮纸袋，一通电话也没有，也不再关心后续发展，仿佛这只是紫娟一个人的事，与他无关。他给她那笔钱，就是遣走她的费用，不是吗？他想从此打发她走，再也不想跟她在一起了吗？紫娟的心里有着层层疑惑。

更可悲的是，她也不敢打电话给他，只能无助地等待着。

这一天，她是忍无可忍了，才告诉江瑶。除了江瑶，全世界她已无人可诉苦。

“你想想自己，多么可悲。他陪着未来的有钱老婆产检，一脸幸福，却叫你拿掉小孩，这样的差别待遇，你受得了？你若受得了，就是无敌超人了……”

“别再说了。”紫娟有气无力地说。

江瑶说：“擦干眼泪，就当上了一次课。麦可熟门熟路，我可以叫他帮你忙。”

“然后呢？如果他来找我，我该怎么办？”

“笨蛋，你还真的比我想象中笨呢。还有然后吗？你还想跟他在一起？你真是作践自己，比狗还不如了。”

“可是，在办公室里，还是会看到他。我怕他一跟我说话，我又忍不住……”紫娟的眼眶又湿了。

“你这个人是天生奴隶命吗？你还要赖在他旁边帮他买便当、洗杯子，还不想走？世界上只有那个工作可以做吗？你打算做到退休，拿多少退休金？你搞清楚，你只是个雇员，做几十年可能就变个负责清洁工作的欧巴桑！也买不起这只表！”

江瑶挥挥手臂，手上那只闪烁的钻表，金光逼人，十分刺眼。

被江瑶这么一说，紫娟对自己信心全无。

“但愿你上一次当，学一次乖……这不是什么大事，不过，我可要提醒你：笨是一辈子的灾难！”

虽然心里充满恐惧，但这件事比紫娟想象中要简单得多。麻醉药渐渐退去后，紫娟一点一滴恢复了清醒，她的烦恼已经消失了。

除了下腹有一点酸痛之外，身体没有什么特别不舒服的感觉。

“感觉又可以重新做人了，对不对？”一个阴阴柔柔的声音在她睁开眼睛时传来，是麦可，“唉，你们当女人还真麻烦。”

没有了。一阵鼻酸，紫娟的泪水像泉水般涌出。

到底心还是痛的。

那是个生命啊！她差点成了一个母亲，只是它运气不好，她没有能力让它生存下去。

“下次注意一点。唉，有的女人就是傻。”麦可的口气和江瑶差不多，只是语调温柔了些，“你知道吗？我以前旗下有个笨妹，我曾经陪她来做过三次，屡劝不听，还说是那个小开不爱用保险套，她没办法……天哪，她还以为那个小开会娶她！你想想看，一个男人如果真的以后会娶她，会叫她拿掉三个小孩吗？”

紫娟没有说话。

她的身体恢复得很快，走出诊所，麦可带她到附近夜市喝了一碗鸡汤。麦可看她的泪水一滴滴掉进汤里，又叹了口气说：“你这种什么都要靠自己的女人，一定要精明一点、有出息一点。很多女生，只靠自己长得漂亮——都太傻了！她们从来没想过，青春很容易花掉，到时候，男人连看都懒得看你。我叫你转行，是看到你身上还有点可用的资质！你已经不算年轻了，趁这个时候，你得好好考虑，再拖两年，就算你跪着求我让你入行，我恐怕都没法收你啦。”

“你觉得……我真的可以……吗？”她对自己已经毫无自信，可是再不改变生活方式，她就要受不了了。

她知道自己错了。那个男人，把她当公主，只是在口头上。

可是他叫她公主的时候，多么动听啊！如果他是骗她的，她也甘愿。他是第一个用那么温柔而美好的声音叫唤她的人。轻轻一声呼喊，就可以把她从满是灰尘的角落拉到云端上。

他的声音对她有麻醉的作用。从云端摔下来，会有多重多惨，她完全不在乎。在她的想象中，即使为他受伤，也应该很凄美。

但现实比想象来得难以忍耐。这个时候，她觉得自己像只即将被大象踩死的小虫，一点招架能力都没有，坐在凄风苦雨的泥坑里，被整个世界遗弃了。

她想再听他一声温柔的呼唤，可是她的王子却假装听不见。

紫娟在辞掉工作前，打电话给苏菲亚，要求参观她和张百刚的新家，她想看看他的世界。

她想，只有这样，她才能从悲伤中复原。觉得痛苦的时候，就弄得自己更痛；被打得头昏目眩的时候，她会希望，有人再给她一拳。这样她清醒的时候，就会不敢回顾过去，也不会再走回头路了。一个不敢回顾过去的人，才能够死命往前走，头也不回，脱离背后那个让她毛骨悚然的恐怖之处。

不知情的苏菲亚，爽朗地一口答应："里面的装潢还没有完全按照我的意思做，我还打算换掉房间的壁纸呢。如果不是你想象中的豪宅，可不要失望喔。"

如果苏菲亚喜欢的是另一个男人，紫娟会很喜欢苏菲亚。对于公司女同事，即使地位像紫娟这么不重要，苏菲亚也没有摆出千金小姐的架子。

为了前往想象中的豪宅，紫娟穿上了自己最好的衣服：细肩带、有亮片的小礼服，半年前某个好朋友结婚时买的。衣服外面还加上了一条金色小披肩，脖子上戴着从夜市里买来的假钻石项链。

因为想把自己装扮得很隆重，所以显得突兀，看起来就像是个要参加喜宴的人。过了很久以后，当紫娟变成一个真正的模特儿，想起那天的穿着，她都会暗自发笑。

很好笑，有时笑得眼泪都流出来了。

一进门，就是华丽的喷水池。两个穿着正式服装的门房，用猎犬般的双眼打量着大门外来来去去的人。

她怯生生地告诉门房，她要找 A 栋十六楼的苏菲亚。

门房训练有素，其中一位像电影里头的英国管家般，抬头挺胸地带着她往前走。

大门和电梯都自动打开了。十六楼，电梯一打开就是客厅。

金色的客厅，丝质壁纸上画着山水和花鸟的国画，图案都不见重复。苏菲亚懒洋洋地躺在黑、白、棕三色的马皮贵妃椅上看电视。

“欢迎，你第一次来喔！”

苏菲亚很好客，订婚后搬进了新居，曾邀请张百刚的同事到家里来吃了几次饭。只不过，每次张百刚都故意在名单里避掉她。

“廖嫂，给客人煮杯咖啡。我有最好的蓝山咖啡喔。”

“我可以……参观吗？”

“没问题，你自己随便逛逛。这几天，我吐得很厉害，医生要我多躺躺。”

“不好意思，这时候还来打扰你。”紫娟真心感到抱歉。

“没关系。你好吗？看起来气色不太好？”

“嗯。前几天……胃不舒服……”

“我的胃也很不舒服。真是的，没想到怀小孩会这么整人……喏，我今天才去做产检，你要不要看看我的 Baby？”

苏菲亚拿出一张手掌大的薄纸，上头只有黑、白两色。那是张百刚的小孩，另外一个小孩。紫娟努力让自己不要流露出任何痛苦的表情。

“喏，那个黑洞就是小孩。它在里面，不久应该会越来越清楚。”苏菲亚又有点想呕吐了，“廖嫂，我又要吐了，拿盆子来。”

连呕吐用的盆子，都是她没有看过的奇怪设计，透明的黑色亚克力桶。

“我拿冰桶来吐，好笑吧。”

一阵痛，让紫娟无法招架，不知是身体上的，还是心理上的。直觉上，那股痛楚是从她的子宫传来的，一阵一阵收缩着，好像是她遗弃的孩子正在诅咒她，无声地捶打她的子宫，咆哮着、抗议着。

在离她很近很近，可以闻到发香的地方，苏菲亚像看着寻宝图一样，端详着她的子宫超音波照片。伴着一种痉挛的感觉，紫娟的泪水还是忍不住流了下来。

“怎么了？你怎么哭了？”

“我……太感动……”她随机应变，撒了个小谎，“你什么时候结婚？”

“等小孩出生再结婚吧，肚子肿肿的，当新娘子不好看，”苏菲亚笑得好甜蜜，“现在很流行带小孩参加婚礼。”

这个痛，痛得够深、痛得够满意了吧。

紫娟对自己说：“走出这间房子，你，廖紫娟，就是一个全新的人，和这个房子里的人，不会再有任何关系。”

第二天晚上，紫娟觉得自己的悲伤还没有发泄足够，又把自己最好的衣服穿上，跑到某个老地方。

那是张百刚和苏菲亚订婚的饭店外回廊。隔着透明玻璃窗，可以看到里头正进行着一对陌生新人的婚宴，大门口写着“郭林府喜宴”。瘦小的新娘套在一件巨大的蓬蓬裙里，笑得好幸福。

“为什么我老是得不到那种幸福呢？”她自怜自艾起来，“大家都夸我长得漂亮，但我却老是被抛弃。最惨的是，老是被没有好好珍惜过我的男人抛弃。”

“赶快把自己想到最惨最惨的地步，明天，就从谷底爬起来，好吗？”她对自己说。

“小姐，你是新娘的朋友吗？”正在发呆的时候，有个穿西装的男人问她，吓了她一跳。

男人是出来抽烟的。紫娟接过他好意递上来的香烟。

“噢，不是……”紫娟说，“我只是来这里……看人家结婚……”

“看人家结婚是你的乐趣？”

“我跟朋友来吃饭，刚好看到有人结婚，顺便来见习怎么当新娘……”她随口编了个理由。

“什么时候结婚？”搭讪的男人看起来有点失望。

“不知道。”她耸耸肩挤出笑容说，“要问老天爷，看什么时候有人娶我。”

“你真有趣。”男人说，“这样吧，在外头看，不如到里头吹冷气。当我的女伴如何？”

“啊？这样好吗？”这时她才看清楚男人的脸。他约莫三十岁，有两道浓眉，鼻子很挺，眼睛不大，脸的上半部有点张百刚的神韵，但笑起来一点心机也没有。

“如果你不介意。我是新郎的表弟，刚从美国回来，本来想约女朋友一起来参加婚礼，不过下午大吵了一架，我就落单了。”那男人很诚实，“女人真难搞。”

“哈哈哈，”紫娟忍不住大笑，“好啊。我们……同是天涯沦落人……”

“那你又沦落了什么？”

“我不想说了，反正比你还惨。”紫娟说，“我相信一件事情：当倒霉的事要过去时，最好不要太常说起它。”

“你这个脑袋瓜蛮奇怪的。你吃饭了吗？”

“还没，我打算等会儿去夜市吃蚵仔煎。”她说。

他笑了：“你这个人真坦白，跟陌生人也可以这样报告。”接着说，“如果你还没吃饭，我请你吃一顿免费的。介意假装我的女朋友，跟我一起吃喜酒吗？”

“嗯，也好。”反正没事做，回家又要胡思乱想，紫娟在心里想着，“那……如果人家问我，我要说我叫什么名字？”

“你叫 Monica。”他说。

“Monica？中文的翻译是什么？”

“名字哪有中文翻译？”李远扬听不懂她的问题。

她吐了吐舌头。是这样的呀，一不小心暴露出英文太烂的事实。

就这样，莫名其妙地参加了一场陌生人的婚宴，而她，认识了一个名叫李远扬的男人。他们以为她是李远扬的女朋友，不断称赞她美得超乎想象，她快乐得像只小云雀，心想，果然最倒霉的事情，在昨天就已经结束了。

在经历最悲惨的事件之后，她的心情需要时间恢复。那晚她又喝多了，和每个不认识的人都敬酒。“我叫 Monica，我是他的女朋友！”她大声又爽朗地说，逗得每个人都笑了。

“你这个女朋友真可爱，现在这么天真的女孩不多了！”新郎的爸爸这么说。

有人告诉她，新郎家有钱得很，桌上的葡萄酒都出自法国最有名的酒庄，一瓶要两万元以上。原来是个“上流社会”的婚礼。光听这个价钱，她就觉得自己应该多喝几杯，好好捞本。

她不知道敬了多少杯酒。她很入戏，高雅的婚宴结束后，还跟新郎的同学跑去闹新郎新娘，要新郎用新娘的高跟鞋喝掉一大杯红酒，跟着别人起哄拿冰块，要新娘从新郎的左裤管滚到右裤管。

她只记得自己挂在李远扬的肩膀上离开宴会时，醉醺醺的。

喝醉时的她，会变成一个小女孩，一个很需要爱的小女孩。

一切都变得面目全非

在上海的最后半天，是自由活动时间。一大早，张百刚接到了陈琳的电话。

“嗨，真荣幸，你会打给我……”惺忪着眼，张百刚说话的声音更带着一种磁性的温柔。

“我也在上海。”陈琳说。

“喔？”

“我知道你也在。我来处理一些公事，这些事还跟你有些关系。等一下有空吗？”

“你找我，我永远不会没空。”张百刚说。

“你还是这么有礼貌。”陈琳说，“嗯，我就在你饭店隔壁的咖啡厅，下来吃早餐吧。”

张百刚一个鹞子翻身，从床上跳了起来，连忙梳洗。虽说是吃早餐，但也马虎不得。

陈琳不管出现在什么场合，都是端端正正的，身上总是穿着最新款的香奈儿套装，做任何事都干净利落。即使几年前生了一场大病，她的锐气已大不如从前，但作风依旧。

以前，张百刚很懂她，顺着她就没事了，若她使起性子来，仍然不可违逆，哄她几句，不久之后，她就会自己退让。陈琳的婚姻都维持得不久——懂得处理她脾气的男人实在不多。

许多女强人的性格都和陈琳一样，不会被逼退，除非她自愿往后退。

不和他直接约在饭店的餐厅，是怕同住一家饭店的同事看到。

一大早，陈琳已经严严密密地化了妆，身上穿着一套黑底镶白边的香奈儿套装，皮包、皮鞋都是成套的。

“又是好久不见了。你看起来很累……我哥哥太重用你，派了太多事给你，对吧？”

“还好，没事。”张百刚握住了她放在桌上、瘦到只剩皮包骨的手，“你又瘦了，这样不好。”

“百刚，我来找你，是有事需要你帮忙。”陈琳开门见山地说。

“什么事？”

“这件事情必须经过你这里。是这样的，十年前，我们公司曾在上海浦东外围买了一大块土地，当时是我做的决策。”陈琳拿出了影印文件。

“当时价格一定很便宜吧，”张百刚说，“这是个好买卖。”

“可不是？”陈琳说，“坦白说，市价已涨了十倍。”

“我能帮什么忙？”

“当时，是我替公司买了这笔土地。最近有个上海朋友找我合建，要开发一个精致小区。”

“那很好啊。既然土地已经增值，合建又会有大笔利益进账，董事会应该不难通过这个提议。”张百刚说。

陈琳徐徐喝了口咖啡：“这个我当然知道。”

“所以？”

“百刚，我当你是自己人，所以把来龙去脉清楚地告诉你，不想让你蒙在鼓里。”陈琳说，“这笔土地，要先卖给我在上海成立的庄城公司。”

“这……”张百刚马上明白是怎么回事，这是要把原本应该归给公司的获利挪移到她个人名下，“这件事，你找董事长商量过了吗？”

“庄城公司，我哥也有四成股份，他不会没有好处。”陈琳说，“我曾经帮公司在上海买过几块土地，这块土地到底值多少钱，董事会并不是很清楚。名义上，你是执行副总，这件事要有你的同意。”

“价钱呢？”

张百刚抬头看着陈琳。陈琳的目光炯炯有神，锐利如刀，有一种不可违抗的气势，让人生惧。他不由自主地低下头。

坐在他对面的这个女人，谈起生意来，像一个绝对的陌生人。张百刚很疑惑，他竟然曾与她如此亲近，而且以为他可以伴着她一辈子。远去的爱情记忆，好像是不可思议的谎言，连他自己都不相信，这曾是真的。

“价钱……我也不会让公司吃亏，嗯，我已经请人做好鉴价报告，你看。”

张百刚一瞥，不需仔细计算，就知道估出来的价值低于市价许多。

“公司获利，已经比投资金额多了三倍。”陈琳字字清晰地说，“账面上一定好看，不会为难任何人。”

“嗯。”张百刚不敢说好，也不敢说不好。脸上一点表情也没有。

“这份文件就交给你了。你回去好好看看，下星期一回复我，好吗？董事长那边，我会去跟他说。”

豪富之家，每个人都想从大口袋里掏出一些好处，放进自己的小口袋里。

“我还有会要开，先走了。”陈琳说，“你今天下午的飞机吧？祝你一路顺风。”

陈琳还是陈琳，一句废话也没有。打从很久以前开始，他就很佩服她处理公事的利落。

这家公司的创办人，严格来说，是陈琳的爸爸。据说创办人最欣赏这个唯一的女儿，如果陈琳不是女儿身，她必能分得最大的那块蛋糕。

她闪过他身边时，拧了一下他的脸颊，给他一抹神秘的微笑。

张百刚别过头去看着窗外的梧桐树，秋天了，梧桐叶一片一片落下，在风中飞舞，给这个城市增添了萧瑟的诗意。

他紧皱着眉头。

从不久前老董让他升任执行副总之后，交办给他的密件越来越多，让他感到棘手的事情也越来越多了。陈琳这一件，只不过是其中之一。

他还得感谢陈琳，把他当自己人，将动机说得这么清楚。

老董什么都不明说，总是笑道："这个让你自己决定，优先考虑公司的利益。"其实，他早就做好决定。而他收下来的密件，总有各种真真假假的财测报告在其中，如果不经一番精密分析，不会知道老董为什么要他执行这个案例。

刚接这个工作时，他以为自己人生的大机会来了，这个舞台会使他发光发热。虽说是姻亲，也受到了这个家族的荣宠，可是张百刚越发觉得，自己就像汪洋中的浮萍，不知道该漂往何方。

能够信任的朋友实在不多。张百刚从上海回来后，没两天又奉命跑了一趟香港，刚下飞机，张百刚就急忙找到李云僧。

"这个案子又是老董交下来的密件，请帮我看一下。"

张百刚和李云僧是大学同学，多年来在工作上也曾经合作无间。碰到困难时，他左思右想，这么多熟人，只有李云僧可以信任。李云僧说的话，虽然未必中听，但不该说的话、不关他的事，李云僧都守口如瓶。

张百刚的职位已经远远高过他，但遇到疑惑时，张百刚还是会想起这位老战友。李云僧一向比他谨慎、比他冷静，再复杂的财务报表，他只要看个几分钟，就知道问题出在哪里。

“请不要告诉任何人你看过这份文件……”

“我知道。”李云僧看了张百刚一眼，眼神说着，这不需要你的提醒，我早就知道了。

在星巴克咖啡厅二楼隐秘的一角，李云僧仔细端详着所谓的“密件”。

“你慢慢看，我先打通电话给老婆。”他才刚从香港回来，马上赶来找张百刚。

不消十分钟，李云僧就看明白了。

“这是五鬼搬运法……他想把自己在香港创办的子公司股票，用高于实际价值五倍左右的价格卖给总公司……这一招，几年前也在国内用过，只是现在从国内玩到国外而已……”

总公司是股票上市公司，付钱的是不知情的投资人，中饱私囊的则是老板。

“老董什么时候创办的这间香港公司？”李云僧问。

“谁知道？”张百刚耸耸肩，“每个人都有开公司的自由。他想开几家，就可以开几家。我去看过这家公司，空荡荡的办公室，只有几个职员在里头，不知道在接什么神秘生意。名义上的创办人，是他的儿媳妇。”

“这种公司，一股要七十元？唉……”李云僧直摇头。

老董近年来为公司从事的投资，几乎都朝向同一个方向——编织一些美好的投资神话，再把钱偷偷从公司的财库拿出来。

“而我，要负责让董事会同意这个案子，责任全在我。”

“你有很好的口才可以说服他们。”李云僧皱眉苦笑。

“口才没什么用，老董不必口才好，他和大部分大股东关系都好，要通过什么决议都没有问题。”张百刚说。

“万一出了差错……”张百刚说，“这件事是我经手，该负责的人是我。他儿子也是公司里的重要负责人，却不必负责任。”

“谁叫你是……”

“谁叫我娶了他的侄女？”张百刚把话接了下来，“有一点亲，又不会太亲，不敢反抗，最好运用。”

两人沉默相对。咖啡厅里播放着轻柔的Bossa Nova，可是张百刚的心情沉重如铅。

“可是你又能怎么样？”李云僧问，“驳回他的案子？告诉他，你知道他在玩什么把戏？玩这样的把戏，对不起投资人？”

“对。可是我能怎样？”张百刚耸耸肩，苦笑道，“可不可以帮我查一查，如果出了问题，我会坐几年牢？我坐牢的时候，老董可能正搭着他的私人飞机，怀抱美女环游世界。”

“如果你违抗他的旨意，以他的个性，他必然会给你颜色看。欲加之罪，何患无辞？”

“我知道。我想，以前那位王总经理，就是这样丢官的。”

张百刚闭起眼睛，想象那种感觉。这一年来，他像腾云驾雾般，玉皇大帝宣布了几道圣旨，让他升上了云端，飘飘然地，别人看他的眼神都不一样了。车子换了，房子换了，订了婚，拥有大家羡慕的一切。

别人看他的眼神也不一样了。恭维他的人变多了，每个人看见他，心里都在想什么呢？张百刚心里明白，他们一定在想，他是“麻雀变凤凰”的现代男性版。不过，他也没有那么笨，白白让老董利用。现在位高权重的张百刚，也懂得未雨绸缪，他也在运用身边的资源，积聚自己的实力。

自从他在这家金控公司平步青云之后，不少赚钱的机会也找上门来。有些事，他并没有告诉李云僧。这两年来，房地产蒸蒸日上，有位从事房地产投资的旧日同窗来找他合资。运用职权，他可以为老同学弄到很不错的贷款额度，他和友人投资的几个土地开发案也风风火火地进行着，一转手，就可以大赚一笔。

还有，有些还没上柜的公司找上门，希望老董用超过市值好几倍的价格，将它们的股票卖给客户，老董都接受了，并且发派给他执行。这其中当然存在着可观的利益交换，老董虽然没有让他分一杯羹，但他也或多或少从中获利。每笔金额都很庞大，把未上柜公司的股票卖给客户时，价钱是很有弹性的，每一百块，只要能从中赚个五毛，累积起来就是庞大的利润。

还有，当老总或他的友人想炒作某档股票时，他也会在最短的时间内得到消息，趁机短进短出赚上一笔。

他账户上的财富，早就是一年前的十倍。他有了豪宅，车库里停着好几部自己过去不敢想象的名车。张百刚以前从未想过，升了职之后，钱，那么容易就滚滚而来，也那么让人难以拒绝。钱不只是钱而已，它代表着其他更多意义。它让人发亮，让他感觉自己不再是个无足轻重的小人物，让他走路更加抬头挺胸。

但他也很清楚，无论如何，不能得罪让他升上云端的人。玉皇大帝只要动动小指头，他就会立刻从九重天被抛下。

“你自己好好想想吧。这件事，我不方便表示看法。”李云僧拍拍他的肩膀，“你向来是个聪明人，比我灵活得多。我先走了。”

他利用我，我利用他，这就是商业社会的“规矩”。

李云僧自知，这盘棋局，他只是个局外人，不必多事。

李云僧有他自己的问题，私人和工作上都有问题。这些日子，他虽然还是在自己的岗位上尽心尽力，但已经觉得自己是头困兽，焦虑感不时困扰着他。

这是提早到来的中年危机吧？看似什么都有，其实也担心着一切都是空。年纪不算大也不算小，职位不算高也不算低，想换人生跑道已经很难，未来的发展看似稳定，但也好像走入了死巷。在别人看来，他一路平稳，但自己却深觉空虚。

李云僧不得不承认，人生走到这里，似乎已经没有什么可以期待的光亮。事业上缺乏奋斗目标，而无法再让他有幸福感的家庭生活，也使他的各种感觉逐渐麻痹……还好有“她”填补了这个空缺。

郭素素。

在上海的时候，他好想念她。这阵子，他和她约会更勤了，每天下班，他只想和她在一起。两个人在一起的时候，感觉好像脱离了现实世界，住在另一个小行星似的。每天，他总是精疲力竭时才愿意回家。

她不想回家，因为家里住着一个她并不想见的人。

他也不想回家。他再也没有办法正眼看着妻子惠敏。和她共处在同一个空间里，他越来越焦躁，不管她说什么，他都不耐烦。

两个人每次碰面，都像在茫茫人海中抓到一块浮木一样，紧紧相依。好像早已挣扎了许久，直到两人相对，才能够畅快呼吸。

本来和郭素素约好六点的，五点钟，张百刚一通十万火急的电话打进来，他只好让她等了。

“嘿，我要回办公室了，你在哪里？”

“在办公室里。”她刻意把声音压低。

“你到 7-11 门口等我好吗？”

“可是……有人找你，在你的办公室里。”

“谁？”

“应该是你的家人……”

是他的妻子惠敏，带着两个孩子，坐在他的私人办公室里。

办公室中只剩下两三个同事，各自低头忙着自己的事情，有一半的灯已经熄了。

他走进办公室时，郭素素恰巧与他擦肩而过，轻声说：“我先走了。”

“怎么来了？”这是婚后从来不曾有过的事情。惠敏在完全没有告知的情况下，到办公室找他。

她应该知道，他一向是个公私分明的人，做事情自有节奏，不喜欢不速之客。

他一眼就看清，她动过了桌上的东西。他脸上毫无表情，打开抽屉，也发现抽屉被动过了。

“你来做什么？”这种状况下，口气实在好不起来。

“孩子希望和你一起吃饭。”她语调冰冷地说，“你已经……很久没回家吃晚饭了吧。”

“我等一下跟客户有约……你要来可以，但为什么不先告诉我……”李云僧的语调也没有任何抑扬顿挫。

“你跟客户有约也没关系，我们可以到你约的餐厅去吃饭，在角落等你。”惠敏说。

“我……”李云僧顿时觉得胸口好闷，好像被大头针钉住的蝴蝶。

“以后，每一天，如果没事，我们都会来陪你。”惠敏的口气十分坚决，一点也没有征询他想法的意思。

两个儿子完全状况外，只顾着抢电玩。

“你这是为什么？”李云僧尽可能把声音压低。

“你自己心里清楚。”惠敏把下巴仰高，凌厉的眼神逼视着他。

“你要说就说清楚吧。”他把声音压得更低了。

“这是什么？”惠敏掏出了两张发票，“你为什么要上旅馆？你想要解释吗？”

这是刚刚在他抽屉里找到的吧。他一向有一进办公室就把口袋里的发票集中在同一个抽屉的习惯。

她像个找到证据的检察官，急着想揭穿他的伪装，将他逮捕归案。

眼前这个女人，变得好陌生。惨白的灯光照着她素无妆容的脸，脸颊上的法令纹非常明显，使她的表情看起来更加严峻。如果可以，他想拿橡皮擦把她的脸从他面前整个抹去。在这个无声的时刻，李云僧心里有个声音开始问自己：“这么多年来我们是怎么度过的？”

他们相识的过程，占据了他好长一段人生，漫长的过程好像比一场梦更虚幻。在某一瞬间，李云僧像得了失忆症一样，除了她怒气冲冲的脸外，什么都不记得了。

她以骄傲的眼神逼视他，一股怒气涌上他的心头，被当成犯人监视的感觉很不舒服……如果办公室里没有其他同事……藏在胸中的怒火应该会使他把桌上的杯子狠狠摔碎。

他忍住了，他知道发脾气的副作用。这些年来，他压抑自己已成习惯。

然而，在最后一个同事离开后，他终于忍不住了：“我不想解释！”

音量大到两个聚精会神玩电玩的孩子吓了一跳，抬起头来。

“对不起，没你们的事。”

他自知失态，降低了音量。

两个孩子又低下头继续厮杀，丝毫不愿被现实世界打断。

静默中，只有电玩发出“杀杀杀”的声音。小儿子忽然又抬起头来说：“哇，终于看到爸爸妈妈吵架了。”

“大人的事你不要插嘴。”大儿子说。

李云僧深呼吸了几下：“走吧，我们去吃晚餐吧。”

“不是说跟客户约了吗？”惠敏问。

“没关系了。”他轻轻叹了口气说。

一走进公司楼上的麦当劳，两个儿子发出欢呼声。惠敏平时不准孩子吃垃圾食物。

对两个大人来说，这是如坐针毡的一餐，他们沉闷的脸色和暖色系的装潢恰成反比。

惠敏没有说话。他知道，她不会在大庭广众之下发作。可是等一下呢？当两个人面对面时，他该怎么解释？他不想说谎，说谎不是他的专长，一个谎言要用更多谎言去弥补，他并不擅长。

争执时，他只擅长沉默。

累了，所以去旅馆休息？太牵强了。就连说给自己听，自己也不会相信，他从来没有那种习惯。

喜欢另一个人，你会不自觉地建立新习惯、新地盘。

回到家时，他很庆幸自己刚刚没有多做解释。他看见她手上拿着一大沓纸，一看就知道，那是他的通话记录。她朝他走来，一直压抑着脸上的表情，只有嘴角微微牵动着。

她的样子，他仿佛见过。小学的时候，他有一回没念书就去考试了，默写都不会，语文只考了五十分，他把考卷藏了起来，没几天就被妈妈找到了。他的母亲就是用这种神情质问他的。

看着她严肃的脸，他竟然有一种如释重负的感觉，她今天到办公室来找他，确实是胸有成竹的。虽然，他一点也不想让辛苦建立的家庭因此而破碎，可是他再也想不出可以让它保持原样的方法。

他的心跑掉了，牢牢栖息在另一个女人的手心上，他不想也不能假装什么事也没有。有一种想要豁出去的感觉涌上心头。如果，他已经没办法再拥抱眼前这个女人，那么，一切都被拆穿了也好。

她不知道，有很多个夜晚，他虽然睡在她身边，梦境里却是另一个女人。有时半夜醒来，看到她熟睡的脸，半因内疚半因烦闷，他常冒出一身冷汗。

“嗯？你去查了我的通话记录？”他扬起了眉毛，主动迎战。

“你要不要解释一下？上面这个电话是谁的？你每天睡前偷偷打给她，一出家门就打给她，有时半夜三更还起床打给她……”

她的声音变得很尖锐，嘴唇颤抖着。像每个发现了丈夫外遇证据的女人一样，虽然她表现得盛气凌人且镇定自若，但却很彷徨、手足无措，希望自己手中明明白白的证据只是泡影，都是她多疑的幻想。

“你说呀？你怎么不说话？你做贼心虚，对不对？”

“我说过，我不想解释。”他说。

“那你到底想怎么样？”

“我想到了再告诉你。现在，我只想，离开这里！”

他抓起外套，把她的咆哮远远丢在背后。这一切出乎惠敏的意料之外。

她以为，她至少会得到一个谎言或一声道歉。然而，他竟然如此轻而易举地让自以为占着上风的她落败。李云僧就这样离开了她的视线，逐渐消失。

他到底怎么了？他的心到哪里去了呢？多年来，他始终是个沉默而可靠的男人，可是在这短短的时间里，变得好陌生，陌生到好像他表皮以下的所有空间，都被不知名的恶灵盘踞着一样。

郭素素刚从浴室出来，全身还冒着热气。身体源源不绝冒着的水蒸气，把新换上的衣服都弄湿了。如果是一个正常家庭，不会有任何女人在沐浴后，急着穿戴整齐地出来，也不会有人把手机带进浴室。

刚刚她在洗澡时，接到了李云僧的电话。

"我在你家巷口等你，可以出来吗？"

"我……"郭素素说话的声音有些慌张，"现在……现在吗？"

"没关系，多久都没关系，我等你，我想见你。"

"可是……"她很想说实话，说她不方便。她听见陆蒙正和小婉在外头说话的声音。这一个月以来，他尽力当个好爸爸，准时上班，滴酒不沾，回家更主动教小婉写功课，而她也只好当一个不激怒他的好太太，维持着表面的和平。

可是，李云僧的声音缥缥缈缈，听起来，多么需要安慰。他碰到什么意外事件了？她于是听见自己说："等我一下，我想办法。"

她犹豫了一下，回房间换上外出服。

晚上十点了，该找什么理由呢？陆蒙正一向晚睡……若要出门，一定得经过睡在客厅沙发上的他。

她顾不了那么多了。

"对不起，我出去一下……"

"这时候……你要去哪里？"他先是愣了一下，才问出这句话。

她并没有想好理由："有个我负责的客户因为内线交易出了事，刚刚被警方约谈，公司紧急叫我回去开会……"

“都几点了，还叫你回去？明天再讨论不行吗？”他尽量压抑怒气，不让自己的表情扭曲。

“明天就来不及了，这是工作！”她加重语气。

“工作？”在他听来，这是挑衅，他忍不住了，“你以为只有你有工作？”

“哪个客户？说来听听。”他最让她害怕的表情又显露出来了。

“业务机密，无可奉告！”她也不想示弱。

两人对峙了好一会儿，四周像冰库一样。“爸爸妈妈不要吵架嘛……我会很乖的……”刚写完功课的小婉用惊恐的眼神看着这一切。

她别过头去，不敢正视女儿天真无邪的眼睛，她知道自己或许不对，却不能不响应另一个男人的召唤。

“好吧，你去吧。”他轻轻拍了拍女儿的肩膀，瞪着她说，“不要老是觉得我在当你的路狗。”

她飞快冲出家门，到了巷口，看见他的车，又往后扫视，确定陆蒙正没有跟着她。她像个要和情人私奔的少女，任何风吹草动都使她心跳加速，走了不到二十几步，她已经回头了三次。忽然传来的一声狗吠也使她头皮紧缩，全身发麻。

如果被发现，她该怎么面对呢？

脑海里出现陆蒙正愤怒的脸，那应该是一场惊天动地的大灾难。她很懂他，她知道，陆蒙正想回归原来的生活，也想扮演一个好先生、好爸爸的角色，这些日子以来，努力用超乎寻常的忍耐力来包容她，保持家中无战事的周期已经比平常长了很多。可是她明白，他不会再忍太久。他是一座活火山，内心里滚烫的岩浆已经处在喷发的边缘，只要有一点点酒精，就可以让岩浆超出警戒线……

她花了那么多年去适应他的个性，经营这段婚姻，直到自己完全绝望，绝望到怀疑自己当时是否心智完全丧失，才会做出跟他在一起的决定。

多么希望时光可以倒转，那么，她一定会劝告二十出头的自己：

千万不要那么傻。爱情有一张多么诡谲的脸啊，她曾经那么想奔进他的怀抱，而现在，她却想不择手段地离开他。什么都丢掉也不在乎……

甚至是小婉……

这个念头让她深觉内疚。一个男人为了一个女人抛妻弃子，还可能被当成情圣，但没有人会接受，一个女人为了另一个男人而不要自己的孩子。大家都说爱孩子是母亲的天性，但这一刻她真的什么都不想管……那种生活中的窒息感——明明不能再爱了，却要强迫自己日日面对他的感觉，真令人难受。

当啷！金属掉落地板的声音。她的心脏在千分之一秒间几乎停止了跳动，她像从云霄飞车的最高点忽然往下冲似的，所有的意识都不受自己掌控。

回过神来，那只不过是巷弄里某个人家发出的寻常声响罢了。四周并没有任何人，没有人追着她，而她却像在逃难。

“不，不要再神经兮兮的！”

她自己喊了暂停，挥掉这个让人不快的想法。她曾经以为自己会有罪恶感，但如果罪恶感也可以称斤论两，它在她心头的秤上已经渐渐失去了重量，好像冥冥之中有种声音在召唤她，就算送掉一条命，她也会朝着他的方向奔去。

就算送掉一条命……

她快速跨进车里：“走吧！”

他看了她几秒钟，一路上没有说话。

车子飞速往前开，一如往昔，她没有问他要去哪里。

“你心情不好？”两人沉默了很久，她等他平静下来才轻声问道，“怎么了？”

他的眼睛直直地看着前方，在黑暗中无尽延展的路正通往他与她熟悉的无人海边。

“她发现了。”他说话的样子像吐出一个哽在喉咙里很久的坚硬果核。

在郭素素还没有完全听懂他的话时，他紧急刹车，像一条鱼滑进浅滩一样，车停在公路旁，熄了灯。

他扳过她的肩，把她的下巴放在手掌里，饥饿地吻着她。那个时候世界是静悄无声的，只剩下喘息，只剩下他们两个人。

“你打算怎么办？”他问。

“我想不出我们面前有任何道路可以走……”她说。

“一定有的！一定有的！”他的手重重地捶打着方向盘。

这个突如其来的举动，吓了她一大跳，使她脸上充满惊惶的表情，身子往后缩挪。

“对不起，我吓到你了。”他说。

那一刹那间，她又想起了陆蒙正。眼前这个男人，体内也有像火山爆发般的因子吗？

她会不会从一个噩梦掉进另一个噩梦，发现她爱的人总会变成伤害她的人？

不！不要继续想下去！再想下去，她的人生会被阴影覆盖，也会永远被惊吓的感觉压榨，永不得翻身。

“我只是不想你这么消极！”

“那么，你告诉我，我该怎么办？”她把声音放软，试图让他的激动降温。

“我没有办法忍受，有个男人每夜在你身旁。”这是李云僧第一次如此坦白。

“是，我也无法忍受。”她说。

“我们难道要这样一直忍耐吗？”又是一阵无言，他抬头问她。

“我们能逃走吗？”她问，“若是逃走，又能逃到哪里去？你有你的……责任，而我也有我的。我不只有我的责任，我还有我的麻烦。我怕连累你。”

“可是，如果不面对，麻烦不会自己消失。”李云僧喃喃自语。

“我有时候会想很多。我觉得，婚姻比在股市里输钱可怕。股市里，就算被断头了，一无所有，赔光积蓄，还可以从头开始！可是，婚姻是想断头也断不了头的……”郭素素说，“年轻时，看别人离婚，觉得他们真可怜，怎么会搞成这个样子。现在明白了，最可怜的，就是连婚都离不了……那么多问题，像巨大的石头一样卡在马路上……”

“再给我一些时间，我来想办法。”他握紧了拳头。

“可以告诉我，今晚你发生了什么事吗？”她抚弄着他的头发，想安抚他的愤怒。

“她发现了一些证据……”李云僧说。

“你害怕了？”

“没有。”他耸耸肩，故作不在乎。没有一个男人愿意在女人面前承认，他正在害怕另一个女人。“我只是觉得不舒服，觉得我被囚禁了，她像个监狱长，而我是个囚犯。”

“唉，看来，我们同病相怜。”她徐徐叹了口气，“而看守我的监狱长，更惨，像一颗不定时炸弹。”

“我很久没问你，你最近怎么了？我没问，不代表我不关心。我怕你有事……又怕你没事。”李云僧说。

“怎么说？”

“怕你有事，是因为我怕你出事，不想让你再受伤害；怕你没事，表示你不介意身边有别的男人，显得我在你的人生里头，一点也不重要。”

“我也一直没有告诉你，我的事到底怎么了。因为，我知道现实是我目前没有力量挥开的。跟你在一起的时候，我想假装我们是单单纯纯的两个人，假装其他烦人的事情、不喜欢的事情都不存在。如果我们在一起的时候，脑袋里仍然充满那些事情，就像好不容易进入了一个自己喜欢的空间，却不断开门邀请陌生的坏客人进来一样。”

听到她的形容，他紧锁的眉头稍微松开了一下：“所以你关上了门，不让他们进来？”

“对，虽然有时候会一直听到这些恶客在外头拼命敲门的声音。”

她的脸上挂着无奈的笑。

“好，把门关起来，等他们真的闯进来，再想怎么办吧。不要再想了。我们只能在心里建立一个任意门，想到哪里就到哪里。”他说，“今天，我想疯狂一下，好吗？让我们回到十八岁的时候。”

她顺服地点点头笑了。

车子开往他们去过好几次的小渔港。已经是午夜了，一个人也没有，只有满天星光，比往昔还要明亮许多。夜里的天幕比以往来得透明，好像罩着一层淡黄色的薄光，云已经被吹到遥远的地方去了。

天气凉爽，海风特别温柔，好像要把人融化似的。

她想起今天听到的新闻，有个罕见的秋台要来了。

“每次，台风来之前，天气总会变得异常好，好到让人不敢相信。”他说的正是她脑海里正在想的事情，“就像我现在的心情。虽然台风就要来了，天空却变得干净。我们先享受这样的感觉再说，暴风雨是明天的事。”

他牵着她的手在堤防上走着。

这个没有人的地方是他们共有的桃花源。时间在这里静止了，而嘈杂的世界被远远隔离在某道隐形的透明帷幕之外。眼前只剩下废弃的小灯塔、窗户残破的建筑物、空地上堆积着的破烂渔网与小船只的残骸，毫无生命的景象给他一种安心的感觉。

回到车上，他又深深吻了她。

“我想一边吹着海风一边做爱。”他任性地说。

她还是顺服地点了头。

他摇下车窗，海风直接吹了进来。

“不会有人走过来吗？”她有点顾虑。

“管他的，想象我们在另一个世界，在外层空间……闭上你的眼睛，全交给我，好吗？”

她觉得他今天不太一样。以往他是稳重的，可是今天他看起来却很天真。以前有很重的东西压着他，今天他企图把那些障碍物从心头移走，让自己的身子变轻一些。

他好像想把所有压力奋力甩掉般，随着海浪拍打的节奏做爱。一直闭着眼睛的她，感觉自己的身体也像棉花糖一样融化在海风里。那是极度不悦后的解放。

她回到家时，天色已经微亮。

打开门，家中静寂无声。本以为陆蒙正会睡在沙发上，等她回家，等着发一场脾气，她已有心理准备。可是没有人。她的心急速往黑暗的无底洞里掉。

她敲敲霞姐的房门："小婉在你那里吗？"

"没有啊。"霞姐睡眼惺忪，"昨天我很早就睡了，先生在客厅里陪她啊。"

"他们人呢？"

她有种不祥的感觉。陆蒙正把女儿带到哪里去了？

她打了他的手机。已经有很长一段时间，她未曾主动打电话给他了。

手机暂停使用。

他带小婉去哪里了呢？

她的心像着了火一样。该报警吗？她挣扎着。他到底想做什么？

她穿着拖鞋狂奔出去，发现本来停在家门附近的车子不见了。

再次回到家里，拿起电话打算报警时，她才看到桌上放着他写的字条："睡不着，带小婉去兜风。我的新手机号：0927337405，你还不知道吧？"

她打了那个电话号码，一接通，她歇斯底里地呐喊："小婉呢？你把她带到哪里去了？”

“你干吗那么紧张？你可以半夜出去开会，我们就不能出去兜风吗？她说妈妈不在，睡不着觉……”

“她安全吗？”

“你这么问是什么意思，把我当绑匪了是吧？我是这样的人吗？”

她没有再搭腔。

现在她已经可以意识到微妙的关键点，只要她在这个时候停下来，就可以避免一场争执。

“让她跟我说话，好吗？”她把语调放得缓和些，但如果他够敏感，一定可以感觉她此刻正在发抖。

“她在睡觉。”他说。

“赶快回来，好吗？”

“你希望能赶快回来的人……也包括我吗？”他忽然这么问。

她竟答不出来。

“说啊……”

“我希望……你赶快带她回来。你和她……一起回来。”郭素素深吸了一口气说。

趁他还没回来之前，她进了浴室，把自己彻头彻尾地清洗了一遍，把所有衣物都丢进洗衣机里搅洗干净，一点气味也不留下。她永远不会忘记，他是个多疑的人，不知道他回来之后，还要用什么名堂对付她，还有什么事会发生。

直到他抱着熟睡的小婉进门，她才放下一颗紧绷的心。

“你的会开到天亮，做出什么结论？”

她一直觉得他像只猎犬，鼻子动啊动的，企图闻出她身上的异样气息。

“我的客户因为内线交易被调查，公司里几个人陪着他想对策……不知道是谁检举他的，真伤脑筋……”这个理由，她在回来的路上就已经想好。她低着头像在喃喃自语，不时轻轻叹口气，表示自己对工作的无奈与厌烦，“最近检调单位不知道在做什么，东查西查，大户都不敢买股票，公司的业绩掉了许多……”

她已经习惯带着一个理由回家，因为多年来，他习于盘查行踪。本来她并不善于编造谎言，可是经年累月的训练，让她越来越精明，越来越能在神色和语调上配合自己的谎言演出。

陆蒙正轻轻挑了一下眉，专注地看着她的眼睛，仿佛在检验她是否说谎。

陆蒙正的眉毛很浓，眼睛很深邃，他曾经是个好看的男人，眉毛一动，好像有许多情话要说似的。郭素素曾着迷于这两道骄傲的浓眉，可是如今她已不想让自己的眼神逗留在他的脸上。在他的脸庞上，她看到的是孤傲的神情，他总是用那样的表情，践踏着她对人生的期望，也把她曾经以为无怨无悔的感情放进绞碎机里，绞成黏糊的汁液，让她多次在百口莫辩的愤怒中懊恼与悔恨。

她的体内还残留着另一个男人的温度，耳朵里还藏着他的喘息声和海浪的低吼，脑海里尽是和他欢愉的姿势。

她以为自己会有罪恶感，但是她没有。

如果陆蒙正够细心，他会发现，有一种淡淡的得意像泉流一样从她嘴角汩汩涌出。她的恐惧消失了，转换成令人愉悦的报复感，她一点也不心虚。

她抬起头来毫无畏惧地看着他。她多多少少明白陆蒙正的反应模式，如果不看他，他会认为她说谎，接着可能就是没完没了的质询与盘问。这并不需要太好的演技，只要直视他。

她也了解，只要体内没有酒精作怪，就表示他的理性指数还很高，她就不怕。

“孩子需要睡眠，你也去睡吧，辛苦你了。”

“噢，”听到她善意的提醒，他也卸下了心防。这句话，已经是她这一年来对他说过的最温和的一句。他僵立了一会儿，说：“那，也辛苦你了，快去睡吧。”

因为疲倦，她搂住小婉，迷迷糊糊地睡着了。

小婉微微打着鼾。她一边睡一边静静地掉眼泪。她唯一的罪恶感，就是小婉。她没有能力继续修补婚姻的裂痕，却也打碎了小婉对于圆满家庭的期待。可是她能怎么做呢？自己走到了这个关头，才知道，已经消失的爱，是无法修补回来的，已经移转了的心，不能再搬回原地。

最痛苦的睡眠，就是要醒不醒，要睡不睡。当陆蒙正搬回这个家之后，许多个夜里，她都处在这种状态中，一点细微的响声都会撞击她敏感的神经。这个星期六早上，海浪的声音还在耳边汹涌，配合着小婉的呼吸频率，虽然含泪入睡，她却睡得香甜。

黎明来临之前，她做了一个梦，梦见她和李云僧一起开着车，不知道要到哪里。两个人都很惊慌，绕了好久，每一条路到后来都变成死巷，越缩越窄……

直到有人轻轻推她。

“你该起床了。”

转身一摸，她像被尖锐的针刺到一样，在最短暂的时间里，郭素素完全清醒了。

“是我……”低沉的声音。

他的手环着她的腰，从背后抱紧她。

“啊，糟了……现在几点？我……我……我要上班，迟到了……”

她急着坐起，却被沉甸甸的力气按了下去。

“你还真是工作狂。”他在她耳边说，“今天是星期六，不必上班……”

“星期六，小婉呢？小婉要上钢琴课，我……”

“我已经请霞姐带她去了。现在只有我们两个人，你需要好好放松一下。”

他的手在她身上游移，用一种坚定而不容否定的力道。

当他碰触到她的乳房时，她的腹部正中心扬起一股不安的痉挛。

她像一头被捕兽夹困住的野兽，无法抗拒猎人恣意地打量和戏耍。

她很想大叫，可是找不到抗拒的理由和逃走的借口。他压在她身上，尽其所能地讨好她、挑逗她，然而那些痉挛只是逐渐变得更强烈。

“说，说你爱我，说啊！”

他的要求像一种对被俘敌人的凌辱。

她曾经愉悦地在类似的时刻如此迎合他，几近意乱情迷地呢喃：“我爱你，我爱你……”

那是很多年前的事了。如今她只觉心中最恐惧的时刻忽然袭来，不知如何应付，只能希望他身体抽搐的那一刻赶快过去。

“说啊，快说！”他一直催促他，仿佛在警告她，如果她不说出口，他就不会放她走。

她紧闭眼睛，像是不忍看见这一幕似的。原本应是激情的一刻，她的脑袋里却充满各种冷静而愤怒的声音，不敢说出口的各种声音。

“说啊。”

“我……爱……你……”嘴里吐出这讨好的三个字时，她知道自己只是个痛苦而无奈的演员，她多么希望他尽快离开她的身体。

她恨自己，非常非常恨自己。恨到想要杀死自己，然后挖一个洞，把自己活埋。

他满足地发出了呻吟。他捧着她的脸，当他的舌头碰触她的牙床时，她打了个深沉的哆嗦，不自觉地把嘴唇挪开。

还好，心情松懈的他并没有注意到她的反应。

微微的光束穿过窗帘间的缝隙射进客厅里，李云僧看到一张失魂落魄的脸正等着他。惠敏像雕像般面对着门口坐着。

“你去哪里？”

他不回答。

“你跟她在一起吧？”

他仍不作声，径自走进房中。

“她是谁？”她的逼问越来越凄厉。

“你小声一点，孩子还在睡觉……”

“你的眼里还有孩子？”她冷笑了一声，“如果你不肯说，我可以自己打电话去问。”

“你敢你就试试看！”李云僧咬牙切齿地丢下这几个字。

惠敏全身震了一下。

他不想在这个疲累的清晨掀起战争，以为保持沉默就没事了。像以前一样，只要她多说话，他就闭嘴。没过多久，她的气消了，就好了。

当他躺在床上，意识渐渐模糊时，忽然听到一种奇怪的响声，那是利器插进某种厚实东西的沉闷声响。

一声，两声，三声……

他翻身起来，走到客厅，开了灯。

惠敏还在那里，背对着他坐着。一把剪刀已经把木制的茶几捅出了几个窟窿。

他在百分之一秒内就清醒了。

“你在做什么？”

惠敏慢慢转过头来，看着他，缓缓吐出两个字：“我恨。”

他一个箭步向前，抢过剪刀，丢在一旁。

“你……不要这样……”

“我也不想这样……”她瞪视着他的双眼空洞无神，像破掉的渔网一样，“你告诉我，我做错了什么？”

“你没有做错什么。”他把声音压得很低。“你没错，或许就是因为你一直做得太对了。我没有办法再过正确无误的人生了，现在我才知道这种生活让我感到窒息……”他心里说着这些话。

“那你为什么这样对我？那个女人是谁？是只有一个，两个，还是很多个？我觉得你很脏，李云僧！”

他没有说话，只是皱了一下眉头。

“你有没有想过，这么多年来，我跟着你得到了什么？我得到的是没有希望的生活！天哪！我终于把心声说出来了……”她说，“我不是笨蛋，本来我有自己的路要走的，可是为了你，我回到了家里，把自己变成了一个没有出息的女人！我图的只是一份安稳。现在，你要我指望什么？你变了，你变了很多，你自己发现了吗？你这样对吗？”

他觉得她盯着他的眼神就像蜘蛛一样，虎视眈眈地看着快要落入网中的小虫子。可是，他并没有打算招供。

他只想暂时止住纠纷。

“你是不是想跟我……离婚？”惠敏又用颤抖的声音问。

他仍然没有回答。

他在犹豫。他很想变成一个诚实正直的人，大声告诉她：“我没办法再和你生活在一起，因为我爱上了另外一个女人，那才是爱情。我以前并不懂得爱情。”

那些声音像岩浆被压在不太坚固的岩层下面，正在滚沸，急着要喷溅出来。就差一点点了，就差一点点，它们就要找到出口，只要小小的缺口，它就会喷发……

他没有回答，也没有否定。模棱两可的态度让惠敏更加震惊，她确定他百分之百有了外遇。

“我不可能容忍另一个女人……”她拼命摇头，喃喃自语，接着，用力拍打着沙发。

“我受不了！”她忽然站了起来，整个身子摇摇晃晃，在他还没来得及伸手去扶住她之前，她就整个人摔倒在地上。

她的额头被茶几的锐角划出一道伤口，鲜血汩汩流出。受了伤的她反而恢复了平静，看着他的眼神像无辜又无力挣扎的小动物。他拿了毛巾压住她的伤口，把她抱起来，往车子奔去。

她变得很轻很轻。仔细一看，她的手瘦得只剩一把骨头。

惠敏向来比一般女人高壮，此时变得如此没有分量，让他十分吃惊。他也意识到，自己有很长一段时间，不但未曾碰触她的身体，而且未曾仔细注意过她的样子。

“你忍耐一下，我送你去急诊，好吗？”

惠敏微闭着眼，苦笑了一下。

她苦笑，是因为他已经很久未曾正视她，说话也未曾这么温柔。

他一手开车，一手帮她按住额头上的伤痕。

他的心里满是愧疚。虽然愧疚是一回事，能不能改却是另一回事。

惠敏没有错，错的是他。可是他又能怎么样呢？他是一个被神秘力量在忽然之间推过河的卒子，回不回头不是他能决定的。

如果这是爱情，他在爱情面前显得太无能、太渺小、太自不量力了，这不是他能选择的。他的理智曾微弱地告诉他，不可以玩这个危险的游戏。可是他不由自主地往前走了，就好像往前走是人生唯一的解脱。

如果是一年前的李云僧看到现在的李云僧，那个李云僧一定会冷冷嘲笑着现在的他：“何苦呢？好好活着不是很棒吗？你什么都不缺，不要玩火自焚……”

他也曾经劝过几个中年外遇的朋友，苦口婆心，义正词严。现在想想，好像自己给了自己一个大巴掌，他想笑，却笑不出声。

赶往医院的路上，惠敏是清醒的，抿着嘴，偶尔看看他，表情很冷静，没有责怪的怨气，好像只是共赴一个寻常约会。她那么冰冷的冷静，就是对他最大的惩罚。

最后还是一个人忍受孤独

“现在送赠品的时间到了，请大家赶快过来，好机会等着你喔！”

虽然有麦克风，但每个展场都像在进行大甩卖似的，声音大的就赢了。紫娟扯着喉咙大喊，而她的喉咙已经哑了。

“嗯，你进步得很快。”嘈杂的人群中，麦可不知什么时候已出现在她身边，拍了她的肩膀一下。

穿上高跟鞋，麦可的头只到她的肩膀高，可是他走路的样子却十分威风。

紫娟觉得欣慰。快两个月了，麦可一直骂她笨如猪、蠢如牛，这是第一次赞美她。

没有功劳也有苦劳吧。

她真的很努力。也许笨如猪、蠢如牛，但她的个性就是坚持如忠狗。

身高一米七的紫娟，脚上还穿着十厘米的高跟鞋，站了九个小时，腿酸得不像是自己的。在微凉的天气中，穿着塑料布做的比基尼上衣和短得盖不住臀部的裙子也不好受，没有遮盖的部分冷得发颤，被覆盖的部位又热得出汗。最困难的是，不管怎样，还是要微笑，装作很开心的样子，即使前面的秃头男子一直拿着数码相机往她的裙底拍，她还是要装得很有风度。

其实她很想对那个笑起来好像会流口水的男人说：“不要白忙啦，我里头穿着两件短裤，你不会觉得性感的！”

这是一个人潮汹涌的电子用品展，她负责帮知名手机厂商促销，既要发赠品，也要客串主持人，还得不时地流利背诵着厂商的稿子，为了吸引人气则要定时热舞。厂商临时砍掉不少预算，她这一区只剩三个女孩，从一早开幕以来，就要做全部的工作。

两个月来，她已经接了不少工作，前两次很生涩，被麦可骂得狗血淋头。但渐渐地，她抓到诀窍：“廖紫娟，只要记得，你不是你就行了！在很多人面前，你必须是另一个人！”

这个工作不好做。上厕所时，曾经碰过一个变态紧跟在她身后，掐了她的臀部一把，在她还来不及尖叫时飞速离开。

刚开始她觉得很生气也很委屈，笑久了表情僵硬也笑不出来。后来，麦可教她假装自己不是自己，她发现，这并不难。她以前也试过，在发生不愉快时，假装自己不是自己就行了。

那样会轻松一些，那样就可以跳离自己的身体，看看自己的德行。

“再撑下去，半小时后就可以下班了。”她对自己说，并把赠品丢给努力回答问题的观众。

“紫娟，你等一下没事吧？”正拎着大袋行头想离开时，麦可又像鬼魂一样走过来。

“干什么？要请我吃饭吗？”

“是这样的……我安排了一个饭局，其中有人生病了不能来，就缺一个。你来吃饭好吗？很简单的，我会给你酬劳。”

“吃饭也有酬劳？”她很惊讶。

“你当然不可以大口吃饭，也不能乱喝酒。”麦可说，“你看别人怎么做，跟着做就行了。你会不会唱歌？”

“还不赖。”

“那更好。记住，不要唱太年轻的歌。邓丽君的歌会不会唱？”

“会啊。很多歌我只要听过一遍就会唱。”紫娟得意地说，“我们家隔壁阿姨以前最喜欢听邓丽君的歌……”

反正她也无事可做。

“嗯，那就这样。等一下，你有没有能看的衣服可以穿？”

“什么样的衣服？穿这样不行吗？”紫娟已经脱掉了那套塑料比基尼，换上自己的白T恤和牛仔裤。

“唉，拜托……算了算了，我带你去跟江瑶借，十五分钟后到出口等我。”

换上自己衣服的紫娟自在多了。

“嘿，是你！”

她站在出口处发呆时，有人拍了她一下。

她吓了一大跳，差点大叫“色狼”！

“你是……你是那个人！ Monica对吧，是你！”

西装笔挺的男人，单眼皮，熟识的笑容。

她一看到他，只想找个地洞钻进去。

“我……不是。”

“我知道你不是Monica，可是我曾经叫你Monica！”旁人若听见他们的对话，会以为这两个神经兮兮的家伙在打哑谜。

“你认错人了！”她红着脸急于否认是有原因的。

“我不可能认错你，你的左耳下有一颗红痣。”他说。

“你干吗观察得那么仔细！”她的脸都红得像西红柿了。

“你承认了？”

她的眼睛转啊转，还想狡辩：“可是……我不记得在哪里认识你的……”

“那天我邀你参加我表哥的婚礼，然后……”

她当然记得，不敢承认是有理由的。她阻止他再说下去：“我马上要离开了，再见！”

“我找你找了很久，你可以留电话号码给我吗？”

这个时候，麦可已经到了。默不作声的眼神像X光机般，检视着这个穿西装的年轻人。

“我的经纪人在这里，我们公司规定不能随便留电话给别人。”紫娟骄傲地说。

“那我总可以跟你的经纪人交换名片吧。”他也不放弃。

基于礼貌，麦可递了张名片给他，也很认真地打量着他递过来的照片。

“你不要跟他乱讲话。”紫娟对李远扬说。

“乱讲什么话？”他反问她。

她心里有鬼，一点气势也没有，哑口无言。

她怕李远扬把那天晚上的事情告诉麦可，麦可一定又会骂她是猪，一只不知反省的猪！

麦可已经从她的眼神和表情中读出一些端倪，小声问：“你认识他？”

“没有。”她觉得自己必须在第一时间说谎才不会被识破。

“我还有事，先走啰。”她趁着他们还在寒暄时说再见。

快步走出展场，刚喘了一口气，她又接到麦可的电话：“喂，你匆匆忙忙跑去哪里啊？不是说好要跟我参加宴会的吗？你还有工作呀。”

“啊，对喔。”

“我已经请人去江瑶那边帮你借小洋装和名牌包了，你却冒冒失失溜掉！”

“对不起，我会回去的，我还没走远。”

“刚刚那个男人，眼神一直随着你，好像想叫住你。你知道吗？他是光宇科技的副总裁……创办人的儿子……李远扬……”麦可说。

“喔。”

“他看起来对你有意思。”

“别胡说，可能……只是因为我长得像他的小学同学。”

她拿过他的名片，只是那天喝醉，掉了，也没记清楚上面的名字，只依稀记得他姓李。

她不想记得他的名字。

她已经发誓不要再谈恋爱了，也不要跟任何男人发生任何关系。

上个星期，她痛下决心换掉电话，也把通信录里所有会勾起伤心回忆的号码——所有会勾起惨痛爱情记忆的号码一一删除，包括她的初恋男友和张百刚，都跟旧的廖紫娟一起消失在某个黑暗的垃圾筒里，被时间的碎纸机碾碎。

然后，麦可带她到一座传闻中很灵验的庙，里头有个老算命先生。帮她取了一个艺名，叫作“宇心”，连姓都改了。“这样你的事业运会更好，廖字嘛，上头有个房子，会盖住你的事业发展，里头是个寂寥的寥，表示冷冷清清，事业不会太顺利。”

她请老先生也帮她看看爱情运，老先生端详了她的脸，又看看她的手掌，皱了皱眉头，叹口气说：“唉，你啊，是细姨命。”

“细姨命？”

“就是红颜薄命，当不了正宫娘娘。你喜欢的男人都有了别人，没办法跟你有什么好结局，再怎么爱，都没有你的位置。”这真是个天打雷劈的诅咒。

紫娟心想，回首过去，老先生到底有点准头，但她还是有一点点不甘心。

“他对我是真心的吗？”她问。

麦可轻轻打了她的头一下，代为回答：“你这个笨蛋，还在想这个问题！他对你是不是真心的，不是重点！对你真心又怎样，又不管你死活！”

她换了个问问题的方法：“我会找到对我真心的男人吗？”

“那要等你心里的眼睛开窍。”

“心里的眼睛？”

“每个人心里都有一只眼睛。这话说来就长了，我可以讲上一天一夜，”老先生说，“总之，心里的眼睛常常被很多东西遮起来，什么也看不见，所以像你这种女人碰到感情，常常像瞎子在混浊的河里东摸西摸，却不知道自己想找什么。”

“怎样打开心里的眼睛？”

本想再问下去，时间到了。

老先生身边有个一脸横肉、眼神凶悍的中年太太，大声说：“下一位客人在等。”口气不太友善地数落老先生，“人很多，你要看快一点。”

老先生眨了眨眼睛，给紫娟一个无奈的表情。

看来是老先生的太太吧，老先生在找伴侣时，是否打开了心里的眼睛？

离开时，她的心情比去的时候更差。不过，也有一种放弃希望后的难得轻松感。

怎么那么背呢？每次谈恋爱，她都是真心付出的。她总是不爱计较，一心为对方着想。可是谁为她想过？最后还不是落得孤单。

如果没有麦可和江瑶这两个朋友，她不知道世上还有谁会关心她。

唉，如果命中注定要变成别人的第二选择，那么，恋爱或许不值得她花那么多力气。

不久前，麦可送紫娟去上表演课，他希望她能学会一些有助于工作的技能，而她却暗自希望自己能够变成另外一个人。她很喜欢表演课里身段优雅、动作也很有味道的女老师，老是偷偷学她微笑的样子、特殊的手势和说话的腔调。

她决定不要再鲁莽地掉入感情的陷阱里。

有时，她粗心得让自己都觉得不好意思。那天，她真不知道自己怎么会那么失态，老是一喝了酒，就做出一些平时想象不到的事情来。

她不敢告诉麦可他们，那晚她跑去看别人的喜宴，意外遇到了到空中花园来透气的李远扬，还假装是他的女朋友，一起喝喜酒，一杯接着一杯，喝得比其他亲友还尽兴。

然后，她就失去意识了。

半夜里醒来，头痛得像要爆炸一样，她发现自己睡在一张陌生的床上，全身赤裸裸的。

“我在哪里？”她好想大叫。

心情不好时，千万不能喝酒——紫娟对自己说过好多次了，可是，喝酒就是为了治疗心情不好啊！不然，为什么要喝酒？

仔细一看，她在一间怪怪的房子里，一片黑暗，她摸索着墙壁，却找不到灯该从哪里打开。好不容易摸到了她的衣服，全折叠整齐地放在床边的小沙发上。

她胡乱穿上了衣服，摸到了门，走出房间，从大厅窗帘缝隙洒进来的阳光提醒她，已经是大白天了。就在她拉开大门打算离开时，沙发上有个男人用一副像是刚睡醒的口吻叫唤她：“你要走了吗？”

她一时记不得那人是谁，也想不清昨晚发生了什么事，拔腿就跑。

还好，赶上了第一堂表演课。

整堂课，她都心不在焉，一直想着昨晚的种种。

为什么她会没穿衣服躺在一个男人的床上？

“真该死，又做错事了。”紫娟对自己说，“你真是一头没有用的畜生，连自己的清醒都管不好，真丢脸！”

发生了什么事，她不想去想，就当她一辈子做错的事中又多一笔烂账好了。反正，对于感情，她做错的事情已经太多了。她担心的是，是不是在稀里糊涂之下和那男人上了床，然后，肚子里又不小心多了个男人的孩子。

那个月，在生理期来之前，她每天都活在紧张状态中。

如果再重演一次，麦可和江瑶一定会觉得，她不但是个笨蛋，而且还是个荡妇。

她并不想变成一个随便的女人。

还好，她没有怀孕。她跑到庙里，兴高采烈地对神明发誓："我，廖紫娟，改名为'宇心'了。我要从头活起，不再谈感情！"她还到庙里许愿，希望获得新生。

这阵子她都遵守誓言，应征模特儿工作时，也有不少男人想约她，她都说经纪人不准。

换上了江瑶借她的小洋装，重新把妆补了补，她又变成一个容光焕发的女人。

"记住你上的餐桌礼仪课。就算东西再好吃，也别吃太多。多听，少说话，用赞美的眼神看男人。"

"知道啦。"她才不爱多说话呢。

麦可请了司机带她和两个同是模特儿的少女到一栋大楼前，要她们自己上去。

"你不一起来吃饭？"

"这不是吃饭，是工作！"麦可故意给她一个严厉的眼神。

另外两个女孩，比她早进这家经纪公司，都用奇怪的眼神看着紫娟，仿佛在提醒她，她有多不懂事。

外观寻常的电梯大楼，打开门后却有不一样的光景。门里还有门，里头的朱砂门门口，坐着两只凶巴巴的石狮子。

每个受邀来吃饭的女孩都和她一样年轻，身材高挑，穿着露胸小礼服，化着浓妆，彼此间并不交谈，只对男人微笑，而且都笑不露齿。

男人们的年纪都很大，甚至足以当她爸爸，最年轻的应该也比她叔叔老一点。

她和同事被分派坐成了梅花座，每个男人旁边都有一个女人。紫娟不知道自己该说什么，只能有样学样，学别人怎么做。还好，她的左边有个空位，不然，还得担心自己的头到底该往左摆还是往右摆。

男人们忙着聊生意上的事情，女人都装作听得懂，不断点头，紫娟也只能学人家点头。

第一道菜上来后，左边空位的那个人来了。男人们都起立鼓掌迎接，她一看，有些面熟。她往记忆库里拼命找，啊？大家口中的陈董，不正是以前公司的老董事长吗？也就是苏菲亚的伯伯……

为什么世界这么小？不管走到哪里，就算是这个藏在城市大楼中伪装成一般住家的招待所里，都会碰到认识的人。

真想逃走是紫娟的第一个反应，但仔细一想，也不用慌张。陈董的手下员工那么多，怎么会记得一个小小的女职员呢？更何况，她只是个临时雇员而已。

男人们谈着政治，也有人边敬酒边讲荤笑话。她刻意喝得很少，提醒自己这是工作，以免失态。

如果得罪了客户，麦可会很生气的。麦可在她眼里是双面人，有两张脸，严肃的那一张，她可得罪不起。麦可说，今晚的饭局里都是大老板，要小心些，还板着脸恐吓她："搞砸了，我就 fire 你！"

这个晚上老董对她很温和，跟过去在办公室里，偶尔看到他威风八面来巡逻的样子完全不一样，喝了酒的老董脸红红的，很像小时候她们眷村里的老爹。

菜上了一半，老董就要她陪唱歌。

她问老董："您喜欢听什么歌？"

老董说："你猜猜看？"

她会唱的都是老歌，尤其是邓丽君的歌，那是因为小时候家里只有一台收音机，所有卡带都是邓丽君的。她爸爸只喜欢邓丽君，也只准听邓丽君。每首歌的歌词，她在还不太识字时就已经记得滚瓜烂熟。

其他的年轻女孩，当然只会唱蔡依林和 S.H.E 的歌，老先生不太会感动。

老董一高兴，就过来搂着她的肩，摸着她的头，说："好，好，好……"

曲终人散时，大多数女孩都有人送。她提了包包，打算和公司派来的另一个女孩蜜蜜一起走，老董笑眯眯地叫住她："你住哪里，我送你回家……"

这可担当不起，她担心，万一老董在车里问起了什么，她会乱说话，赶忙找了个借口："我答应我妈要到附近买个东西，不用了，我们自己走就好。"

公司里另一个没人送的女孩叫蜜蜜，竟然马上含笑说谢谢，丢下紫娟，搭着老董的车走了。

她松了一口气，心想这个工作，她做得蛮好的，从头到尾没有出错，麦可应该会夸奖她才对。没想到，不到一个小时，麦可就打电话来，劈头骂了她一顿。她只听到他最后一句是："你这个不长眼的笨猪！"

"怎么了？"

"你干吗坚持自己回家？"麦可气呼呼的。

"我工作结束了，累了嘛。"

"你真是……唉，真是猪啊！那么好的机会，你不要！"

"什么机会？"

"你知不知道，喜欢你的人是江东金控的董事长啊？"

"我知道啊。他是我以前老板的老板。只不过，我认识他，他不认识我。以前我蛮怕他的，不过他今天很客气。"

"唉……那有什么关系呢？"麦可直叹气，"都怪我没跟你说清楚，我以为你会懂。"

"蜜蜜打了我什么小报告，对吧？可是我要告诉你，我很尽职，老董也很喜欢我。真是的，我让她有机会搭便车回去，她还打我小报告！"紫娟很不高兴地说。

"唉，你还真不懂，算了，我改天再教教你。不然，所有飞上枝头的机会，都被你这只笨麻雀给放弃了！"

紫娟根本不知道她做错了什么，只觉得麦可的要求太严苛了，一点道理也没有。

虽然大家都感叹市场不景气，大部分公司的活动都取消了，但紫娟的运气还不坏，虽然刚加入经纪公司两个月，却每两天就有一个案子。

麦可虽然常凶她，但实际上对她很好，她是知道的。第二个月她领到的薪水，就是以前当临时雇员两个月的薪水那么多。寄生活费回家后，还可以稍微存一点钱。

麦可问她有没有什么愿望，紫娟想了想，说："我好想去一次香港。"

"啊？你连香港都没去过？"

"你不要这么惊讶好不好？没去香港很丢脸吗？我才出来工作没多久……"

"真是乡巴佬。"麦可取笑她。

她知道同公司的师姐们，也都在背后取笑她"乡巴佬"。紫娟并不觉得那些人比她文雅多少，她只是有时候高兴起来没办法一直装淑女，有时候口无遮拦不知道得罪了谁。没关系，她也不想和她们太好，她们每天都在比谁的水晶指甲最漂亮，谁又去做了什么整形，还有谁又去买了一个名牌包包，紫娟不想在那些地方花钱。"假惺惺比乡巴佬更可怕。"她对麦可说。

"你变坏了，还会顶嘴。我想再过一年，你可能会变成最牙尖嘴利的家伙，都可以去当电视台名嘴了。"

过了三天，麦可开心地告诉她，要办证件了，她有个机会可以出去工作。

"香港有个展售会，要你去当模特儿。很简单，只要拿着笔记本电脑走来走去就好了。他们跟台湾这边的习惯不一样，高雅端庄地展示产品就可以，不需要在展场大吼大叫，也不用讲话。很轻松的工作，算你赚到了。”

她高兴地大叫了一声，抱着麦可光秃秃的额头亲了一下。麦可脸都红了，好像额头上刚沾到鸽子大便似的。

“不要随便碰我！我对女人过敏！”麦可说。

“我偏要！”

她找到了麦可的弱点。

紫娟很期待这次的香港行。她想，工作之外的时间，一定要好好逛一下香港才行。大家都说香港是一个到处都是霓虹灯的不夜城，有好多好吃的东西，漂亮的 Shopping Mall，她要好好玩一玩，对自己好一点。

上飞机时，空姐也对她特别好，要她走人少的一边："小姐，你是商务舱的位子。”

商务舱是什么东西？她刚坐下来时，发现邻座有张熟悉的脸孔。

“嗨，还好吗？”

李远扬!

“是你……你在这里做什么？”

“这里的人只有同一个目的，坐飞机去香港啊。”

他穿西装打着领带，看起来好像要出席重要会议。头发剪成平头，下巴留起一小撮山羊胡，让浓眉大眼的他看起来更有一种玩世不恭的气质。

“为什么这么巧？”她勉强挤出笑容，“对不起，我上个厕所。”

她冲到机内的最前头，小声对空姐说："我可不可以换位子？”

“对不起小姐，今天客满。”

心不甘情不愿地回到座位上，紫娟心想，怎么会这么倒霉，这是她第一次坐飞机呢。

“喂，我看你的表情不太好看，你不想看到我，对吧？”

“还好。”

还好的意思，当然是不太好。

“我要告诉你，那天晚上的事……”

“别再说了，我不记得！”她拼命摇头。

“是你自己喝醉酒说要跟我回家的，整个人黏在我身上，还吐了我一车……”

“是这样吗？我真的什么都不记得，那对不起喔。”她想把表演课学到的东西应用起来，但连她自己都觉得虚假。

“真不记得？偏偏我还记得，你主动吻了我。”

“不可能，我没有！”

“事情不会因为你的否认而不存在。”他的脸上挂着狡黠的微笑。

“你到底想干什么？”

“哦，我要把东西还你。”他从口袋里掏出一只白色手表。

“还我！”她伸手想抢回这个证物，但他的动作比她快。

“没关系，不想还我，送给你好了。那是在夜市买的，一个一百块，非常不值钱，用一个月就会坏了。”

“没错，它已经停了。”他说，“我在展场中看到你，真是一种缘分！我不知道你是做这行的。”

“我做什么不用你管！对不起，今天本姑娘第一次搭飞机，昨天晚上高兴得一整晚都没有睡觉，我要休息了。”她拿毛毯盖住自己的头。

还好，飞机只要搭一个半钟头而已，下飞机就可以摆脱他了。氧气有点不足，她不知不觉进入了梦乡。

“喂，你醒醒，已经降落了。”有人推她肩膀时，她才惊讶地发现，自己的头扎扎实实地靠在这个男人的肩膀上。

“啊？”

“跟我走。”

“为什么要跟你走？”

“不然，你知道谁要来接你，又要去哪里吗？”

“不知道！但我是来工作的，一定会有人来接我。”

“那个人就是我，你得跟我走。”李远扬得意地说。

“怎么会？”

李远扬正是她这次工作的雇主，一下飞机就直奔会场，她都没和他说话。

她的工作一下子就结束了，只不过是扮演一个漂亮的人形立牌而已。

晚餐时，只有他们两个人对坐，李远扬订了一家可以看到海的餐厅，一家法国餐厅。一进门就是一盏她一辈子都没有看过的巨大水晶吊灯，一串串水晶珠子像流苏般垂下。两边的墙壁都像会透光的布幕，开着黑色的剪影蔷薇。有些墙壁像小瀑布般，有水流哗啦哗啦地流下，流进了铺着白色小石子的小沟渠里。

她好像进入一座幻想中才有的城堡。如果她的面前不是他，她一定会像个小女孩般高兴得跳起来。

他叫了一瓶酒，她听不懂的酒名。

侍者为她斟酒。她说：“不用，我不喝。”

“你不喝？”他很惊讶，“不会吧，我看你很爱喝的，那天……”

“不许提那天！”从她的嘴里忽然迸出的这句话很响亮，邻座用餐的客人也回头看她，投射过来不太友善的眼神，她自己很不好意思地捂住嘴。

“来吧，我真不知道你在生什么气，举杯庆祝工作结束！”他说。

她在生自己的气。

“什么？工作结束？可是，麦可告诉我，工作有三天！今天就结束了吗？”

“剩下的两天，你只要陪我就可以了。”他平静地说。

他笑着，自以为聪明地笑着，那个笑容在她的瞳孔里开出一朵令人憎恶的黑色丑陋大花，像是在嘲笑她。这么多日子以来埋藏在心里被欺骗的委屈，像废水一样涌出：“为什么我那么倒霉？为什么他还要这样糟蹋我！我很努力很努力，想证明自己可以靠自己的能力活下去，他凭什么这样瞧不起我？”

“你太过分了！”她又加大了音量。

“什么？”

他惊讶地看着她，也觉得不可置信。

“你搞清楚，我是模特儿，我是来工作的，不是……不是……不是那个……那个……”

她气得话都快说不出来了：“你一定搞错了，我最讨厌你这种人！你以为只要有钱，任何东西都买得到，对吧？”

这时，几乎全餐厅的人都转过头来看着他们。

他也愣住了。这个女人像一头愤怒的猛狮，她或许没有什么不对，但错的是她被摆在一个易碎的水晶牢笼里，好像只要她再咆哮一声，周边的水晶灯都会应声而碎。

“失陪了！”她气冲冲地踩着高跟鞋，咔嗒咔嗒逃离这些所谓上流社会的人们投射过来的目光丛林。

这里不适合她，这里让她想起苏菲亚的家，离她太远。她宁愿到刚刚看到的街头茶餐厅吃饭，那种吵吵闹闹的气氛、白亮亮或黄油油的灯光，让她比较自在些。

她快气炸了！神志不太清楚地来到了街上，这才想起应该打电话跟麦可诉苦。

但她没讲两句，麦可就告诉她：“你冷静一下好不好？”

“我怎么能够冷静？他把我当作……我是来工作的，我要告他，要告他！”她已经口不择言了。

“喂，宝贝，你要冷静。他可能是你的大客户！跟他在一起，有什么不好？他喜欢你，我看得出来。你以为你是什么贞洁烈女吗？你不是，宝贝！你只是一个根本不了解男人的女人。”麦可说这些话时，冷冷的，一点也不惊讶。她像把一颗又一颗的弹珠丢进冰冷的深水潭里，一点波纹也没激起。

“这个男人有什么不好？会比上一个男人对你差吗？你上次手术时，他有出现吗？有关心过吗？有照顾过你的生活吗？没有！他把你像垃圾一样丢掉！我至少帮你找到一个镶着宝石的垃圾筒！你给我冷静一点！”

听到这样的话时，她的心都碎了。她以为，麦可是她的朋友、是她的大哥，没想到他也在劝她当一个妓女……

东倒西歪地走在一条陌生的路上，周围都是人。路边的商店挂着油亮的烧鹅和烤鸭，小吃店里有各色糕点泛着诱人的香气，可是这些景象只使她胃酸翻搅，有一种想吐的感觉。

她觉得自己好孤单，只能选个最阴暗的角落蹲下来。一蹲下，胃里的酸水就涌出了食道。

泪水就在这个时候无声滑落，整个胸腔不自觉地抽搐着，像个气喘病人一样。

有人用广东话问她，似乎在问她需不需要帮忙，她摇了摇头。

多么孤单，只有自己能救自己了，她真不知道该去哪里，感觉自己真像一只没有翅膀的鸟，被丢在异乡陌生的街道。她唯一的武器，只是用双臂环抱住自己：“不要哭，不要哭，我在这里保护你，不要哭……”

越是这么说，她哭得越伤心，想起那些期待张百刚来找她的夜晚，想起那些曾经和他度过的日子，还有毫无他音信的日子。有另一个声音在她心里大声咆哮着：“你，就是个妓女！”

她一直哭，哭到所有的灯影都被泪水打成一个一个朦胧失焦的大亮点。

不知道过了多久，她才听见一个熟悉的声音疲倦地说：“嘿，原来你在这里。”

她抬起头来看他时，已经哭得一点力气都没有了。

“我想，我们之间有误会。首先，我要告诉你，刚刚你让我觉得好丢脸，我又没把你当那个，倒是你把我当嫖客。其次，是你的经纪公司不好。我真的以为，你私底下是在接伴游。”他掏出了一张收据，在她面前晃了晃，

“看，你的工作酬劳有这么高吗？是他们用这个名义卖掉你。他们劝我买你！”

“最后，那天晚上，你喝醉了，很热情地抱了我。衣服是你自己脱掉的，你很厉害，喝得那么醉，还记得要洗澡，然后你就躺到我的床上去了。我没有对你怎么样，不准你再用色狼的眼光看我！我，基本上是个正人君子！”

她已经没有泪水，声音像在干号，抽搐得更厉害。

“乖，你还是跟我走吧，人生地不熟，你能去哪里？”李远扬说，“你相信我，我不会占你便宜，我会多帮你订一间房，好吗？”

他的声音也大到足够让路人回头看他们。

路人只以为他们是一对吵架的情侣。

他很绅士地伸出手：“走吧，要不然，警察都来了。”

第二天，她都没有出房门，把手机关掉，只是呆呆地红着眼眶看海。他请人送早餐、午餐、晚餐到她房间里，也没有过来敲她的房门。到了晚餐时间，她才将就吃了几口炒饭。

直到睡前，他打了通电话跟她道晚安。

“嘿，我至少得知道，你还活着。否则你那个烂公司，还是会来找我要人的。”

他还在故作幽默，但她笑不出来。

她问了他的房号。

她轻轻敲了他的房门。他让她进来，要她等一下，又聚精会神地看着他的笔记本电脑。

她大约等了十五分钟，等他处理完公事。

他穿着一身蓝白条纹的棉质睡衣，看来像个邻家大男孩，健康、无害。他看着电脑屏幕的样子很专心。紫娟一向喜欢看男人认真起来的样子，专注的男人格外迷人。

以前她也常常偷看张百刚处理公事的样子，虽然，她已经不愿再想起那样的画面了。

“好了，结束了。”紫娟在发呆时，李远扬转过身来看着她，“有什么事吗？你要吵架，还是要和谈？”

她没有说话，静静地走到李远扬的身边，熄了他的桌灯，把手轻轻搭在他的肩上。

她发现他也很紧张，他的呼吸很急促，整个人微微颤抖。

在黑暗中，她对他说：“我想了想，你应该是个好人，我不应该对你那么凶。”

“不过我要告诉你，当时那个 Monica 已经死掉了。我发誓要重新做人……请你帮我，好吗？”

她吻了他：“这个吻，和工作无关，是我给你的，我还蛮喜欢你的，其实。”

他没有说话，她轻轻拍了拍他的脸颊，笑道：“可是，只到此为止。他们卖掉我，但我不能卖掉我自己。嗯，回去之后，我会帮你申请退费……”

没等他回话，她就走出了那个房间，关门时丢下最后一句话：“晚安！从明天开始，我可以和你当朋友！”

痛，却假装没感觉

“不只是外伤而已，她的身体非常虚弱。”医生说。

刚下班就来到了医院。一整天都忙得没时间吃饭的李云僧，不知不觉倚在沙发上睡着了。

不过是两个小时的时间，他已经做了好几个梦。在那些梦里，他都还很年轻，背着大书包，穿着高中生的卡其制服，坐在课堂上，好些同学在老师上课的时候小声说话。他是班长，所以试着用肢体语言向同学们示意：不要再讲话啦！忽然间，他又变成一个急着灭火的人，灭了一处，火苗又从另一个角落蹿起，让他疲于应付……

像轻易移转电视频道般，又回到了课堂上，老师忽然叫他：“李云僧，下一句，背出来！”

“背什么？”

他的脑袋一片空白，里面好像有好几万只飞蚊嗡嗡拍击着翅膀，所有人都用幸灾乐祸的表情看着他……

他努力想，仿佛要把脑袋拧下。不管老师提示什么，他一个字也背不出来。只能张大嘴巴，像一只被捞出水面的金鱼，痛苦呼吸。

“嘿，你睡得比我还熟。”惠敏轻轻推推他。

惠敏的额头上覆盖着白色纱布，脸色却比纱布还没有血色。虽然不是很大的伤口，医生还是为她缝了十针。

“我……我该去上班了！”他猛然惊醒，垂直坐起。

“你才刚下班。”

“噢。”

“你要回家睡觉吗？”

“不……我陪你，没关系。”说出这句话时，他并没有直视惠敏的脸，现在和她正面相对是困难的。

“嗯。”惠敏在他面前坐下来，像审判员般看着他。

他的呼吸开始急促起来。

“你还记得我们曾经拥有的美好时光吗？”她轻声问。

他以为，他要面对的是一场严厉审问。

“试着想一想，”她拉着他的手，“回忆提醒我，你曾经对我很好。”

虽然她试着用所有的温柔把这句话说出来，但是他的眼尾余光与她的眼光交会时，仍然感受到了强烈的怨恨。怨恨是一束刺眼的光，使人难以正面迎接。

他闭上了眼睛，上半身微微颤抖。

“你记得我们大学时参加社团去爬黄帝殿吗？”

“嗯。”

“我们身上背着很多野炊工具，那时候，你的同学张百刚也在，你、我、他，还有他那时候的女朋友，还有阿亮和蛋头。我们每个人都必须负责背一部分东西，你不忍心我背太多，全扛在自己身上。你那时很瘦，百刚笑你，说我看起来都比你强壮，干吗逞英雄。你说我看起来像梁红玉，身体却是林黛玉。你记得吗？我就是在那个时候更喜欢你的。你很有意思。”

“嗯。”

他的思绪赶不上她的速度，只记得那次旅行，他累得像头牛。

“我们结婚，好像很顺理成章。我没有别的选择，你也没有，于是就结婚了。你记得我们度蜜月的时候吗？我们是去的哪里呢？”

“马尔代夫。”

“对，马尔代夫。我根本不会游泳，却到了马尔代夫。因为你喜欢海。”她说。

她还很虚弱。和她距离不到三十厘米，李云僧可以听到她沉重的气息，她的肺部好像一台老旧的计算机散热马达般发出杂音。

“我记得。”好多年了，他很少回想往事，可是现在，蓝蓝的海洋出现在他的眼前。平静的海与白色的沙滩，照得人睁不开眼睛的阳光，椰子树被风吹得沙沙作响，夹杂着海洋味道的空气是松软的。

“那个浅滩上有鲨鱼，白色的小鲨鱼……”他记得这件事情。

“那个哪是蜜月？你一天到晚都在海上活动，游泳、浮潜，我一个人无聊地坐在旅馆里看着海发呆。后来，我吃了海鲜，上吐下泻，记得吗？好惨。不过，现在想起来，还是一次很甜蜜的回忆……”

没错，她一直抱怨那只是他一个人的蜜月。

“你还记得我刚怀孕的时候吗？我告诉你的时候，你一点都不开心，竟然跟我说：‘啊？真的吗？会不会太快了？’你比我还惊慌失措。可是大宝出生了，你很感动，哭得比他还大声……那时候，我觉得你比婴儿还可爱……

“后来小宝出生了，我的身体不好，常常出问题，你劝我待在家里照顾孩子……我本来觉得能过这种日子也很好，我以前从来没想过要让男人养的……一晃六年过去了，也没什么遗憾，只有在和老同学聚会，人家递名片出来的时候，我的心里才会空空的。好像念了那么多年书，只是为了在家煮饭似的……我在家的时候，脾气不好，对吧？”

“你说的这些事，听起来好像都是在告诉我，我是个自私又不成熟的人。”他苦笑着说道。

“不是这样的。我也反省过，是不是我的脾气太大，所以让你越来越不想回家。你在家里变得越来越没有声音，家里到处都是我的声音，只因为家里变成我唯一的战场。”惠敏说，“我也有错，是吗？”

“你……没有错。”他说，“是我错了。”

陷入一阵尴尬的沉默。

“只有在我生病的时候，你才会离我这么近。看样子我应该常常生病才对……”

她在挖苦他吧？他猜。

但她变得温柔了许多。几天前的那个晚上，她像头愤怒的狮子，今天的她像一只绵羊。他很讶异，认识多年，他竟然从没看过她这两种面貌。惠敏平时一板一眼，像一只忠心耿耿的守门狗，现在她的神情看来很平静，一点也不会刺伤人。可是，这样的平静会维持很久吗？

“纪惠敏的家属？”一个护士敲门探头进来，“有事找。”

“嗯……我是她先生。”

他被叫到医生那里，医生展开X光片给他看：“很抱歉，看起来不太乐观。血液报告有问题，所以我怀疑是妇科疾病……帮她做了超音波和X光检查——这里是卵巢……尊夫人是不是已经喊肚子痛或吃不下饭很久了？”

“这……”他这时不得不坦承，自己是个粗心的男人，他并不知道惠敏什么时候舒服或不舒服。惠敏的免疫系统有问题，不舒服已经变成家常便饭，连她自己也习惯了吧。“她有时候会说自己胃胀气……”

“初步诊断，有可能是卵巢癌……而且状况不好，已经有转移到腹腔的迹象……”

接下来，他的耳朵好像关闭了，整个人的重量被抽掉。

医生的嘴巴一开一合，不知在说些什么，他一点也听不进去。

回到病房，两个儿子放学了，也在病房里，两人一左一右抱着妈妈，三个人合起来，组成一个“山”字。惠敏闭起眼睛，就像在享受这样的拥抱。

过去这几年，惠敏一开口，就是骂小孩，要小孩整理东西、做功课。住在病房里的她，精神很差，脸色也不好，却变得很好亲近。

这两天，两个孩子被安排住在外祖父家，李云僧也有两天没看到他们了。

他已经很久很久没看过惠敏这个样子，像一个慈祥、包容的母亲。上次见到她安安静静抱着孩子的画面，应该是二儿子出生的时候。转眼之间，二儿子已经念小学了。

“你怎么了？脸色不太好？”她问。

“没事，你们要吃什么？我去买。”

“妈妈，我可以吃薯条和汉堡吗？对面有，我有看到。”二儿子说。

大儿子瞪了他一眼：“妈妈在生病，你还要吃薯条？”

惠敏一向不允许小孩吃她认为的垃圾食物，以前常为了吃的事情和小孩们怄气。

“好，叫爸爸带你们去。”

二儿子发出欢呼声，总是装成熟的大儿子也笑了。

她变了，是在一夜之间改变的。

她知道自己的病情吗？

李云僧带着孩子出去，帮孩子买了他们要的所有东西。

“爸爸，你吃什么？”

“我吃不下，你们吃就好。”

忽然，滚烫的泪水在他的眼眶里打转。他不想让孩子看到，假装自己的电话响了，急忙奔出店外。背对着街道上的行人和车辆，他对着一面窄墙，紧握着沉默的手机，而止不住的泪水不断滑落。

是痛苦，是惊吓，还是错愕？他自己也搞不懂。这些日子以来发生的事情，让他一点招架之力也没有，就好像一棵站在空旷原野上的树，原来在温和的气候里舒展枝丫，忽然间，又是狂风又是暴雨，让他不知所措。

他必须用他的树荫遮蔽着小草和小花，可是，又有谁能够为他遮蔽风雨呢？

黎明的光挤进窗帘的缝隙，可是她的心还在一片黑暗里。

一整个晚上，她在似睡非睡之间，就好像一只漂浮在浓稠脏水里即将吐出最后一口气的金鱼。

一连串的噩梦，被人追杀，杀她的人狞笑，她惊恐地想把那个人推开——那个人有一张熟悉的脸，就是陆蒙正。

醒来时，他的手正枕在她的胸上。他还在睡，她小心翼翼地把他的手挪开。

昨夜之后，他理所当然地觉得他们的关系已经修复了，坚持要睡在同一个房间里。

小婉在睡前乖巧地来跟她说："妈妈晚安。"也亲了爸爸的额头一下。显然，她是个懂事的孩子，应该是他教她这么做的吧。

她小小的脸上洋溢着幸福的笑容，小婉以为，自己又拥有一个完美的家了。

她曾经想过，如果小婉可以快乐，她也许可以好好配合演一出戏。

然而，有些事是孩子不知道的。一出戏可以在两个钟头内装模作样演完，但人生的戏却得演一辈子。

她能够一辈子演这样的戏吗？很早以前，她就已经不再爱他了。

她再也无法将自己的心交给他。她的心有了别人，她没有办法在另一个男人面前，假装自己还是个贤淑的妻子。

昨晚，当他进入她身体的那一瞬间，痛苦像一条满是棘刺的钢绳，勒紧她的脖子，她必须告诉自己，这不是她的身体，才能顺服配合下去。这样的配合只剩下憎恶，没有一点愉悦。

为什么跟自己法定的丈夫上床，却有种深深的罪恶感？她觉得自己比妓女还不如。

妓女至少是自愿的。

从内心深处，她开始嫌恶自己。

如果要她演一辈子这样的戏，那么，必须让她变成一具没有生命的木乃伊，抽掉她的灵魂、血液和脑浆。郭素素以前并不知道，这件事这么困难。

昨晚，他把脸逼近她，她的脸庞感受到他呼出的热气时，她不自觉地把脸别开，她的身体也不自觉地往后缩了一下，头撞到了床头柜的尖角。

痛，但是假装没感觉，这是她这些年来的习惯。

“我累了。”她有气无力地说。

“我知道，”他说，“我只是要像以前一样，跟你说晚安。”

难道他不知道，已经被磨掉的感情，不可能重来吗？身体可以屈服，但是感情很难说服。

好不容易撑到周一。

到办公室时，看不到李云僧的影子。他们说，他紧急打电话来请年假，一请就是三天，不知道发生了什么事情。给他发短信，他也都没回。打电话给他，他关机了。

她没有任何渠道可以知道他的消息，她也不能问他的秘书，他到底为了什么事请假？

从这点来看，不管他们关系多亲密、彼此多相爱，爱情都只是一个飘忽的影子，一条细细的丝绳，只要一点点现实的力量，就可以轻易地把她和他的关系扯断。

午休的时候，她一个人站到大楼顶楼，从二十楼往下望。她觉得好像有一种力量在推她，要她往下跳。既不能往前走，又不能退回原处的感觉，实在让人难以承受。

她想象着自己已经往下跳了，轻飘飘的，没有一点重量，所有的烦恼都消失在空中，那一秒钟的想象，竟然让她觉得好过一些。

不能往前走。她不想当个坏女人，为了自己的快乐，摧毁他本有的幸福。也不能往后退，因为原来的窝巢老早就长满了荆棘，除非她失去所有知觉，她才能忽略掉那种痛苦。

这世界上有很多人，并不了解别人的痛苦。像霞姐一样，只认为合比分好，再怎么样，为了小孩，夫妻都应该忍耐，合组一个美满家庭。他们不了解，当爱已经完全消失，转成厌烦与憎恶之后，两个人在半夜里同睡在一张床上，比死还难以忍耐的感觉。

他们以为，曾经爱过，就可以再将爱拾回。其实要将逝去的感情回收再使用，是世界上最困难的环保工程。

那么，死亡或逃走或许是唯一的解脱了。

站在高楼上的她，让冰凉的风飒飒地灌入衣襟。

她本来一直在逃，但为了小婉，又回到了原点。郭素素知道，不能往下跳，也是为了小婉。虽然自己已经很难为了小婉再爱她的父亲，但她必须为了小婉活着。

难道只是因为最初的一个错误决定，一个女人就不可能再度拥抱幸福吗?

她一遍又一遍地问自己。

公司里挤满了人。

从客户们开始习惯网上下单以来，就很少出现这种状况。

行情忽然急转直下，那些怎么样也不可能倒的国际大型金融公司纷纷传出了经营危机，公司卖给客户的公司债和连动债券都出现了问题。

虽然李云僧管的只是分公司，但也受到了波及，不少想赎回各种债券和基金的客户大排长龙，排到连附近店家的门口都被挡住了。

排队的人都是受害者。大家交头接耳，询问各自的受害状况。还有一位老先生坐在楼梯上，涕泪纵横，大叫："是你们告诉我会保本，不会出问题的，如果全部变成零，怎么办？我以后要叫谁养？"

有人告诉他，他买的那个连动债现在剩下十分之一，不是全部变成零，老先生哭得更大声："我买了一千万，不就变成一百万了吗？怎么会有这种事！不是说很安全吗？现在叫我怎么办？怎么办？一辈子的努力都没有了啊。"

李云僧上班时间很早，一休完假就回公司上班，七点半到门口，人已多到让他吓了一跳。打从总公司创办以来，还是第一次看到这样的场面。

这几天在医院里，根本没空看新闻。公司召集主管开会，都是代理人参加的，手机关机，没看电视也没上网，他根本不知道事态这么严重。

光是受理这些根本不能赎回的案子，跟所有客户解释可能的状况，就让大家忙得焦头烂额，动员了分公司所有人力，只剩下几位营业员负责当天开市的交易。

不久，张百刚打电话给他："你那边还好吧？"

"我这边……怎么可能好？"李云僧说，"每间分公司都一样吧。"

"天杀的老狐狸！"张百刚低声咒骂起来，"明明是他自己的决策，却要我替他扛责任！"

"怎么了？"

"那个商品当时是他觉得万无一失，一定要我们推销给客户，而且还规定每间分公司一定要卖掉十亿的业绩。现在出问题了，刚刚开会，把我臭骂了一顿，好像他全然不知道有这个金融商品，是我偷偷拿进公司卖……"

李云僧一听就知道"老狐狸"指的就是老董。

有了亲戚关系，好像多了一道天梯，可以用最快的时间直上青天。

但什么时候老天翻脸了，天梯上的人也是最容易被雷打到的那一个。

一个是自己的老友，一个是老板，李云僧只能苦笑。他也没空跟张百刚聊下去，眼看上门的客户越来越多，每个都带着一张讨债脸，狠狠逼来。

郭素素手上也有许多客户找来，他只能偶尔把眼神飘过去，看她认真向客户解释的样子。

他请假这几天，上班没看见他，又不知道原因，她应该很着急吧？可是，这天的状况特殊，又让他找不到空当跟她解释。

一直到天黑，事情还没处理完，惠敏的电话就来了。他告诉她，目前公司的状况不佳，晚一点他会过去。忙完最后一个客户，他几乎瘫坐在办公椅上，连脖子也抬不起来。

她也是最后一个下班的人，来跟他报告今天的紧急处理状况。说完公事后，她低下头，深吸了一口气，才抬起头问：

“你好吗？”

他摇摇头：“今天这种状况，实在不妙。”

“我是指……公事之外。”

“也不好。”他说，“那，你好吗？”

她也摇摇头。

“为什么？”他问。

两人相对无言了好一阵子。

他不想讲他的近况。她也不想。

“这几天，你为什么请假？发生什么事了吗？”

“家里……出了一些事……”

“可以告诉我吗？”郭素素问。

“等我……等我自己能够消化之后，再告诉你，好吗？唉，我真不想在一看到你的时候，就开始谈论那些……令人不愉快的现实。”

他什么都不说，让困惑的郭素素陷入混乱中。

“你的心情也不好，对不对？”他问。

“你有没有想过，如果我们都这么痛苦，或许我们应该到此为止。”郭素素的泪水已在眼眶中打转，“我想了很久很久，这样下去，我太痛苦了，我承受不住了。”

他睁大眼睛看着她：“只是因为这几天你找不到我吗？我是有原因的，真的是家里出了一点事情……跟我们……没有关系的……事情……”

“我像一只被大头针钉住的蝴蝶，没有办法飞走，却也没有办法停住……”她自顾自地说，“忙的时候，还好，可是只要一忙完，安静下来的时候，我就完全受不了这种感觉……”

这些日子，或这几天发生的事情，使她像一头惊慌失措的小兽，不知道该往哪里逃。

她压抑不住情绪，提出了分手。

到此为止——意味着分手？刚刚她是这么说的吗？李云僧慌张了起来……

他伸出手，握住了她的手。

她本能地想把手抽回去。这是在办公室，直到她环顾四周，空无一人。

“办公室里还有监控器……”她嗫嚅着。

“管他的！”他说，“无论如何，你不可以在这个时候离开我！”

“我像一个快溺水的人，你不可以现在离开我！”他近乎咆哮地说。这才是他心里真正的声音。他也想过，若没有这段情，他的世界还停留在冰冷的安稳中，不知道什么叫为情所困，或许才是幸福的。可是每次看到这个女人，他就会在一秒钟内清楚判别：这是爱情，那是责任。

他爱的是这个女人。

他原来扮演的角色只是责任，那些责任也让他抽身不得。可是，如果她在这个时候离开他，他的心会像被人活生生撕掉一大块似的。她现在轻轻的一句话，就已经把他的心撕下了一大块，血流不止，几乎使他失控。

她被他的激烈反应吓了一跳。

“对不起，我太激动了。”

他好想在这个时候拥抱她。只有拥抱，才能脱离这冰冷的世界。

“跟我走。”他说，“现在，跟我走！不许离开我！”

他什么都不想管了，他开着车带她到一处可以看到夜景的山上。他比平日更激情地拥抱她，像要把所有知觉抛开。他好累好累，不知道人生的戏码为什么演成这样，只知道这么多年来，只有她是他生命里最甜蜜的犒赏。不管别人怎么看、怎么说，那种感觉只有自己知道。

感情不能勉强，一个拥抱就会知道。两颗心是不是拥有同样的节奏，不会骗人。一个吻是否甜美，也不会骗人。兵荒马乱的时候，如果一个拥抱可以使人安定下来，那或许就是爱。

他没有注意到，泪水像细细的涌泉般，不断从她的眼角中溢出。

她知道他心里不舒服，虽然不知道是什么缘故，但他不想告诉她，必然有他的理由。郭素素不是一个会在口头上追根究底的女人。

而他也不知道她有什么心事。他是个粗心的男人，心浮气躁时，只看见有条巨大的绳索捆绑着自己，看不到她早已深陷在重重荆棘里。

到医院时已经太晚了，必须由急诊室才能绕到病房。李云僧蹑手蹑脚地打开病房门，他本以为惠敏已经入睡，不到十秒钟，房间就亮了，惠敏已经把床边的台灯打开了。

“对不起，我……”

“没关系，我还没睡。今天很忙是吧，看你这么累……刚刚我看了一会儿新闻，知道你们公司有一些问题要处理……”

“你今天好吗？”他问。

惠敏没有回答。她忽然眯了一下眼睛，把一根长长的发丝从他胸口抽了出来，掂在手上。

她没再问什么，只是注视着他。几秒钟过后，她的嘴角挤出了一个怪异的笑。

他也没有解释什么。

那一夜，李云僧连澡也没洗，就和衣在病床旁边的沙发上睡着了。

惠敏半夜起来的时候，坐在他的身边，他也没有发现。

惠敏悄悄拿出他的手机。看到了一个她没看过的短信，上头只是简简单单几个字："晚安，你要保重。"

那个电话号码，和他通信记录里常出现的号码是一样的吧。那个电话号码上没有名字，只连着一个数字代号——〇六一一。〇六一一是什么意思，是她的生日吗？

他的电话簿里面，只有这个人是没有姓与名的，故意变成一个代号，可以证明他和那个人的关系很不一般。那个电话号码，惠敏是熟悉的。她查过李云僧的通话记录。他常打电话给她，在某些不可能谈公事的时间。

纪惠敏一直没有打电话去找这个可能的第三者。

她有她的尊严。

她怕一个多疑的原配，会惹来笑话，也怕那就是事实的真相。如果这就是事实的真相，她该如何面对？她还没想清楚，所以这些日子以来，她都不敢正面揭晓这个谜底。

郭素素像个回到牢笼的囚犯，踏着毫无生命力的脚步回到家中。

一踏进家门，她就闻到一股酒味，直觉让她的心七上八下，这不是个容易应付的夜晚。

很久没有闻到这个味道了。

陆蒙正一个人坐在客厅里，面前摆着一瓶威士忌，几乎已经见底，客厅里只开着一盏小灯。

“小婉呢？”

他挑着眉毛看了看表：“现在几点了？她早就该睡了。你以为她一定得等你回来吃夜宵吗？你眼里还有做母亲的责任吗？”

“对不起，今天银行出了事。你看报纸也知道，最近我们公司的状况不太好……”

“但是我看，你的状况很好嘛……”他把鼻子凑近她，像一只猎犬般，想嗅出她身上不一样的味道。

郭素素本能地闪躲着。他猛然抓住她的手腕：

“你给我说清楚，我陆某人是哪里没办法满足你？你一定要跟着别人走吗？”

“你小声一点，会吵醒小婉……”

“我都看到了，都看到了。你真的很残忍，你知道吗？今天是什么日子，你记得吗？”

“什么日子？”她着实想不起来。

“我们的结婚纪念日，我都还记得！我带着小婉到你办公室外等你下班，想给你一个惊喜。结果，我们看到你上了另一部车子走了。我打给你的时候，你说你正在忙，在处理客户的事……你说谎，被我逮个正着！哼！你这个不要脸的女人，你到底去了哪里？”

他像一头疯狂而饥饿的狮子，终于捕获了她这只狡猾的兔子，正打算撕裂它的咽喉。

“我……是去见客户……”她把紧握的双手放在自己的颈项，好像下一刻就要被他咬掉。

“你骗我……我这辈子最不喜欢被人家骗！”

“我没有！”她也被激怒了。

此时她能够不说谎吗？他的两眼布满血丝，表情就像要把她嚼烂似的：“是吗？我有办法让你说真话……我告诉你，你们公司的管理员已经告诉我那是谁的车……”

“我们……出去谈公事，这样也不可以吗？”好像有一把火从心底冒出来，郭素素被自己尖锐的声音吓了一大跳。

他忽然闯进卧房，把熟睡的小婉从床上硬抓了起来。小婉被吓醒了，大声哭嚷：“做什么嘛，做什么嘛……”

“你想干吗？”

他喝醉加上心情沮丧的时候，总有出人意料的表现。

那几乎是他人生最有创意的时刻，不顾任何人的感受，也不惜做任何惊险的危险演出，他是舞台上控制全场的男主角。

“在小孩面前，你还说谎……”他的手臂环住了小婉的脖子。

他想扭断她那细嫩的脖子，还是想将她推向阳台的玻璃？

此刻的郭素素，血是滚沸的，而心是冰凉的。对于这个男人，她的心老早就冰冷了，此时更比终年不化的南极冰层温度还低。

小婉大声哭叫。

霞姐当然也惊醒了，她远远站在墙角，已震惊得失去了焦点的眼神，茫然地注视着这一家人。

郭素素应付他已有经验，她知道，这个时候谁都是远水救不了近火，只有自救。如果把姿态放软，或许可以避过一时。她不是笨蛋，只是他屡出新招使她无以招架，他竟然可以拿他们的女儿来威胁她？人家不是说，虎毒不食子吗？

“你放下她。”她把声音放得非常非常柔软，“我会告诉你的。我会让你明白这一切。你放下她。”

“是吗？”

“我保证，我等一下说的每句话都是真的。你不要这样对小孩子，她不知道，你只是在跟她闹着玩……对吧？”

郭素素变得异常冷静，陆蒙正狐疑地看着她。

她与他周旋了几句，他终于同意放下哭闹的小婉。

“霞姐，带小婉出去！我们要谈一谈。”她用眼神向霞姐示意，带得越远越好。

霞姐还迟疑了一下，她做了一个打电话的动作，问郭素素要不要报警?

“没事的，霞姐，带她出去。”郭素素摇摇头，坚决地重复了一次。

看着小婉的身影完全离开她的视线，郭素素才松了一口气。

忽然，她的脸上转而出现一种很安慰的微笑。那样的微笑，大概只有在那些即将舍生取义的烈士脸上才能看到。

“我们坐下来谈谈吧。”她很温和地握住他的手，说，“我会告诉你所有事情，没有一句是假的。”

她注意到，现在，换他的眼神变得惶恐了，好像一头自知已被猎人陷阱包围的困兽。

她再一次深深注视他的眼睛。现在，是命运正在惩罚她吗？她想到自己多年前曾经坚决当他上一段婚姻中的第三者，只能凄然一笑。

她只在婚前见过他的前妻一次。那个女人比想象中美丽，留着一头卷发，她还记得她那天穿着一身鹅黄色洋装，显现出她对自己的青春仍然在意。虽然比她大上八岁，但仍是个极时尚的都会女子。

那时的郭素素才大学毕业没多久，天真无邪。因为他告诉她，他已经和前妻分居了两年，他的前妻也不否认这点。

不过，关于共同生活的某些部分，两个人似乎各说各话。他一直说她个性歇斯底里，不负责任，不愿生小孩。从她的外表看来，她本来应该是外向的，和她见面时，郭素素并没有任何被嫌恶的感觉。

“我等会儿有事。”是她约郭素素的，但她来迟了，一来就告诉她，她所剩时间不多。拉拉杂杂说了一些事，主要是想告诉郭素素，她过得还不错，不是一个弃妇，是她选择离开的。

“说实在的，我很感谢你，他终于让我走了。”

“咦？”

“他不是一个坏人，他只是一个一直想主宰别人，却不知道自己要什么的人。”她说话的方式和一般女人不同，带点哲学家的味道。

时间是最会捉弄人的魔术师，当时郭素素以为她说的是反话。

现在想起来，好讽刺。

大厅里很安静，听得到两个人的呼吸声。

“我现在要说实话。你听清楚，不用费力找答案，我现在就告诉你……”

陆蒙正充满血丝的双眼盯着她。

郭素素慢慢地说：“我承认，我……不再……爱你。现在不能，未来也不能。”

“为什么？”他睁着眼睛看她，不相信她会说出这种话。

“我以前，害怕和你起冲突，只会逃走。逃走，我才会暂时感到安全。”你让一个女人逃走才感到安全……呵，这不是很有趣吗？郭素素心里有个声音这么揶揄着，所以她脸上也浮现一抹淡淡的冷笑。

他没有搭腔，好像在发呆似的。

她的视线转到客厅的那盏小灯上。那盏小灯上有着彩色玻璃拼贴的蜻蜓图案，是多年前他们度蜜月时买的，他千辛万苦帮她从日本扛回来。那时他很好，他们也曾有过美好时光。

“你怀疑我跟别人在一起吧？对，我是，没错。”

“你……”他一直怀疑她，但当这件事得到证实，他反而不相信自己的耳朵。

两人又陷入一阵沉默。当她说出他其实不相信的答案时，他整个人就像被冰凝结一样。

“让我走。”她说，“拜托你，让我走。”

她的表情很坚定，眼神牢牢地盯住他，似乎想告诉他，即使他现在要她的命，她也不会反抗，事实就是这样。

他没有搭腔，站起身来，点了一根烟，走向门口，开门时，狠狠看了她一眼，然后默默走了出去，把门摔了好大一声。

他走了之后，她全身发抖，瘫软在沙发上。

她不知道他还会做什么。但如果只是针对她，她已经准备好了。就算是惩罚吧。她宁愿惩罚重重地到来，夺走她的心跳，也不愿意日日被痛苦的钢绳不断割着她的肉。

说了实话的她，反而有一种安心的感觉。

当晚，他没有回来，第二天晚上，也没有回来。第三天，忐忑不安的她快被各种混乱的想法搞疯了：他在酝酿着如何报复吗？她担心他折返时，不知道会做出什么样的事情。他会继续拿小婉威胁她吗？

小孩是健忘的，她似乎以为昨晚发生的冲突只是一场噩梦。这两天，她仍然问着："爸爸呢？爸爸去哪里了？"

他去了哪里？打算怎么办？他会报复吗？

事情的发展却超乎她的想象。第三天，她收到了他的一封信。

里面还有一份离婚同意书，上面有他的字迹。他签了名，把孩子的监护权让给她。"你自己找证人吧，"他写着，"反正，这也不是我的第一次失败。不知道是我运气不好，还是你的运气不好。我要告诉你，人都是有自尊的，你不要以为我会阴魂不散。"

听了她的实话，他冷静下来了吗？这几行字竟然还透露着淡淡的幽默感。

她简直不敢相信自己的眼睛。是真的吗？有这么容易吗？

她迫不得已说了真话。而他迫不得已必须说谎。

他来到病房时总是很疲倦了，匆匆在她身边吃完便当，茫茫然盯着病床前的电视，不知不觉地睡着了。

"如果，你外面有女人的话，可以告诉我。"某个晚上，惠敏握着他的手说。

李云僧忽然从昏沉的梦中惊醒过来。

“你和她，如果不是谈感情，就没关系。”

“你……不要胡说……”

“男人应该都难免吧。一时意乱情迷，像电视剧演的那样……”纪惠敏像在自言自语。

虽然他与她的眼神很近很近，可是她觉得两人之间好像被一层朦胧的毛玻璃遮住了，看不清楚他的心思。

“你好好养病，好吗？”他想岔开话题。

“你希望我的病好吗？”她忽然问出这样的话。

“当然会好，你不要这么消极。我们都希望你好起来。”

他对她变得比较有耐心，在她住院之后。但无论如何，在纪惠敏看来，这都是一种敷衍。

“你看，我快变成秃头了。”她抓起掉落在枕头上的头发。

接受治疗后，她常发现一大把头发掉在雪白的枕头上。

“再做几次，我就可以出家当尼姑了。”

“别胡说。”

纪惠敏轻轻叹了口气。心想，他实在不是个会安慰人的男人。

虽然明白他是善意的。

从知道她生病以来，他至少每天都不忘来看她，用餐时间也都会打电话来关切她的情况。从尽义务这方面来看，他一直是个好丈夫。

可是她总怀疑，他没有带着心来。

躺在病床上，她时时发呆。她想得最多的事情，就是那个署名“〇六一一”的号码。

她是谁？和他是什么关系？在那个女人面前，他是什么样的人？和原来的他一样吗？

有时她也会反省自己。多年前，因为身体不好，她辞职回家照顾两个孩子，她自认为尽了许多责任，但因为免疫系统的问题，使她小病痛不断，像一间常漏水的房子。因为身体的折磨，她常失去耐性发起脾气来，当她不耐烦时，李云僧就把自己变成一个局外人，身边自动升起了安全罩，好像不在现场一样。

他并不知道，每次她情绪不稳定的时候，他越是把自己隔离起来，她就越生气。

从手术室出来后，因为虚弱，她说话有气无力，似乎是止痛药的作用，她变成一个比较温和的人。她只有在丈夫和孩子都不在的时候，哭过一场。

几乎没有反抗地接受了这个事实。

生了病的她，没有力气再要求这个、要求那个。惠敏也注意到，孩子们到病房来看她时，神情竟然比以前在家时放松许多。以前，他们从来不主动交出成绩单，总要她威胁恐吓；现在，他们自己会交出考卷："考得不好，很粗心，请原谅，对不起。"

她只是笑一笑，摸摸他们的头。心想，孩子其实也辛苦了。

"你回家去睡吧。"

"没关系。我明早上班前再回家洗澡就行……"他惺忪着眼说道。

然后，坐在她身边椅子上的他，头一沾枕，又睡着了。

她还是在他熟睡时偷看了他的电话。这一次，她发现了他不久前发给"〇六一一"的短信："今天没看到你，他们说你请假。你还好吗？你要知道，我很想你。"

"你要知道，我很想你"——看似平淡的话，却像一把刀刺进她的眼睛里。他是她的男人，但是她在自己所有的记忆中，都搜寻不到这句话的痕迹。多年来，他几乎不曾对她说过这么柔软的话。

她一直以为他是个木讷的男人，长久以来也一直原谅他的不解风情，但他为何会有这一面？因为另外一个女人吗？

她决定要打这通电话。她好想看看，这个女人是谁。为什么她可以让这个男人说出这么温柔的话？为什么？

惠敏的心像被火烫炙般灼热。那个夜里，李云僧睡得很熟，而她一夜未曾合眼。

只是因为，没有遇见对的人

许多事情，都在不可能发生时发生了。

晚上十点，展览结束，廖紫娟正躲在后台卸妆时，江瑶打电话来，请她过去吃夜宵。

“我买了好多东西，吃不完，你一定要来帮忙。”

“太好了，我一整天都没吃什么东西呢。”

这些日子，工作虽然忙碌，但也渐渐治好了紫娟心里的创伤。她真不敢想象，如果她还跟张百刚待在同一个办公室里，或者每天闲晃、没有工作，她会变成什么样子。

有人需要她是好的，每天睁开眼，只想把工作做好、做完，这样的日子好过很多。

工作之后最愉快的一件事就是犒赏自己大吃大喝一顿了。

开开心心赶到江瑶住处，麦可也在场。

紫娟一看到麦可，脸就拉了下来。从香港回来后，她打了电话，狗血淋头骂了麦可一顿，骂他是挂羊头卖狗肉的败类、人渣……麦可被她这么一骂，竟然还笑了起来，一点悔意也没有，还对她说：“不要假装自己是贞洁烈女了，每个女孩刚开始都跟你一样，我看多了。”除了工作上的联络之外，她一点也不想跟麦可说话，只要麦可开始想跟她闲扯，她都冷冰冰地说：“我很忙，再见。”

“喂，怎么？你现在都不正眼看我？”麦可还特地帮她倒了一杯可乐。

紫娟翻了个白眼：“不用你多事，我自己有手。”

对于被出卖这件事，她的气还没消。

“我是为你好。我选的男人，比你自己选的强。”麦可问江瑶，“你不觉得吗？”

江瑶认真地吃着糖炒栗子，朝麦可挑了挑眉，表示自己不愿加入这场战争。

根据这些日子的观察，紫娟认为，麦可在这一行成功的关键在于脸皮超厚。明明自己做错事，却可以死皮赖脸地把黑的说成白的。

“过去的已经过去了，你不要再来讽刺我。”紫娟严肃地说。

“你的工作运不错喔，我今天又接到陈董秘书打来的电话，指名要你去吃饭。看样子，他还真喜欢你。”麦可说。

“真是讽刺，离开了公司，反而跟老板比较熟。”江瑶插话，“你以前端茶、倒水时，应该没有机会看到老板的真面目吧？”

紫娟也不喜欢吃公关饭，虽然，这种赚钱方式比做活动轻松，但是应付那些中老年人偶尔的毛手毛脚，也不是很舒服。陈董的场子算是高级的，大多数客人都有相当高的修养，只有少数几位，在喝得酩酊大醉时动作大了些，不过也不是太难应付。

他们这么说，紫娟只是淡淡一笑：“其实，我对他也不是很好，只是陌生人之间的客气，不知道他为什么吃这一套？”

紫娟知道，陈董对她有意思。每次吃完公关饭后，都会问她怎么回家，要不要他送，但她总是在第一时间闪人，没有留给他任何机会。

“有钱的男人就是这样，人家都对他好，你却对他那么神气，他反而觉得你有趣。”江瑶一脸世故地说。

“那个李远扬一直打电话来找你，你真的不理他吗？”麦可插进一句话来。

“我说过，我只接工作，我不想再被你卖掉。”她冷冷地说。

“你的伶牙俐齿到底是跟谁学的？”

“跟你啊！你这个老鸨教得好。”她说。

“哟！干吗这么说我？”麦可装腔作势地说。

“你本来就在挂羊头卖狗肉。”紫娟哼了一声，“如果你又想把我卖给他，那我就要去检举你。”

“你的嘴巴真狠。”

“人在江湖，身不由己，嘴巴也由不得我。”她说。

“如果你有机会去念大学，一定能成为辩论赛冠军。”麦可嘲弄她。

这几个月里廖紫娟的改变，江瑶看在眼里，也觉得不可思议。短短的时间内，她再也不是一个土里土气的少女。

从香港回来后的那个晚上，紫娟跑来找江瑶，在她家喝醉了，大哭一场。

江瑶把肩膀借给她，让她哭得痛快，却也没有太积极安慰她，只是说：“我了解你的感觉，我第一次也是这样的感觉。”江瑶叹了口气，“麦可是会做这种事没错，可是，他这个人也不算太下流，他不会强迫你一定要做什么。如果你真的不愿意，可以坚持。你知道吗，很多女孩，只要可以在最短时间内赚最多的钱，她们什么都愿意做。”

紫娟又哭又笑：“他说得没错，那个男人比骗我的男人条件都好。他不是个坏人，只可惜，这是个已经被搞坏了的开场。”

“听起来你有点喜欢他。”

“我不会喜欢他，我发誓，三年内我不会再爱上任何人。工作是工作。”紫娟马上否认，“我吸取过教训，再也不会把工作和感情混为一谈。”

“你在发誓吗？”江瑶笑着说，“人啊，最好不要发誓，我发的誓，没一个做得到。”

紫娟不喜欢李远扬吗？也不是。

虽然他说话有点不饶人，可是他确实是个可爱的男人。

可惜，一大堆阴错阳差，他竟然成为她的雇主。而且，他已经误会她了，误以为她是一个可以随便卖身的女人。

那个晚上，她给他一个吻，当他用强壮的手臂抱住她的时候，她用力推开了他温热的身体。

那不是一件容易的事情，当晚她确实有点遗憾，可是，她决定不要再傻下去。

吃完夜宵，又来了一个江瑶的朋友珍妮。珍妮也曾在麦可旗下工作，现在已经转业变成服饰店的老板。麦可十分雀跃：“够了够了，四个人了，我们来打麻将！”

紫娟推辞：“我要走了，明天一早还有工作。”

“小姐，打两圈就好嘛。”麦可露出摇尾乞怜的嘴脸，“你看你看，工作多了就骄傲起来了。”

“哼，我就是不想把辛苦赚的皮肉钱输给你！你都已经抽头了。”她说。

“哟，一张臭嘴，说话真刻薄。”麦可捏住鼻子，做了一个夸张的动作。把江瑶和珍妮都逗笑了。

“对对，我臭，因为我们都是一丘之貉！”紫娟说。

正在斗嘴时，忽然听见钥匙转动的声音。

有这间房子钥匙的人，除了江瑶，应该只有庄先生。

庄先生从美国回来，至少会从机场打个电话给江瑶，请江瑶派人接他，不会突击检查。

江瑶的表情也很讶异，急忙起身走到门口，才走了几步，门就被打开了。进来的人不是庄先生，而是几个彪形大汉，他们一进门就开始砸东西。有个人将手上一瓶透明液体倒进沙发里，冒出来的烟充满了客厅，散发出一种呛鼻的味道。

紫娟忍不住咳了好几声。

是盐酸！

紫娟、江瑶、麦可和珍妮动也不敢动，都愣在原地，好像眼前的景象只是电影院里动作片的情节。

来不及惊呼，客厅里已经满目疮痍。紫娟最喜欢的水晶灯，被一个人用棒子从天花板打落，碎珠子掉了一地。

四个黑衣人，有人拿着照片比对，然后走到江瑶面前，端详了几秒，冷笑说："哼，这是你的照片吧？"

江瑶来不及否认也来不及承认，一桶污水就从她的头浇淋了下来，尿臊味窜进紫娟的鼻子里。

江瑶整个身子晃动了一下，并没有挣扎，认命地接受这一切，好像她老早已经明白：既然已经被判了死刑，要杀要剐随便你！

这时，一个女人走进客厅。她穿着貂皮短大衣，雍容华贵，看起来，年纪大概比紫娟的妈妈还大一些。

她穿着粗跟高跟鞋，抬头挺胸地走进来，地板上发出切菜般的声音。

"狐狸精是你吧？"她的身高比江瑶矮一个头，但声音气势十足，仰着头，骄傲地看着一身秽物的江瑶。

"你知道我是谁吗？"中年妇人说话中气十足。

"我知道，你是庄太太。"

"你的反应还真快。"庄太太冷笑了一下，"你既然知道我是庄太太，那干吗还死赖在庄先生的房子里？"

江瑶没有搭腔。这时候，说什么都不对。

"你要知道，他的就是我的，这个家我打算怎样就怎样。我弄坏的，都是我家的东西。"她盛气凌人地环视左右，眼光扫到紫娟时，紫娟立刻低下头，好像她也是共犯似的。

"我知道。"江瑶的眼睛看着地板，用平稳的声音说。

紫娟暗暗吃惊，面对这种状况，江瑶竟然可以不动如山。跟她一样大的江瑶，见过的风浪显然比她多得多。

“看来你很懂事。”庄太太说，“难怪你会得宠。庄先生就是喜欢懂事的女人，对吗？”

江瑶没有说话。

“你如果和他继续在一起，我不能保证下次会这么容易放过你。你知道吧？”

“我知道。”江瑶答得很快。

“我瞧你的年纪，比我的女儿还小。看你这么懂事，我不想为难你。你跟一个年纪比你爸爸还大的男人在一起，图的只不过是过点好日子，对吧？你和他之间，只是一桩好买卖。”

江瑶也没有否认。

庄太太在唯一还保持原状的单人沙发上坐了下来，从银色的皮包里拿出支票本：“这是给你的，不许再跟他联络，换掉电话，连夜搬走！再跟他联络，你就是敬酒不吃吃罚酒，到时候，少了什么就不要怪我！”

她在支票本上飞快地写下一个数字：“我要求你，今天就连夜搬离这里！我会派人把房子恢复原状！”

她把支票拿到江瑶眼前，然后，让它像羽毛一样飘落在地上。

“捡起来！”

江瑶几乎没有犹豫，立刻蹲下身子捡起来。

庄太太满意了：“够吗？”

“够了。”江瑶眉头连皱都没皱一下。

庄太太的手在鼻子前面扇了扇：“你的味道还真臭！我本来还想打你两巴掌！只不过，现在我一点也不想弄脏我的手。”

“我今天说的事，你可都做得到？”

江瑶柔顺地点点头。

“我再说一次，不准跟庄先生诉苦，也不许再跟他联络！”

气焰这么高涨的太太，还是怕自己的丈夫不高兴。

“我不会。”江瑶说。

庄太太耀武扬威地走了，把门重重推开，还回过头说：“我明早会派人来这里看看！没走的话，休怪我无情！”

“有没有受伤？”这时候，麦可才说话。

“没有。我去梳洗一下。可以帮我找搬家公司，赶紧把我的东西搬走吗？这是你现在唯一可以帮忙的地方。”江瑶在灾难现场淡定指挥，说，“我先去洗个澡。”

江瑶拿了面纸把手擦干净，将那张支票仔细收进皮包里。这时，她竟还跟麦可开玩笑：“可惜这个案子不是你帮我接的，你抽不到……”

那天晚上，紫娟的住处变成了江瑶的临时栖身之处。把还没被破坏的东西搬完时，已经半夜三点了，江瑶和紫娟挤在小小的床上。

这时，紫娟已经不住在近郊漏水的阁楼里了。她在市区租了一间小套房，虽然空间小了点，却有独立的卫浴设备和简单的装潢，紫娟已经很满意了。

“希望你不会觉得这里太简陋。”睡前，紫娟对江瑶这么说。

“怎么会？”江瑶说，“只是没想到有一天，换我被你收留。”

“你，很不容易，一点都没有惊慌失措。”紫娟说。

“你一定很奇怪，我为什么那么冷静，对不对？”

“嗯。”

“因为，在她侮辱我之前，我老早就没有尊严了。”江瑶竟还冷笑了两声，“所以，我从来不怕人家侮辱我。”

“你别这么说，我听了好难过……”哭出声来的是紫娟。

“傻瓜，别为我哭，我很好。”江瑶叹了口气，“你知道吗？我什么都没有，什么事也做不好，唯一拥有的东西就是青春。以前有人告诉我，青春像一层糖衣，舔掉就没有了。至少，我还拿它换到了一些东西。不是吗？”

“你真的会离开庄先生？”

“我老早就打算离开他了。我舍不得的并不是他，而是他让我过着很优渥的日子。现在，他的太太逼我走，也好。你放心，这世界上最能让我接受的屈辱，就是用钱侮辱我。我本来就只是个一无所有的乡下女孩。”

一下子，江瑶就睡着了。

虽然受了委屈时，江瑶连眼眶都没有红，但紫娟清楚地听到她夜里磨牙，在梦中发出哀号般的哭泣声。

江瑶还是会害怕的吧。

她转身抱着江瑶，轻拍着她的肩膀，泪水又止不住了。

第二天，紫娟下班回到住处时，江瑶已经搬走了。她留下了字条给紫娟，说手机也换了，等她安顿好，有了新号码就会和她联络，请紫娟不要担心。

她问麦可：“江瑶真的不需要帮忙吗？”

“你放心，她是全世界最不会去寻短的女人。”麦可叹了口气说，“天塌下来，她都很稳，她很有办法。”

一连好几天，几个大汉大肆破坏的那一幕，始终深深烙印在紫娟心里。

江瑶说：“青春是一袭糖衣。”的确没错，紫娟心想，她以前遇到的男人爱的只是这层糖衣。

她又换得了什么呢？

这袭糖衣，能够舔多久？

从这一夜起，紫娟变得比以前更成熟了。

她也是一个如果不靠自己努力就一无所有的女人。可是她不是江瑶，她没有那么好的应变能力，她不想只靠着男人，也不想在某一天承受这样的侮辱。

她不能再出卖自己的青春，开始想变得精明。

她很敬业。雇用过她的客户，都愿意再与她合作。她不怕事前做功课，一连串台词，她也可以背得一字不漏。

她决定利用空暇时间，自己找一些出路。她报了一个煮咖啡的课程，心想人最怕没有希望，虽然不知道自己将来可以做什么，但有点希望总是好的。

一个人在沙漠中，即使看到的只是海市蜃楼，至少还能拥有暂时的狂热。

人总要有条出路吧，她想。她不想像江瑶一样，被屎尿泼了满脸，还要说谢谢。她想存一笔钱，开一间属于自己的小店，过上对得起自己的生活，不要再像一株水草，水怎么流就往哪里摇。现在，她需要的是钱。只要有案子可接，她都会全力以赴，一心只想快点赚到钱。

又是陈董的晚宴。陈董每两个星期都会在私人招待所请重要客人吃饭，紫娟是常客。在陈董的晚宴上，紫娟常看到一些新闻里才会出现的男人，每个都有头有脸。

这次一进门，穿着黑色上班族套装的紫娟，一眼就看到了张百刚。一个曾经是她生活重心，让她朝思暮想的男人，并不是很久不见，但再见面的感觉，却无比陌生。

最近，他怎么了？他看起来没有以前那么精神抖擞，白头发多了一些，人也瘦了。

这是陈董的私人招待所，张百刚是陈董的侄女婿，也是重要干部，他会出现并不奇怪。

陈董的私人招待所布置得很像电影里法国国王路易十六的皇宫，桌子、椅子都镶着金边，椅垫都是精致的手工十字绣，大厅里有盏华丽的水晶灯，由数不清的水晶悬吊成一个闪亮的大球。一入门有个大玄关，比一间小学教室还大。

连音乐听起来都富丽堂皇。

餐厅之外就是一座大泳池，泳池里的灯被排成一朵巨大的莲花，水波流动时更是璀璨。

池畔，每隔一尺放着一盏烛火，烛影摇曳生姿，气氛好到令人忍不住惊叹。

第一次到这里时，紫娟觉得自己好幸运。这个工作环境，比起车展或计算机展人挤人的展览馆好多了。来往的人，看起来都是一时权贵。

不过，没多久她就发现，还是在展场里卖命比较有尊严。

陈董用这里招待的客人，都是重要人物。而女人跟漂亮的筷架一样，没有什么太重要的价值。

每次邀宴，都有不同的衣着主题。

两个月前，紫娟也曾来到这里，当时都快入冬了，联络人还特别嘱咐，要她们在衣服里面穿比基尼。

为什么要穿比基尼呢？原来，陈董怕餐会后只能唱卡拉 OK，太无聊，就办了一个余兴节目，把大额纸钞都撒进泳池里，要女孩子们下去捡。

场面果然像陈董预想的一样，女孩子们见钱眼开，纷纷脱衣下水。有几个女孩，根本没有接到穿泳装的通知，也一样把外衣脱了，穿着内衣内裤就扑通跳下去，让几位年纪跟陈董差不多的老先生笑得合不拢嘴。既然是工作，紫娟就铆足了劲去做，外衣一脱，第一个跳下水。她在乡下长大，从小就在河里游泳，捡东西难不倒她。那天晚上她捡到的纸钞，省吃俭用一点，够她生活两个月了。

虽然知道自己像是娱乐客人的猴子一样，但她对自己的战利品还是挺满意的。

那场宴会是用来宴请陈董的老朋友的，陈董对自己的创意很是沾沾自喜。

这一场就不同了，来者都是与公司业务相关的重要人士，陈董要女孩穿上上班族套装，没事少说话。

紫娟身上的套装还是跟江瑶借的名牌服饰。“喏，庄先生有时要我装成他的秘书，所以我装备齐全。给你，一整套的，反正我现在用不上了。”

江瑶好像有金刚不坏之身。虽然一夕之间被赶出了豪宅，第二天起来，已经把过去都当成一场梦，又开始接受麦可安排的工作。

出门前，紫娟在镜子前转来转去，欣赏着穿黑色套装的自己：“好像老了十岁喔！”可是，她喜欢这身打扮。在公司里当临时雇员时，她常幻想，有一天，她也可以穿上正式的上班族套装，拥有自己的小办公室，有事情就拿起电话打给秘书说：“进来。”

某天晚上，她留在公司影印文件，只剩她一个人的时候，她曾经在一个女主管的办公室里，模仿她颐指气使的模样，夸张地把脚跷到办公桌上，逗得自己好开心。

靠脑袋赚钱的上班族，原是她梦想中的美好未来。现在的生活，从来不在她的规划中。

为了省钱，她还是搭公交车前往陈董的招待所。公交车上，高挑又身着盛装的她，就像动物园里的动物，很多人偷偷地看着她。

她不在意。这些日子，她早已习惯站在台上引人注目了，她还对猛盯着她瞧的人眨眼微笑，当自己还在展场工作。表演课的老师曾对她说：“一个好演员，在日常生活中就得训练自己。”

刚看到张百刚时，她整个人愣了一下。“你……好！”他正在跟一位客人毕恭毕敬地说话，并没有特别留意她，只是在她闪过面前时，出于礼貌地对她点头微笑。就在这短暂的一秒里，她意识到：他的眼睛确实看到她了，但已不认得她了。

或许是因为化着浓妆的关系，或许在他心里她根本不是一个重要的人。她的模样，他早已遗忘。

她真不希望是后者，心里有点酸。他曾经是在她人生中占据重要地位的人，虽然刚认识他时，她就在一个卑微的、只敢抬头渴望他赐予恩泽的位置枯等着，但在她的白日梦里，也曾上演过各种平凡剧本里都会出现的戏码——在众人的艳羡声中嫁给他，和她的白马王子组成一个幸福家庭，生两个小孩，教小孩读书，顶着满头白发，手牵手与他在夕阳中漫步……

虽然那些不可能上演的剧本都被丢进垃圾筒里了，但毕竟是她曾经渴望过的青春美梦啊。不久以前，她还痴痴做着这样的梦，还以为这会是她可能拥有的人生。

他的脸上堆满了笑容，正在跟客人寒暄，好看的嘴一张一合。

他竟没在第一眼认出她来！看来，她跟这个宴会里受邀当花瓶的女孩一样，个个美艳，但都像泳池波光上漂亮的影子，只会在纸醉金迷时荡漾一阵子。

紫娟在角落里盯着张百刚，静静地看着他。

张百刚不是来当重要人物的，在这个宴会里，他像陈董的贴身侍卫，穿着体面的西装，在场子里东奔西走。“许董来了，他自己开车，你去帮他停车吧。”“李总经理来了，先去跟他打个招呼。”人手不够时，他甚至被陈董当成泊车小弟，拿着汽车钥匙满场找人。

他的态度恭敬，但不时眉头深锁，好像有心事。

会场里有很多漂亮的女孩子，他似乎一个也没注意到。紫娟懂了，原来，他跟她一样，在这个场合里，也只是个雇员而已，他们都是来打工的。

皱着眉头的他在想什么呢？

她认识的他，老是在想事情。

问他也没用，他会摸摸她的头说：“没有。”

他总不会把真心话告诉她。所以，她和他的距离，即使肌肤相亲，心的距离其实很遥远。

紫娟想起那些住在破旧小阁楼上等他的日子。黑暗中，他的车慢慢接近，像从皇宫里驶来的金色马车，把又湿又泥泞的路都照亮了。

虽然她的马车，曾经那么残忍地变回了南瓜，可是她还记得那些充满期待的日子。

“宇心，来，坐在这里！”陈董叫她坐在身边时，他抬头看她，才猛然一怔，嘴巴张成“O”形，视线停在她脸上好一阵子，似乎想要确定，她是不是他认识的那个人。

她还给他一个灿烂的微笑。

整个晚宴里，他心不在焉，低头看着眼前的碗盘。

“来，宇心，来唱邓丽君的歌！我最喜欢听的《我只在乎你》。”晚宴后，陈董开始点歌，“你们听，她的声音跟小邓很像，对不对？”

她唱歌时，陈董对大家说。

唱完这首歌，紫娟觉得大家对她的眼神客气不少。不是因为她的歌唱得好，而是因为陈董记得她的名字，还指派她唱歌，这就是另眼相待。

陪着老先生，紫娟已经学到其中分寸，那就是温柔与沉默，只是用崇拜的眼神静静看着他们，体贴地注意他们的下一步动作，他们就会喜欢你的温柔与贴心。

酒席终了，已经是午夜了。

有人起身告辞时，紫娟也认为义务已尽，起身向陈董告辞。

喝醉了的陈董，抓着她的手，问她需不需要接送。

她小声贴着他的耳朵称赞他，说每次来总是好愉快，谢谢他的邀请，末了附上托辞：“再不回去，我妈会生气，改天再来陪你喔。”

陈董抓着她的手，在自己掌心摩挲，舍不得放开。

“那你替我送宇心出去吧。”陈董对张百刚说。

到门口的一段路，只有五十多步。他在身边，触手可及的地方，迅速地，所有的心酸回忆全压了上来，紫娟竟然觉得举步维艰，心脏开始狂跳。

心酸的是，不知道他记不记得，她曾是他丢弃的玩具。

“是你吧。”他小声说。

紫娟看着他。一看见他的眼睛，她的脑海里还是会浮现从前的种种。在那么辛苦而孤单的岁月里，他像拯救灰姑娘的王子般，拿着一双她梦想中的水晶鞋，让她拥有一些华丽的想象。那是她自己愿意的，她发现，她已经不怪他了。

她低下头，努力吸住鼻子，泪水才不会掉下来。

“是我。但现在的我已经不是以前的我了。”她说。

“你的电话号码还是一样吗？”

他这么问，表示他根本没有打过。

她经过了这么多变化，而他浑然不觉，甚至不关心。

为什么她以为是天长地久的爱情，他却可以那么不在乎？这是她永远搞不懂的一件事。然而，在这个时刻，明白了这一点，反而使她有如释重负的感觉。她对他并没有任何亏欠，也没有任何借口可以回头。

“我换了电话。”紫娟说。

“你怎么回去？要不要我送你？”

“我刚打电话叫了出租车，过几分钟就来了。你只需要陪我再往前走一段……”这是最后一段路了吧？

“嗯。”

别墅在近郊山上，万籁俱寂的夜里，只有那间灯火通明的房子，像黑丝绒上闪闪亮亮的钻石。黑暗中，还可以听见正在互道再见的客人们大声喧哗。附近没有路灯，两个人站在山路旁，靠着从豪宅透出来的一点余光，勉强可以看到彼此的轮廓。风冰冷又猖狂，紫娟把大衣的领子拉得很紧。

“你变漂亮了。”他仍然用深情款款的眼神看着她，好像他们之间的感情，从未有过任何变化。

他也没有问起让她伤心的事情。

或许那件事，对他来说，并不值得记忆。被回忆点热的心，此时已经降到了冰点。她很清楚地知道，她的心也死了。

“谢谢。”

她客气得像个陌生人。

有道车灯的光束慢慢接近，紫娟眯起眼睛往前看，是她叫的出租车。

“把你的电话留给我。”他的语气，介于要求和命令之间。

“我不想了。”忽然间，她回过头面对他，右手手掌高高地举着。手掌停在空中，仿佛一只即将袭击猎物的鸟。张百刚不自觉地往后退了一步，她的手在接近他脸庞的地方忽然停了下来。

一抹奇异的微笑从她的嘴角迸发出来，紫娟缓缓把手放了下来。

“我本来是想打你一巴掌的，让你知道，我吃了不少苦。不过……因为我曾经爱过你，我还是舍不得这样对你……”

当车子在她旁边停下时，紫娟飞快地在他的脸颊上亲了一口：“这一切都还给你。谢谢你教我的，好难学的一堂课。”

这时，被她藏在眼眶里的泪水，哗啦哗啦地滑落。

她知道，这是她最后一次为他哭泣。

当车子掉头驶过他身旁时，她看见，这么一个冷漠的人，也正用他的衣袖拭泪。他是为她掉眼泪吗？还是只因为他心情不好？

她阻止自己再往下想——这一切，已经不关她的事了。过去的恋爱，就像落下的叶子，不关树的事了。

张百刚不是故意忘记这一切的。只因这一小段感情事件，就跟以前那些在他生命中来来去去的女人一样，他都曾真心付出过，但是一开始就没打算要变成永远。在他的人生中，“永远”一词显然并没有那么重要。尤其，跟他这些天遭遇的事情比起来，一段逝去的感情，根本无足轻重。

宴会前的这个中午，陈董把他叫进办公室，把一大沓文件丢在他面前：“这是什么东西？你同意的？你凭什么同意？这是公司资产，你可以授权私下卖给别人？你这么做，人家会说我掏空公司，图利私人，你知道吗？为了这件事，我被一个股东检举，可能会引起大规模调查，你知道事情的严重性吗？这是谁的公司？”

张百刚一看，正是陈琳找他处理的上海土地买卖事件的文件。

“这土地卖给……陈琳女士的公司。”张百刚说，“她说……这家公司是您和她一起开的，她会自行向您报告……”

“我不知道有这件事！”陈董矢口否认。他的脸涨得通红，看来正处于盛怒中。张百刚始终搞不懂，他的愤怒是否只是他表现精湛演技的方式之一。

“我曾经将报告送给您……”

“我不记得我收过！”陈董指着桌上堆积如山的文件，“这么多报告，你说我会有空看吗？我也不记得她来跟我说过什么……”

“我……”

“你闯下这么大的祸，简直罪无可恕！万一有什么问题，这就是你要负的责任！”

张百刚像只挨了闷棍的狗，低头走出陈董办公室。

买卖合约老早已经签好，新的买主也快速地在那片土地上开挖动工，这是不可能反悔的事。张百刚只是加速了这个案子的通过，并没有从中渔利，所以他觉得万般委屈。

他打了电话给陈琳，说明了原委。

陈琳的声音懒洋洋的，似乎才起床没多久，听了他的陈述，她沉思了一会儿说：“嗯……让我想一想……电话里不方便说，你还是来我家找我吧。”

即使心急如焚，赶到陈琳家之前，他还是到花店买了一束她最喜欢的水仙花。

“你真是贴心。”

陈琳的神色很安稳，似乎不认为这是什么严重的事情。她不疾不徐，为他亲手煮了一杯咖啡。

“我该怎么办？”张百刚无助地看着她。

“嗯，屋里头有暖气，热得很，先把外套脱下来吧。”陈琳走到他背后，帮他脱外套。

张百刚眼尖地发现，陈琳过来帮他脱西装外套时，用她的指尖，在西装口袋捏了一下——她在检查什么呢？还是他多心了？

她拎着他的西装，要管家帮忙挂起来。

他一时没想到其中含义。

“老头子说他不知道？”陈琳偏着头笑道，“他脸不红气不喘地这么说？演技还真好。他想让你以为是我害你的，对不？”

“他只是想万一出了问题，让你当代罪羔羊，就是这么简单。最近，只要有人去检举，一有风声，特侦组就会来查，他只是害怕。放心，没事的。账面上，这可不是一笔亏损，而是一笔盈利！只要公司赚钱，股东就不会有太大意见。”

陈琳的指尖拂过张百刚的脸：“你别那么在意！我想，老头子只是今天听到了一点风声，心里不舒服，迁怒于你罢了。”

走出陈琳家，张百刚才领悟：陈琳刚刚是在检查他的口袋——之所以要这么做，是怕他带了录音机，录下什么对她不利的证据。

他的心感觉好冷，到底怎么回事？

到了晚上的宴会，虽然心里忐忑不安，他还是得打起精神来，为陈董招呼客人。

碰到廖紫娟是个意外，虽然很惊讶她有了这么大的改变，但张百刚也没有心思想太多。

他不是没找过她，给她打过两次电话，她的电话已经成了空号，她又趁他不在台湾时，火速辞了职。一个临时雇员辞职是很稀松平常的事，并不需要长官批准，廖紫娟就这样消失在张百刚的眼前。

他公务繁忙，没有心思去查她的行踪。这段时间里，又出现了填补空当的女人。她，是新来的客服专员范秋丽。

张百刚第一眼看到范秋丽，就知道她和他是同一类人。她有一双笑起来桃花无限的眼睛，上班明明只需靠声音，不需靠色相，她却穿着低胸线衫和迷你裙。

女人要靠衣装。虽然在张百刚眼中，范秋丽只不过是中上之姿，除了上围丰满外，其他都不特别，但她有种很吸引男人的媚态。

她的声音慵懒而沙哑，韵味和其他女孩很不同。

到客服中心开会时，范秋丽主动跟他打招呼，一脸媚笑地说："听说，你是我们公司最帅的长官。"

"我也听说，你是我们公司最漂亮的女职员。"张百刚从来不吝于称赞女人。虽然在此之前，他并没有听过范秋丽这个人。

他很客气地跟范秋丽交换了名片。

是范秋丽主动来找他的。某天下班前，她说在部门里有些困扰，想找张百刚聊聊，张百刚同意了。

当晚，两人相谈甚欢。范秋丽所谓的困扰，只不过是她部门主管对她个人的批评。

"我从来没被顾客投诉过，我觉得自己做得不错。可是那个老处女对我很不满意，常训斥我：'不要用这种声音对客户说话，客户是打电话来谈事情的，又不是打色情电话……'人家天生就是这种声音嘛……"

听范秋丽娇滴滴地这么说，张百刚忍不住笑了。处理完一天烦人的公事后，她提供的笑话使他紧绷的神经放松了不少。

"你啊，笑什么呀……"范秋丽把他当老朋友似的，在他的胸上捶了一下。

"没错，真的有点像……"他笑着说。

"不跟你说了。"范秋丽嘟着嘴。

范秋丽对他说话的态度，完全是打情骂俏，张百刚心里十分清楚。

她的一举一动风情无限，张百刚舍不得放她回去。他给苏菲亚打了个电话，说是跟客户还有重要应酬。吃完饭后，他带着范秋丽到东区一家隐秘的 Lounge Bar 坐坐。

这阵子实在太烦躁了，所有应酬全是为了公务，已经很久很久没有这样的餐后娱乐。对张百刚来说，他的心里有某些东西，一直被关在牢笼里出不来，他确实渴望让它们出来透透气。

两杯威士忌下肚后，范秋丽更是原形毕露了。在 Lounge Bar 里，她主动坐到了张百刚腿上，而张百刚也自然地将他的手探进范秋丽的低胸上衣里……

“等一下，你想去哪里？”

“随便你……”范秋丽半眯着眼回答，接着，给他一个火热的舌吻。

这已经说明了一切。她去哪里都可以……

是她主动送上门的，她是天生骚货——张百刚心想。全公司的人应该都知道，他是老板的侄女婿，主动对他示好的她，必然是个不拘任何教条、习于男欢女爱的女人。

她就跨坐在他的膝盖上，随着音乐狂乱地摆动她的肢体。

“你喜欢我，对不对？”他在她耳边问。

“我喜欢你。你好完美，我从来没遇过你这么棒的男人。”范秋丽黏在他身上说。

当晚，他分享了她的热情。她的投怀送抱，对他来说像雨后甘霖。纵然全世界的人都羡慕他鱼跃龙门，但在他心里有块空地却越来越荒芜。当他觉得自己越来越重要的时候，另一部分的他也变得越来越卑微……他需要不一样的感觉，才可以忘掉一些令人恐慌的感觉……

“嘿，我是李远扬。”电话那头说。

“噢，是吗？喂……我听不见……喂……”

紫娟爽快地挂掉了电话。

“喂——”他显然识破了她的伎俩，并不死心，立刻又打来了，“不要挂断我的电话！”

“你想做什么？给你一分钟，我很忙，赶快说！”她故意发出不耐烦的啧啧语气。

“谁给你我的新电话号码？又是那个挂羊头卖狗肉的皮条客麦可吗？”

“是的。”

“喂，喂……”

“喂，你别假装听不到，我快点说就是了。”

“快说！”

“他给我电话，要我自己跟你讲，他说你不肯接我们公司的Case。”

“对！你可以找别人，我不是什么名模！漂亮女生到处都是，干吗一定要找我？”

“我觉得……你很适合……你的EQ很高，你的气质……很适合我们公司的产品。”他的语气也显得有点心虚，“你不觉得自己这样很骄傲吗？哪有厂商求模特儿接Case的！”

“所以你不必来求我呀！”她重申一次，“我是不卖的。麦可跟你开价码是他的事。还有，我要告诉你，他开给你的价码很贵！二分之一的价钱，就可以买到他旗下比我漂亮、身材比我好的女孩。不过，买不到我！他看错人了，你也看错人了！”

拒绝的时候真爽快！紫娟心里得意地笑。

“不要这样好不好，我为误会你跟你道歉！行不行？”李远扬的声音很委屈，“不要用对嫖客的态度对我！我跟你说对不起，好不好？相逢自是有缘，我们难道不可能有一点友谊？”

听他这么说，她忍不住笑了。

“有正常的Case给我做？”

“我保证是正常的。”

“那么，你再打电话给他。公事公办，我会跟他说，我会接。”

“好，我马上打。”他顿时开心了起来。

这个所谓正常的Case，竟然是婚礼，另一场婚礼。

他邀请她扮演的角色，和第一次见面时一样，做他女朋友。

前一天下午，他约她见面沟通彩排。他看到她的表情，比上一次恭敬多了，还开玩笑地对她说：“皇太后吉祥！”

“这一次，又是谁结婚？”她用检察官盘问犯人的态度质问他。

“我弟弟。”

“噢。”

果然是一场重要的婚礼，他的处境确实尴尬。哥哥姐姐最怕参加弟弟妹妹的婚礼，如果单身前去，一定会被千篇一律地问同一个问题：“你呢？什么时候请我们喝喜酒？”

“你本来不是有女朋友吗？为什么不带她来？”

“几个月前，就吹了。”他耸耸肩说。

“为什么？”

“有人告诉她，我带了一个漂亮女生参加婚礼。”

“是我害的？”

“没有啦，本来也不太合适。她是哈佛高才生，希望我变成比尔·盖茨，可惜我只能当个小商人，没有那么大的能力和抱负。你别笑啊，她常对我说：‘你可不可以有出息一点？’”

听他这么讲，紫娟有些同情他了。

“原来像你这样，还是会有人瞧不起，我平衡多了。”她笑了。

他想带一个女朋友出席，也情有可原。

“那么，我要走清新、高雅、大方的路线……不能替你丢脸……”她在笔记本上写下来。

“也不用啦。上次我有许多亲戚都见过你，我三叔公一直记得你喝起酒来脸红红的，很热情也很可爱。”

“噢，这次我会认真工作，工作不喝酒，喝酒不工作！”她咬着笔杆说。

“看来，你还挺把工作当一回事的！”

“当然，我公私分明！”

她把长发弄得直直的，看起来比较有书卷气些，穿着一袭简单保守的浅紫色雪纺纱小礼服，显得文静又飘逸。

在五星级饭店办的喜宴，布置得十分有异国风味，每张桌上都有一盏红色布幔灯饰，入口处燃烧着古怪的香味。直到新娘出现，紫娟才恍然大悟：原来这个轮廓分明的新娘，是个印度美女。

“哇，第一次看到有人娶印度新娘！”

“我们家可以说是一个小联合国。我哥哥娶德国人，我伯父娶美国人，堂弟娶泰国人……”

“你爸妈都没意见？”

这样的家庭，在本地很少见。

“我爸相信四海一家。我妈自己也有荷兰人血统。我们家很开放、很自由，只要儿女喜欢就可以。”

难怪比起其他人，他的五官格外分明。

她的主要工作，就是帮他挡酒。他宣称，自己是那种喝一杯就会倒地不起的人。

这样的工作对紫娟来说，简直像度假，只要控制自己别喝太多、别失态就行了。

“你们俩什么时候结婚？”整场婚礼，李远扬和廖紫娟一直被问到同样的问题。她只是沉默地微笑着，看看他。

“快了快了。”他面带微笑地回答。

喝得微醺的她，无可避免地露出本性，不自觉地把头靠在他肩上歇息。

他伸出手来，摸摸她的头。

这个动作好熟悉，紫娟整个人弹跳了起来，那是张百刚的习惯动作。

“怎么了？”

“没有。”她深吸了一口气，对自己说，你呀，再掉进感情陷阱一次，就会万劫不复，连自己都不会原谅自己。

这是工作，千万不可以放纵。

婚礼之后仍然是闹洞房游戏，她还是演得很投入，和一群年轻人逗留在新郎新娘专属的房间里不肯走。离开时已经快十一点了，她踩着高跟鞋，走得东倒西歪，又不自觉地靠在他肩上。

虽然是演戏，但有个男人靠着的感觉，还真是舒服。这一次她边喝边警惕自己，绝对不可以喝醉，一定要有八分清醒……

出了饭店，凉风稍稍吹醒了她的意识，紫娟果断地把头挪开了。

“这样的演出，你还满意吗？”她笑问。

“你是个敬业的人，出神入化，连我都觉得我们已经认识了好久！”

李远扬说：“我送你回家！”

“不用了，公司派来的车在外头等我，喏，就是那辆！”这是她惯用的招数。趁刚才去洗手间时，她又为自己叫好了车。

人在江湖，要学会保护自己的方法。这一招万无一失。

“噢。”他的表情有些失望，“那……我可不可以提出最后一个问题？”

“请说，一分钟内，你还是雇主。”她向他鞠躬作揖。

“别……别把我当雇主行吗？我是很认真的，你可不可以认真听一下？”

“请说啊……”满是醉态的她，很努力才能让视线聚焦在他的脸上。

“你要不要考虑跟我交往？”

“交往？”她挑了挑眉毛，不怀好意地看着他，“什么样的交往？”

“我是认真的。以结婚为前提的交往，如果你也觉得我这个人还不错的话。”

这一刻，她怀疑自己真的醉了，睁大眼睛像看着一头怪兽般。经过了那些感情的折腾，她的心早就像江瑶家里被打碎的水晶灯一样，碎成了千万片。她不相信，会有人真心喜欢她。

“你是开玩笑的吧？”她再度挑起眉毛看着他。

“不是，我慎重考虑了很久。我记得……你那天说过，你并不讨厌我。”

“不讨厌并不等于喜欢。”

“我知道。如果你对我哪一点不满意，我可以改。”

“很抱歉。”紫娟摇摇头，想把自己摇醒。然后，她听见自己这么说，“你很好，谢谢你。可惜我公私分明，工作的时候，不谈私事。”她给他一个职业性的微笑，然后用仅余的清醒跳进车里。

“喂，我是李远扬。”

第二天，一整天没事，她打算睡到自然醒。早上八点不到，电话又响了。

“怎么又是你……有什么事？如果你还有 Case 要我接，还是请你找我的经纪公司。”

“昨天的事还没完……”他说。

“怎么可能？我很尽责喔。”虽然惺忪着眼，她的脑袋已经清醒，“如果你不满意，可以跟经纪公司投诉！”

“我昨天提的事，你还没回答我。”李远扬说。

“我说过，我公私分明。”紫娟说，“你不可以在我工作的时候跟我谈私事。基于敬业原则，我绝对不会答应。”

“我知道，所以我才今天早上打来，再跟你提一次。现在不是你的上班时间吧——你听着，这是私事，与公事无关！如果你觉得永无可能，你可以现在就把我的电话挂断，我永远永远永远都不会再打电话给你！”

她愣住许久，才小声说：

“你在……威胁我？”

“我说的是真话！”

“……那么，可不可以让我冷静一下，不要逼我？”她也不想对他说假话，“我告诉你，我叫廖紫娟，在我人生历程中碰过的男人，都是坏坯子、负心汉、烂东西，不过我不怪他们，只怪自己没长眼睛！现在我学聪明了，就算你是上帝派来的，我也要想一想！”

他笑了：“我就喜欢你这个样子……你真是有趣……”

她觉得自己在骂人，他却觉得她有趣？这个人是不是在跟自己过不去啊？她笑了。她不知道为什么在这个男人面前，她也觉得自己忽然变得很有趣，说话也很痛快。和他在一起的时候，即使是工作，她也都是开心的，难道她真的喜欢上他了？

他虽然没叫她公主，但跟他在一起的时候，她觉得自己就像个骄纵的公主。因为知道自己被宠爱着，所以不自觉就骄纵了起来。真正的公主，就是要有那么一点尊严吧。

如果要以流年不利来形容自己近来的遭遇，还真是太客气了，张百刚心想。

他刚在一家饭店的咖啡厅里，和他以为最忠实的伙伴开完会。

他们在一个月前才标下一个科学园区开发计划，这个开发计划规定，得标的公司可以获得六分之一的土地作为开发利益。当时土地看涨，房地产正热到最高点，想来这个计划万无一失。

张百刚升职后，形形色色的人都来找他合作，每个合作案，或多或少对他私人而言，都有一些潜在利益。张百刚和他的老同学朱祥合组了一间资产管理公司，靠着融资方便和房地产的水涨船高，过去几个月来转手卖掉的土地，已经让两人的公司赚了上亿资金。

可是这一个月来，全球股市急转直下，招商的行情也逐渐暗淡，虽然第一期的巨额设计成本已经投入了，但朱祥算了算，如果继续履约，贸然进行开发，赔下来恐怕会高达三十亿以上，这个财务压力，不是他们的小公司承受得住的。“如果违约，只怕要赔上五亿元……”这一天，朱祥来找张百刚时，眉头深锁，开门见山地带来这个坏消息。

一个当初想来稳赚不赔的案子，在行情急转直下之后，竟然变成财务上的黑洞，这是始料未及的。

“一定要赔这么多钱吗？如果现在就不做呢？”张百刚一听也慌了。

五亿元？对他而言，可不是小数目。就算自己在金融机构身居要职，也不可能贷到五亿元巨款。

“不做也可以，”朱祥笑得很苦，“那么，我们一辈子信用破产，只好渡海逃亡。”

“难道不能继续进行这个开发案？说不定，可以等到行情好转……”张百刚说出这句话时，就已经明白自己只是在编织美好的梦想。

“我们的资金，恐怕撑不到行情好……施工日期只要稍一拖延，违约金就会往上加……”

两人坐在咖啡厅里，都不敢直视对方的眼睛。

回到办公室，张百刚的身上像多了一百公斤的重量似的，腰杆再也直不起来。

刚坐在座位上，电话铃声就响了：“百刚，我在你桌上放了寿司饭盒。你还没有吃午餐，对吧？”那头传来范秋丽黏黏软软的声音。

“噢，”张百刚的确忘了吃午餐。黑咖啡喝了一肚子，一股作呕的感觉翻腾着他的胃。

“谢谢，不过……”他很感激，但想起了更多必须警惕自己的事情，“下次别这么做，好吗？办公室里总有人会发现，传出谣言就不好了……”

“就送个餐盒，他们有什么话好说？”

“总之……人言可畏……”张百刚说。

“你怕的事还真多……”范秋丽有些不高兴了。

张百刚以有公事要处理为由挂掉电话，不想再跟她说下去。

女人是最不可貌相的，张百刚心想。范秋丽看起来大方、爽朗又主动，他以为，她一定是能恣意享受感情的现代女性，在他的归类里，应该属于“好吃不黏牙”的类型，但他这次的判断可能有误差。

当他觉得范秋丽可能是个麻烦的时候，懊恼已经有点迟了。

前两天，他就开始对范秋丽有些感冒。范秋丽和她的部门主管发生了一些小冲突，竟然直接打电话跟他诉苦。

听完了她的描述，他并不觉得主管对她的要求是错的：“你的态度本来就有问题。”张百刚就事论事。

范秋丽听不下去了：“你都不帮我主持公道？”

公道？听到这句话时，张百刚整个人都傻了，他怎么可能到她的部门去主持公道？理由何在？难道要将两个人的私情公之于世吗？她怎么会连这种事都不懂？

他以为，她应该像廖紫娟一样安分懂事，明白某些道理，从不僭越自己的身份地位。

正被一堆事情弄得焦头烂额的他，根本没有时间对范秋丽说大道理，只有置之不理……

这天下班前，范秋丽直接来到他的办公室，没有经过他的秘书通报就走进来，吓了他一跳。

“你……你怎么会在这里？”

别人会怎么想呢？这可是他未婚妻的家族企业……范秋丽的工作职务，又不能也不需要跟他报备……

“我想问你，”她气呼呼地直视着他，“你这几天为什么对我那么冷淡？”

这是张百刚意料之外的事。就像看到水坝决堤前的小缝隙，张百刚有种大祸临头的预感……

有个声音提醒他，这个女人很危险，他得跟她保持距离才行。

然而那个晚上，为了安抚她的情绪，他也安抚了她的身体。他想，这是最后一次了吧。

送她回家的路上，他拉下脸来对她说，自己处境艰难，并非自由身，请她体谅。她早就明白他是个有家室的人，年轻如她，会找到更好的对象。从明天开始，他只能和她当普通朋友，并请她注意自己在办公室里的言行。

范秋丽不可置信地看着他：“你想甩掉我，对吧？”她咬紧嘴唇，眼睛里的恨意像一把熊熊烈火。

“你本来就知道，我们不可能有结果的，不是吗？只是我让你快乐，你也让我快乐，就是这样……”

“你当我是什么？”一个巴掌清脆地响起。

张百刚没有还手，也永远不会对女人还手。但他知道，这一巴掌已经打散了他们之间仅存的关系。他心中警铃大作：这个女人，非避开不可！

可是……

范秋丽显然怀抱着“宁为玉碎，不为瓦全”的想法。过了两天，苏菲亚收到了一封信——张百刚最不想发生的事，终于发生了……

就在廖紫娟决定好好考虑自己和李远扬的关系，并且决定自己还是得冷静下来的时候，麦可又交给她一个任务——又是一场婚礼。

雇主仍是李远扬，他似乎专门参加婚礼。

“这一次，是谁的婚礼？”

“我的高中同学。”他说。

她咬着笔杆：“你希望我扮演什么样的角色？”

“你自己。”

“我自己？”

“就演你自己。”

她犹豫了：“我自己？我自己该怎么演呢？”

“我不在乎。不过我要你记得，因为你，我开始喜欢参加别人的婚礼。”

“这样不是很无聊吗？我劝你不要乱花钱，以你的条件，有很多女人愿意陪你参加婚礼。”

“我知道。”他对自己并不是没有自信，“我只是喜欢你和我一起参加婚礼，那会让婚礼变得很有趣。”

“你打算一直雇用我参加婚礼吗？”

“对。直到某一天。”

“哪一天？”

“我自己婚礼的那一天。”

他自己婚礼的那一天？她的笑容忽然暗淡了下来，把笔丢回皮包里。说实在的，她不免有些失望。原来，他和她还是玩玩而已。

之后，她每个月几乎都陪他参加一场婚礼。她已经开始怀疑他是不是以此为生活乐趣。

婚礼有什么好玩呢？十分之九是不认识的人，百分之百无聊的来宾致辞，十次有七次菜色都很难吃。

直到有一天，她发现，他或许是真心的。

在他大学同学的婚礼上，某个同学当着她的面开他玩笑：“他这个人，可能闲得发疯了，连打了几通电话给我，问我有没有同学结婚，他想参加，不要忘了告诉他。我想，他大概太无聊了，这个时代，有谁喜欢接红色炸弹？”

她忽然明白了。这一次，她躲进厕所里，不是为了打电话叫车来接她，她放声大哭，把脸上的妆都哭花了。

这一次，她让他送她回家。

“我想我不能再陪你参加婚礼了，”借着几分微醺，她说，“我怕我真的喜欢上你。如果有一天，那真的是你的婚礼，我会受不了……我是说真的。”

“我也是说真的。如果有那么一天，那一定是我和你的婚礼。”

他的声音，那么真诚而温柔。

微醺的她，睁大眼睛看着李远扬：“你再说一次……”

“好话不说第二遍，我相信，你已经听清楚了。”

“我……”她伪装的骄傲在瞬间决堤，“你真的喜欢我吗？你这个傻瓜！”

“我觉得我很聪明。”他搂过她的肩，“而且，我很值得信赖。如果你不要我，你才是一个大傻瓜！”

“我……唉，我以为，我是被诅咒的，一辈子不可能得到幸福！”

她又哭又笑。

“那是因为，你以前没有遇到我。”他捧起她的下巴。那一刻，她的心像是被放置在大太阳下的小冰块一样，迅速融化……

她发誓，她要离开这个伤心地

一通电话让张百刚从睡梦中惊醒。他痛苦地翻了身，拿起床头的手机——四周一片黑暗，没有一丝光线从窗帘缝隙中透进来。

另一头是陈琳低沉的声音：“打扰你了吧。但这件事，非告诉你不可。”

“什么事？”

陈琳不是一个会半夜打电话来倾吐心事的女人。

“老头子恐怕明天会找你麻烦……”

“什么？”

“他手上已经有很多证据，有关你如何从公司里牟取不法利益的证据……”

“我……我……”张百刚激动了一秒钟之后，就把声音压低——苏菲亚正睡在隔壁房里。怀孕的苏菲亚睡眠不好，为了怕被惊动，已与他分房睡。“什么不法利益？我做的事情……大多……大多是他批示的……他……”

“没错，我也明白。可是最近他被查得紧，只好找一只代罪羔羊……他希望你离职避避风头，去上海也可以……如果你到那里，我可以照应你……”

“这是什么意思？要我承认自己是个经济罪犯，畏罪逃亡？”

“只是避一避。”陈琳强调。

“这……”

“老头子手上已有不少数据，包括你自己户头里的金钱进出，他都查得一清二楚……百刚，只要那笔钱的来源不是薪水，你就难以解释。还有……你的那个资产管理公司，是不是也周转不灵了？你打算怎么办？”

“我本来希望可以找老董谈谈，跟他借调一下资金，或许可以渡过难关……”

“希望很小。”陈琳斩钉截铁地说，“那个资金缺口，不是小数目。百刚，你也太天真了，开发案执行起来，至少需要百亿资金运转，在这种风声鹤唳的行情下，有谁不会认为这是个无底洞？你更不可能请他贷款帮你赔偿违约金……”

张百刚懂了。陈琳表面上是来预警他大事不妙，事实上是来明示，要他不要违抗公司旨意。

“我没有别的办法了吗？可是，我走了，苏菲亚怎么办……她……”

“陈家财大势大，”陈琳叹了口气说，“一个孩子会养不起吗？一个千金小姐，怕找不到乘龙快婿吗？百刚，如果你以为这是一张免死金牌，未免也太天真了。”

“我……”所有可能的路都被堵住了。张百刚挂掉电话，在黑暗中发呆。

他仍然西装笔挺地去上班。果然如陈琳所说，老董一大早就来了，一大箱文件摆在桌上，都是和他相关的资料。张百刚一阵心寒。

“你有你的委屈，我知道，”老董脸不红气不喘地说，“但是，你要为大局着想……”

“你们早已决定好了吧。”他的嘴里忍不住迸出这句话。

“这都是不得已的。”老董悠悠地点燃一支雪茄，“我待你不薄，也替你安排了出路。”

“可是苏菲亚……”

“那是小事情，我会安排的……”老董吐出了一口浓烟，呛得张百刚睁不开眼睛。

“噢，对了，还有件事要提醒你……”

他从红木办公桌的左边抽屉，取出了一个牛皮纸袋。纸袋里，有一沓照片。

“你看看，这是什么？”

一大沓照片。影像模糊，画面粗糙，都是偷拍的。

这些照片，都与张百刚有关，一共有两个部分。第一部分是他和一个赤裸裸的女人——对他而言，已经是很模糊的记忆了，张百刚努力回想，思绪把他拉回上海……有几张照片还拍出了他脸上陶醉的表情。他是抵赖不掉的……这也是老早就设好的圈套吗？

最后几张是他和范秋丽的画面。范秋丽上了他的车，他的车驶向汽车宾馆……并没有拍到什么暧昧画面，但他的车号十分明显。他一直被跟拍，却毫不知情。难道，范秋丽也是一个幌子？

“如果让苏菲亚看到了，可不得了。苏菲亚的个性，我是知道的，她一定受不了……”

结论就是要他自动请辞。

“这里的事情，每一件都是你应付不了的。你就说要另谋高就，你到上海，我妹妹陈琳会照顾你。自动请辞，并不难听。你现在可以走了，最迟明天，把辞呈给我。”

陈董站起身来，皮笑肉不笑地和张百刚握了握手，微微欠身，说：“就麻烦你了。”

张百刚像行尸走肉般离开了办公室。该如何告诉苏菲亚这件事呢？

他双手紧握着方向盘，不确定自己该驶往哪个方向——那栋豪宅，还是他的家吗？

他的胃抽搐起来。

就在这个时候，电话响了。他听到苏菲亚在电话那头咆哮的声音：“你在哪里？你最好马上回来解释给我听！”

大事不妙。

本来，他以为自己闲坐在一座坚固的城堡里，没想到，某天醒来，发现城堡的地基已经坍塌，处处漏水，而他完全无计可施……

这些日子以来，郭素素觉得李云僧不太一样，他变得更沉默了。他的表情是个坚固的外壳，包覆住一些潮湿而柔软的东西，他并不愿意告诉她，到底是为了什么。

每天，他一早来上班时，表情总是很疲倦。这阵子，股市惨跌，没有人好过，有人传说交易量如果再惨淡下去，分公司可能不保。有不少证券公司，在这一个月里，已经把业绩不好的分公司收起来了。距离他们的办公室没多远就是统合证券的分行，上个星期已经清除一空，只剩下招牌还挂在那里，落地窗上贴着大大的“租售”二字。

她曾经猜测，是不是上面的压力让他愁眉不展？他只是轻轻摇着头说：“不是。”

他还是会问她有没有空，约她出去，开着他的车漫无目的地逛着，有时会到他们的〇六一一号房间休息。郭素素越来越感觉到，他抱着她的样子，像一个即将溺毙在大海里的人，紧抓着唯一的浮木。

“你有心事，很沉重的心事。”她抱着他的头，像安抚婴儿般轻轻拍着。

“对。”

“不能告诉我吗？”她轻声问。

“我没有办法解决的问题，告诉你，不过是增加你的压力。”他说。

她苦笑了一下。她了解他，他的个性正是如此，尽管脸上写着绝望，却不想让自己的情绪影响任何人的心情。他还是一座稳重的山，只是这座山里流动着滚滚熔岩，不知道何时要爆发。

“你是我活在这个世界上，唯一真实感觉到的快乐。”那个晚上，要离开〇六一一号房间时，当她走到门口，他忽然冲上前去抱住她说，“无论如何，你一定要记得。”

走出房间，郭素素也走进了浓浓的夜色里。为了安全起见，她不要李云僧再送她回家。回到现实里的感觉很虚渺，这时候，她的电话响了。

“你认识李云僧吧？”那个声音努力维持着平静。

“请问你是……”

“我想约你见面。”电话那头的女人并没有等郭素素问完问题，她说话的语气很坚决，就算天塌下来，也不容任何人否定，“你不要害怕，我没有恶意，只想见一见你。”

“我……”所有的话哽在郭素素的喉咙里，一句也说不出来。

“你现在不用承认什么或否认什么，答应我，让我见一见你。我不会伤害你。好吗？”那一头的声音更强硬了，“我有很多理由要见你，不要让他知道。”

不用猜测，郭素素已经明白她是谁了。

这是一家医院地下室附设的咖啡厅。

阳光很好，可是她的心情像蒙上了乌云般。走进医院大门，她的身子打了个冷战。

这家医院大概是这拨不景气的行业中最有人气的地方，一楼的缴费处大排长龙，医护人员在人群中快步穿梭。

郭素素的脚步比重症患者还沉重。

惠敏已经在最里头靠窗的座位等待了，一抬头，看见一个穿着上班族套装的娇小女子，用怯生生的表情打量着四周，就知道是她了。眼前这个穿着黑色套装的女人有点眼熟，应该是帮他整理照片时，曾经看过这张脸吧。她记得李云僧刚调到分公司时，曾带回来一张他与分公司员工的旅游合照，就有这么一张秀气甜美的脸出现在里头。

惠敏示意她坐下。两人静静对看了一会儿，惠敏挤出了一个微笑，郭素素不自觉地低下头。

郭素素眼前的这个女人，手长脚长，却瘦得只剩下一把骨头。因为瘦，更显得颧骨高耸，手腕上留着一根用细绷带固定的软针，显然必须长时间注射某种药物。她把头发全部剪掉了，只在头上戴着一顶薄薄的灰色呢绒帽，脸上也几乎没有血色，双唇上随意涂抹的玫瑰色口红，显得非常突兀。

“我应该不必介绍我是谁，对不对？”

“我知道，我见过你。”郭素素低声说。

“喔？”惠敏说，“现在，让你看到我最狼狈的样子，真不好意思。他告诉你了吗？”

惠敏努力维持着客气的态度，反而使郭素素异常不安。

“我不知道你生病了……”郭素素嗫嚅地说道。

郭素素终于有点明白，李云僧这些日子如此疲惫而沉默的原因。他不曾对任何人说起家里的事情。原来，他企图像一堵墙，挡住背后所有的滔滔洪水，让自己承担所有压力，不告诉她，他到底碰到了什么样的困难。

“嗯，你应该看得出来，我的状况不太好。”她说，“一个星期前，动完手术后，医生还曾为我开了病危通知单——我怕……我的日子可能很有限了。我想问你，你对他是真心的吗？”

郭素素不知道该怎么回答。

只要真心就足够了吗？就算两个人都是真心的，也只能在十五厘米的距离中看到彼此。在现实世界的道路上，横亘在他们两人之间的障碍物，多到没有办法让人看清对方的表情。

“我不是来拷问你的，你跟他交往到什么程度，我想，我都猜得到，大家都是成年人了……我不想说太多客套话，只是想告诉你，我的日子没剩太多了。所以，这一段日子，你可不可以暂时退出他的世界，把他还给我？

“……以后，如果我怎么样了，你有的是时间可以和他在一起。那个时候，我看不到，就不关我的事了。你只要稍稍忍耐一段时间，也许不会很长。”

郭素素的嘴唇颤抖着，说不出一句话。

“还有，我想知道，也想问你，他在你面前，是个什么样的男人？”纪惠敏仿佛在独白，“是个浪漫有趣的男人吗？请你诚实地回答我……”

郭素素点点头。

“我不知道你跟他认识多久了，我想，不是很久。而我跟他在一起，应该有十六七年了。在我眼里，他是个不浪漫也不有趣的男人……他是个很负责任的男人，却也是个粗心的老公，你跟他在一起，不要期待他会太照顾你的心情。我可以告诉你，如果让我重新选择，我不会跟他在一起这么久。只是，我现在已经没有后悔的路可以走。

“我怕我以后能够见你的次数不会太多。你跟他在同一个办公室上班吧？你一定会看他每天很体面地上班，处理公事都很细心。不过，如果你是他太太，就会知道，他在日常生活中有多么没耐性，连喝过的杯子都懒得洗，永远把工作放在家人前面，公司一通电话，就会让他忘掉所有跟我们约好的事情。就算我们一家人在度假，他也想马上回到工作岗位上。

“如果你决定跟他在一起，请善待他，还有……我的小孩……”纪惠敏的声音哽咽了。

忽然之间，纪惠敏哭了。本来只是抽抽噎噎，后来，声音却越来越大，整个五脏六腑都在抽搐般哀号着。很多人把眼光往这边投射过来。

“对不起，”惠敏说，“……我不知道为什么，悲从中来……我忍不住……”

郭素素急忙站起身来，绕到她背后，右手环住她的肩，左手轻轻拍着她的背。两个人靠得好近，纪惠敏身体里的每个小小震动都能传到她身上。

那一刻，最深的愧疚像泉流一样从郭素素的身体里涌出来。她小声地在纪惠敏的耳边说：

“该说对不起的人是我，你不要这么说……我不是故意的……我真的不是故意的……”

几分钟后，纪惠敏恢复了平静：“不好意思，我让气氛尴尬了。我很少哭的，即使在最难熬的时候，我都不曾哭过，今天不知道怎么搞的？”

她将枯瘦的手掌放在郭素素的手上：“我看一眼就知道，你不是坏人。如果不是因为他，我们或许可以当朋友——你也是个明理的人，刚刚的要求，你愿意答应我吗？”

“我会……”郭素素咬紧了嘴唇。

“谢谢你。说不定，不会很久。之后，你和他怎样，我都不会有怨言……”

“你别这么说，你会康复的。对不起……”

“有个问题，你可不可以帮我解答？”惠敏拭干了泪水，以探询的眼神看着郭素素，“我不知道你的名字，也不想知道。我只有一个小小的好奇，为什么他的电话上，你的代号是〇六一一？是你的生日吗？”

这个秘密，郭素素并不想说，现在，她也觉得没必要说了。

就在这相对无言的时候，一个微胖的中年妇人冲了进来，表情仓皇地对着纪惠敏叫嚷：“李太太，原来你在这里……你们家出事了，有人打电话来说……李先生出了车祸……”

郭素素和纪惠敏对望了一眼。

“出车祸？在哪里？”惠敏问。

她想站起身来，但就在极短的时间里，整个人又像急速凋萎的花般瘫软了下来。郭素素和那个微胖的妇人立即伸手扶住她。纪惠敏的身子好轻，像一个空掉的纸盒。

她虚弱地看着她说：“这件事，还是拜托你吧——可以替我去看看，发生了什么事吗？”

警方接获目击者的密报，查出了肇事车辆的车号。

那部肇事的车子，正是郭素素的。

她马上明白发生了什么事。那辆车，在陆蒙正离开时，被他开走了。

她早该想到，表面上，他平和地离开，好像很有君子风度。可是，过不了太久，或许三杯黄汤下肚后，他的想法就会有一百八十度转变。和陆蒙正相处，最恐怖的一点在于，她不知道什么时候这个人会起什么化学反应……或许连他自己都不知道……

目击者正是他们公司的同事。中午，李云僧和几个同事一起走出办公室，打算到附近巷内某家餐厅谈事情，他走在最后头。过马路时，那部车直直朝他背后加速撞了过来，他还来不及反应，车子已经将他撞飞……李云僧像个稻草人般被抛起，弹了出去。

车子加速开离，有人记下了车号，也有人认出，那正是郭素素的车子……

车子里头，隐约可见是个男人。

她像行尸走肉般到了警局，全身发着抖。

“你说，你先生开走了你的车？为什么你先生要撞他？有什么理由？”

“可能有些误会……”当中的原因，她不便说明。

正巧公司里有同事做证，李云僧刚到分公司上任时，有人自称是郭素素的先生，酗酒后到办公室来胡闹，就是由李云僧出面阻止的，可能是这个原因……

“他现在可能在哪里？”

“我不知道……”她一脸茫然，摇摇头。

忽然，郭素素像触电般弹跳起来：“糟了……他可能会去，会去……”她想到了小婉。

除了小婉，他有什么方法可以折磨她，让她害怕呢？

她怕他到学校把小婉带走。

“我必须去接小孩……”她说，“理由现在说，你也不会懂，但我有很不好的预感，他会去找我孩子的麻烦……”

一个年轻警察陪同她搭车赶到小婉的小学。

眼尖的她果然在小学门口不远处，看到了自己的车子，车尾从她眼前扫过，似乎在找停车位。

“那是我的车！看你怎么处理了，”她对年轻警员说，“我得去找我的小孩……”

穿着高跟鞋的郭素素拔足狂奔。还是上课时间，高跟鞋发出的声音惊扰了一整排专心上课的小学生……她冲进小婉的班级，大声叫着：“陆小婉！”

正在上数学课的老师，显然被她的样子吓呆了，所有孩子都将头往后转，看着她。

“陆小婉！”

叫了两声之后，有个微弱的声音回答：“妈，你怎么了？”

小婉往她这边走了过来，大惑不解地看着她，一脸“你这样做，我很丢脸”的无辜表情，而郭素素则像头发了狂的母狮子。

她紧紧抱住小婉。小婉肢体僵硬，一副不愿就范的样子。“对不起，”

郭素素气喘如牛地对讲台上发愣的老师说，“家里有急事，我得把小婉带走……”

“什么事？妈……”小婉皱着眉头说。

她抓着小婉：“快！我们走吧。”

“我要收拾书包……”

“没有时间了，我们走……”

郭素素的心好像要跳出胸腔一样。她带着小婉刚走出教室，在斜对角的走廊上，就看到了陆蒙正的身影。

“爸爸！”小婉开心地挥挥手。

“走！”郭素素情急之下，把小婉整个抱起来，顾不得小婉已经很重了。眼看着陆蒙正就要朝她飞奔过来，她对着陆蒙正大叫，“警察就在外头，你要走，这时候赶快走，不要过来！”

学生们都在上课，她嘶吼的声音像剪刀一样，锐利地划破了宁静。有几个老师跑到教室外头，探看到底发生了什么事。

校警也跑过来了，安静的校园开始骚动起来……

陆蒙正整个人怔住不动，过了一会儿，就朝她的相反方向跑去，消失在她的眼前。

郭素素整个人瘫软了下来，抱着小婉，嘤嘤啜泣，不断对小婉说：“对不起，对不起……”

这一天，说了多少个对不起，她自己也数不清了……

围观的人，只是目睹了一出莫名其妙的戏。

没多久，车子被找到了，在城市郊区的某条路旁，陆蒙正看起来像是躺在车子里睡着了一样。车子里有三个空高粱酒瓶和一堆木炭的灰烬，他留下了一封遗书，上头只潦潦草草地写着：

我受够了这个一直捉弄我的世界。

我不应该怪你不爱我，因为我是个失败者，对不对？

但我还是恨！

郭素素被通知前来时，木然地看着这一切。记者比郭素素还早到，像一群围在市场摊位前讨价还价的太太们，他们拍到了未亡人脸上茫然的表情。每台播出的新闻，都说是独家，有的揣测该男子因工作和婚姻亮起红灯而走上绝路，并且归咎于逐渐升高的失业率，让活不下去的人越来越多。郭素素做完笔录，走过一个面摊时，听到新闻主播用高亢急切的声音这么说……接着她又强调死者的妻子哀恸过度、脸色苍白，类似事件在本月已经发生了三起，这样的悲剧恐怕会随着经济的不景气不断上演……

他恨她，她可以理解。但是她不恨他。爱和恨其实是同义词，而爱的反面是不爱，不是恨。她不爱他了，所以也不恨他。他走了。那么多年的逃亡，终于可以画下句点。她欠他的债，应该也一笔勾销了吧，她有一种解脱的感觉。

然而，这种感觉也使她的罪恶感陡然升高了。

这么多年的感情，本来曾经是个绮丽的梦，怎么会有这么不堪的收场呢？仿佛做梦一般……感情的质变，超乎她年轻时的想象，当时一心一意爱着的人，变成了一个恶魔，一个最难缠的敌人……可是，千金难买早知道。

她没有空收拾自己的心情，因为，还有其他事情等着她……除了坚强，郭素素并没有其他的选择。

李云僧的脸上只有擦伤，身上没有明显外伤。郭素素走进急诊病房时，他的脸上插着管子，胸膛微微地起伏，像一个疲倦了很久很久，正在享受难得睡眠的人，脸上并没有痛苦的表情。

医生说，他有脑震荡的现象，目前还在昏迷中，对于痛的刺激稍有感觉，偶尔会发出一点呻吟声，但不曾睁开眼睛，状况还要再观察。

她在他不在的时候，向公司递交了辞呈。每天早上，请霞姐送小婉上学后，她就来到病房，坐在他身边，握住他的手，跟他说话。

发生在陆蒙正身上的事情，她还不敢跟小婉说。好几天，她不准霞姐开电视，但她不知道，哪一天小婉会从别人口中听到这件事。她到学校歇斯底里地将小婉带走的事，小婉还很介意，她认为妈妈让她成为了全校的笑话。爸爸来找她，有什么错呢？为什么要叫警察来抓爸爸？

这些事，对一个刚念小学的孩子来说太复杂了，不是郭素素能解释清楚的。

"对不起，都是因为我，你才会这样的。"她说，"我太傻了，我以为，我已经解决了一些问题。"他当然没有搭腔。

第一个下午，她坐在他身旁默默流泪，泪水沾湿了他的衣袖。他只是像蜡像般躺着。

她唱了一些他那个年代的民歌给他听。

一个护士走过来，看她那个样子，眼眶也跟着红了，只有安慰她说："他比刚送来的时候好多了，从他的昏迷指数来看，还是有清醒的希望。李太太，你自己不要累坏了。"

有时候，她会不知不觉趴在他的身上睡着……他的体温让她觉得好受些。

如果没有他，这个世界对她来说太冰冷了。

"你今天觉得好一点了吗？你一直太累了，来，我陪你，好好睡。睡了一觉之后，你要好好醒来，世界就会不一样了。"郭素素轻声地在李云僧身边说。

有时候，她会把嘴唇贴在他耳边说：“你知道吗？我很爱你。”

有时候，她会在他耳边讲述他们共同的经历。不是很长，却有很深刻的感受：她告诉他，她好喜欢他的拥抱，他的拥抱比蜜汁甜，她也喜欢他深情看着她的表情。她要他回忆，两个人到过的所有地方。她第一次见到他的那次郊游，他一个人坐在那里想心事，严肃的模样很迷人；还有那一座荒凉的小渔港，在满是月光的晚上，他充满张力的身体，像一条灵动的弦，还有每一个吻，都曾经紧紧地攫获她的灵魂。

就算到了这世上的最后一刻，她都会记得他们之间的故事……

虽然……虽然他们能够在一起的时间，并不是那么长……

在一个人来人往的地方，和他靠得如此近，是以前没有过的事情。如果他不是毫无知觉地躺在病床上，这段感情，永远见不得光。

他的手，起初是冰凉的，她慢慢地用自己的温度将它温热。

有一天，他母亲带着两个孩子来看他。她以为郭素素是他的特别看护，坐在郭素素身边，一边掉眼泪，一边和她聊了起来：“这孩子，从来就不要我操心，他什么事情都会做得好好的，今年不知道是怎么了，怎么会变成这样？他今年犯太岁，我忘了，没去帮他安太岁，才会变成这样……惠敏也生病住在医院里……孩子还小，这样要怎么办……”

郭素素每晚会打一通电话给惠敏，向她报告他的近况。起初，惠敏仍在发烧，声音虚弱，但一天比一天好转。

“你自己要保重，现代医学这么发达，你得的不是绝症，还是有痊愈的可能……”

“无论如何，谢谢你。”最后，惠敏总是这么说。

“无论如何”这四个字，仔细推敲起来，有许多意思。她想，惠敏是想跟她说“虽然这一切都是你造成的，但我还是谢谢你现在的弥补”，还是“虽然我恨你，但还是感激你帮忙”？

郭素素知道自己的优点在哪里——她，是个负责任的人，她答应惠敏的事，她就会做到。

她有一百万个理由要离开。离开，才能脱离阴影，帮小婉找到一个不受侵扰的环境。

有位过去的老长官，到香港某家投资银行任职，几个月前，曾经问她愿不愿意到香港工作，当时，她并没有答应。几天前，她主动打电话给老长官，问他还有没有工作机会？他很迅速地提供了一个职位。

剩下的手续，就是要帮小婉转学。她不知道怎么跟小婉解释，爸爸为什么又没有回来？只能说到别处工作了，妈妈的工作也有调动，必须到一个好玩的大城市里住一段时间，她会有新朋友……

在他清醒的那一天，她发誓，她会离开这个伤心地。虽然，这个想法，使她心如刀割。

这几天，郭素素也探望过惠敏。惠敏在手术后，有两度因为免疫力问题，高烧不退，被送进加护病房，有一次，医生还发出病危通知。但是，惠敏很坚强，还是熬过来了。医生说，再过不久，她就可以出院了。只要注意不让癌细胞扩散，她还是可以过着和正常人无异的生活。

李云僧的状况也渐渐好转，五天后，对外界的声音已经有明显的反应。她捏他的手时，可以感觉到他的肌肉里有了一点力量。当她在他耳边说“我爱你”时，他的嘴角似乎微微牵动着，想要说些什么。

第十天，他终于微微睁开眼睛，看到了她。

“你还记得我吗？”她问。

他点点头，不一会儿，又闭着眼睛睡着了。

她在他还没完全清醒时，离开了这座城市，只在抽屉里留下一封信，写上了他的名字，希望他会发现。那是她坐在病床旁等候他苏醒时，一边流泪一边写的：

为什么，一个理所当然的告别，我的心这么痛？

痛到泪流满面，痛到无以复加，痛到不想言语。

我一直流泪。我只想流泪。纪念什么或追悼什么，请让我流泪。

啊，为什么？为什么？

我真的希望，泪流尽就算了。有一扇门在我眼前打开，我必须勇敢地将门推出去，到一个没有你的地方。在回忆里，我们的故事，是一段租来的爱情。你曾爱我，而我也爱你，这一切都是真的。只是时间是租来的，你是租来的，我也是租来的，终须还回去，我们没有权利永久地拥有彼此。

曾经，黑暗中，有一条缰绳，紧拉着我，使我执迷不悟。我并不曾后悔，只能认错。我爱你，但我不能爱你，这是我宿命的错误。

把最美的东西，留在它最应该结束的地方。也许某一天，我会想起，想起的时候，也忘了当时的酸楚。

我想必须用所有的意志，所有的决心，所有的感觉，一转身就离开你。

我只能留在你的记忆里了。这一段岁月，连传说都不是，都不是。

他们说，你应该会醒。脑中的血块已经逐渐消失，再休养一阵子，就可以恢复原来的生活。

我希望你醒来的时候，你的世界恢复到跟从前一模一样，因为，在你不认识我之前，你原本是幸福的。

最后一次走进医院是在一个艳阳高照的日子里，她发现李云僧已经醒来，正在跟医生说话。她躲在门后，偷偷看着他，没有进门。尽管，郭素素一点也不想在这个时候走，但她害怕，如果他清醒了，开口留她，或握住她的手要她留下来，她就走不了了，她就会成为一个失去信用的人。

她发了一条短信给惠敏：“早日康复，我已信守承诺。”

看他最后一眼时，她轻声说：“你是我唯一的爱人，爱上你，代价好高，但是，我从来没有后悔过。”

在郭素素踏出医院的那一刻，廖紫娟踏进了李云僧的病房。她穿着白T恤和牛仔裤，化着淡妆，高挑的身材不自觉地以走台步的律动步入医院时，不少人的眼光都追随着她的身影。

她放下一盒水梨，对李云僧说：“李协理，你看起来还不错呢。我早该来看你了，真不好意思，昨天遇到一个老同事，才听说你碰到这种事。还好，你看起来没怎么样嘛。”

李云僧对她无奈地一笑。他的头还有点痛，没有办法集中精力思考，这个时刻，他还无法记起她是谁。

这个时候，出乎紫娟意料，西装笔挺的张百刚走了进来。

他看见紫娟时，迟迟说不出话来。

“嘿，你好吗？”在幸福中的人，个性总是比较大方。廖紫娟觉得自己不能太小心眼，主动先打了招呼。

他耸耸肩，凝望着她：天哪！是什么样的魔法，在这段时间里，把一个他熟悉的女人从路边的小草，变成一朵盛开的玫瑰？虽然她并没有刻意装扮，但整个人好像蜕掉了一层壳似的，不特意炫耀就风情万种。两个人曾经如此亲近，可是这时的她看起来完全像个陌生人，再也不是以前那个害羞、胆怯又乖巧的女孩。那一瞬间，他怀疑自己真的认识她很久了。

她看起来很好。所以，他也不想客套地问：你好吗？

看着张百刚，过去的回忆如潮水涌出，廖紫娟还是有点心酸。

不，不能让他看出她的脆弱。她在最短的时间内把自己武装起来：

“嘿，没想到会在这里看到你。我刚刚在送喜帖，喏，正巧，这份空白的给你！”她不带感情的声音，有耀武扬威的味道。

这是报复……

他打开喜帖，但里头的字像群魔乱舞般杂乱。他要烦心的事太多了——他来找昔日战友李云僧，是来向他道别的，他已经自动请辞，今天下午，就要飞往上海……未来的命运如何，他并不知道。只知道自己在极短的时间内，得到了一切，又失去了一切。

苏菲亚看到范秋丽写来的信，勃然大怒，而陈董的那一沓照片，竟也在他同意自动请辞后，进入了苏菲亚的眼帘。对待感情，苏菲亚确实像将门虎女，她庆幸自己还没跟张百刚真正踏进结婚礼堂，只是订婚而已，一切都可以不算数，离开并不麻烦。她决定，不要生下他的孩子……

“噢，恭喜。”他看着她，意味深长地说，“嘿，男人很坏的，要小心啊。”

“那你什么时候结婚？也发喜帖给我吧。”她笑得很僵硬。

“我不会结婚了。”他苦笑着，“不用问我为什么。”

“啊？怎么会？”她忽然像个惊慌失措的小女孩，“怎么会？……对不起，我……”

“一言难尽。大人的世界，比你想象中复杂。真的，要小心喔。”他伸手，摸了摸她的头，像很多个往昔一样。她呆呆地站在他面前，仿佛又恢复成当初那个无助的少女。

“我不是故意要报复你的……”她的心刹那间软化了，在心里暗暗地这么说。

“碰到你真巧，我是来道别的。下午，我就不在这个都市里了……”他说，“不管怎样，我希望你幸福。”

张百刚看起来很憔悴，但他的眼神仍是那么诚恳。

那一刻，她竟原谅他了。

一切都回不去了

那是一个晚霞灿烂的黄昏，夕阳把维多利亚港染成一片玫瑰红。两岸的灯火同时亮起，更把水色涂抹得缤纷艳丽。晚风凉爽极了，拂在脸上，轻轻柔柔，再怎么样的疲惫都会消散云散。

在天星码头搭上渡轮之后，小婉一路蹦蹦跳跳，拉着郭素素的手说："妈咪，好漂亮！好像水里面开满了玫瑰花一样！"

"你看，那朵云是猫脸耶！"

南方城市常常艳阳高照，但这样舒爽宜人的好天气不多。郭素素闭起眼睛，深吸了一口气。

来这里工作一年了，拜免税之赐，让她的业绩还过得去。此地处处以绩效挂帅，同事之间没什么人情味，纯粹是个无情的金融战场。但对她来说，这也是一种好处：没有人会调查她的来历，受西方教育的人也不爱打探别人的隐私，这使她免于受各种流言困扰。工作就是工作，谁的业绩好，谁就能够生存。

就在这个时候，她的手机里收到了一条长长的短信：

好久不见。我花了很多时间才打听到你的电话。

我想告诉你我的决定。说来也好笑，仔细想来实在不确定爱不爱，只知道和他在一起已经是习惯了。我一直不快乐，也不想继续面对他的不快乐，事实上我永远无法原谅他的背叛。虽然不知道自己还能活多久，但我已经决定离开他，过我真正想过的日子。

你信守了你的承诺，而我也是个守信用的人。如果你愿意，回到他身旁吧。

惠敏

好久好久，她呆呆地望着姹紫嫣红的海面，面无表情，回不过神来。

“妈咪，你怎么了？”

“没……没有。”

是的，有好一阵子，她好想回到他的怀抱，好怀念他的体温、他说话的声音、满溢月光的小渔港……每个想念他的夜晚，她都难以抑制地任由泪水爬满自己的脸庞。

然而她要面对的，是无数城墙，现实的城墙、心里的城垣，一垛高过一垛。人是对的，但相遇的时间不对，又能怎么样呢？她已伤痕累累，无法承受，无法回到过去的阴影中。

虽然，她还是爱着他，但是她无法面对这样的承让。虽然她面对过爱情选择上的挫败，心里却还存有一种骄傲：这世上的一切，独有爱情不能承让。

也许……在将来的某一天，缘分会再次把他们紧紧系在一起，她仍期待着。但那必须由他坦然张开手臂，向她走来。她只是叹了口气。她跟他在一起是快乐的，那是她人生中一段美丽的故事，只可惜，一切像租来的一样，时间一到，不得不还回去。

小婉还是看到了她的忧伤。“妈咪，有什么烦恼的事吗？”

“没有……我只是在烦恼，晚上要吃什么呢？”

不知不觉，渡轮已行到对岸，她们跟随一群人下了船。小婉说晚餐想吃墨鱼丸河粉。

“好啊，我们现在就去。”

何况她的手里，还握着一只温暖的小手……

郭素素咬紧牙根，递给小婉一个微笑。她和纪惠敏一样，决定过属于自己的平静人生。

郭素素默默删掉了那条短信。

后记

有好多朋友，最近几年都到对岸买房子。

听说这半年来全球股市不振，房价略有下跌，蠢蠢欲动的人不少。不久前，我也跟着一位友人到上海看屋去。

到大陆买房子，除了价钱外，最重要的就是“土地租期还有几年”的问题。

一般新房子，租约有六七十年，而房子的身价也与租约年限成正比，租约仿佛是房屋寿命。

其实，很多人也料定，虽然所有房子都只有居住权，没有土地所有权，但是政府也不可能真的在房屋年限到期时，心一横，令一批，把房子全都收回。然而，中国人向来认定“有土斯有财”，没有了永久的土地产权，那种感觉就像是在自己的心里放了一颗定时炸弹。

“我喜欢市区老房子，比较有上海的感觉，装修完了应该很美，可惜年限只有五十年……”朋友看上的是一间香山路的老房子，独门独院，颇能激起思古幽情。

我有感而发，不免乌鸦嘴了起来："嘿，其实……也不用想这么多啦，再过五十年，我们若不在坟墓里，也差不多奄奄一息了，届时在意的，应该是死了以后要住在哪里。"

住天堂，还是地狱？到时候恐怕是更急迫的问题。在人间已没有未来，谁还在乎房事。

他笑了："话是这么说没错，但好像不能不考虑永远这回事。我们到底是俗人，自己用不到，还是希望子孙用得到。"

"世人都晓神仙好，只有儿孙忘不了！痴心父母古来多，孝顺儿孙谁见了。"我念了红楼梦里的《好了歌》。

"哇，你真的很讨厌。"他瞪了我一眼，"这风凉话是真话。我看过不少有钱长辈，才刚咽下最后一口气，子孙擦干眼泪后，马上破涕为笑，开始和兄弟们钩心斗角，规划起家产如何处置。但俗人……就是放不下。"

承认放不下也是可爱的。千百年来，多少人找借口安慰自己：我放下了，我不屑，有什么了不起的。事实上，还是放不下，一点点小钱、小资产，在心头偏有千斤重量。

过去做广播节目时，我印象最深刻的一件事是一位癌末病患在安宁病房打电话来问我："我只剩半个月可活了，可是为什么还一直挂念着一些小东西呢？"

我问："什么小东西呀？"

她说："我以前很喜欢买袜子，总是一打一打地买，现在最担心的是如果我走了，家里那些袜子还没穿过，可能就会被丢掉了……"

我不知道该怎么回答，愣了好久。

"啊……"望着窗外忽然来访的骤雨，朋友若有所思，"活了这么几十年，这一刻我忽然有种感觉，好像努力得来的一切，不过是一纸租赁契约，一切都是租来的。到了某个年限，就要缴清借款，还回去。"

在很多人眼中，他到目前为止的人生，似乎是十全十美的，什么都有。我们曾开他玩笑，说他什么都不多，就是钱多。然而他却承认，大多数时候，他活在有成就感却不快乐的状况中，工作上一直在应付各种挑战和危机，心灵上一直漂泊无所依。

想想，我们的人生，也都是租来的。有生命的或无生命的，没有一种东西，真正属于我们。

我们努力读书、工作，买了间房子安身立命，又努力买了车子来逃离房子以求得自由。有了伴侣，签了终身契约，有了孩子，有了公司，又有了孙子……每一样，我们都以为是自己的资产，看着它们，才能隐隐感到安慰。

有人做过统计，囿于战乱以及人类寿命之有限，历史上的土地拥有者，平均拥有“自己的土地”的年岁，并不会超过三十年，与俗话说的“富不过三代”冥冥中相应和。

伴侣、孩子，都不曾认为他们的所有权属于你。正如多数的我们并不认为，自己是父母资产的一部分，自小就嚷着要独立自主、要被尊重。

把活人视为资产，是一厢情愿。

这个世界或许只是一个超大型的租车公司，被命运善待的人，不过是向一家服务妥帖的租车公司租到了一部好车。

不久前，到日本看樱花，为了寻找自然风景，我租了车旅行。

日本的租车公司令人不得不夸赞。车一来，油加满，目的地都有卫星导航，只要输入电话，再复杂的路也畅行无阻。又是油电车，十分省油，停车时悄然无声，公路修筑完善，一路上半点颠簸感也没有，连找停车场都有详细指示。

还车时，服务员还会对我甜美微笑。

完美得有点怅然，真舍不得还。

这或许也只是完美人生的缩影。旅程的尽头，即使有些不舍，却还是得往前行，再美妙的陪伴都带不走。越顺遂的人生，时光流逝得越令人惊心。

租来的东西，都只是些抽象的东西而已，而过程、情感与记忆，都是属于自己的独特经历。有许多人，对租来的东西十分尽心，对不是租来的东西却十分粗心。

虽然说，是非成败转头空，古今多少事，都已烟消云散，就算是抽象的东西，也只对自己有意义，无法真正留下什么，总会成为过去。但一辈子，谈不好感情，受不了挫折，存不了美好记忆，还车前连一点值得咀嚼几分钟的旅程经验也没有，才是最让人遗憾的事情。

租来的人生，值得斤斤计较或细细呵护的，唯有时间、唯有情。